허공의 여행자

Kokû no Tabibito

Text Copyright © 2001 by Nahoko Uehashi
Illustrations Copyright © 2001 by Miho Satake
First published in Japan in 2001 by KAISEI-SHA Publishing Co., Ltd., Tokyo
Korean translation rights arranged with KAISEI-SHA Publishing Co., Ltd.
through Japan Foreign-Rights Centre / Shinwon Agency Co.

허공의 여행자

초판 1쇄 찍은날 2016년 6월 13일
초판 1쇄 펴낸날 2016년 6월 22일

지은이 우에하시 나호코 **옮긴이** 김옥희
펴낸이 고지영 · 양애라
편집 구태은 **디자인** 이하나
마케팅 박신용 **경영지원** 국지연
펴낸곳 스토리존

등록 2015년 8월 11일 제307-2015-45호
주소 서울시 성북구 북악산로 1062, 1층(종암동)
전자우편 storyzone1@naver.com
페이스북 www.facebook.com/storyzone
블로그 blog.naver.com/storyzone1
전화 02) 310-9101 **팩스** 02) 310-9102

ISBN 979-11-957529-7-3 04830
     979-11-957529-0-4 (세트)

※ 잘못된 책은 구입하신 서점에서 바꿔드립니다.

허공의 여행자

우에하시 나호코 지음 김옥희 옮김

스토리존

차례

서장

바다에서 부는 바람

바람과 노래하는 소녀

바람이 세차게 분다. 밤하늘에 뜬 반달이 바람에 떠밀려 가는 구름에 가려 사라졌다가는 나타나고 나타났다 사라지곤 했다. 모래사장에 드리워진 달 그림자가 빠른 속도로 움직이고 있었다.

그런 밤의 해변을 나이 든 어부가 백발을 바람에 나부끼며 걷고 있었다.

'산타라이가 바람을 불렀구나.'

오늘은 물고기가 많이 잡혔다. 특히 산타라이가 대량으로 그물에 걸렸다. 이 부근에서 '바람을 부르는 물고기'로 불리는 산타라이는, 검과 비슷하게 생긴 은백색으로 빛나는 물고

기다.

연초는 산타라이의 산란기다. 평소에는 그물이 미치지 않는 깊은 바닷속에서 사는 산타라이가 이 시기에만은 바위가 많은 곳에 산란하러 해변으로 다가온다.

알이 꽉 들어찬 산타라이만큼 맛있는 음식도 없다. 귀한 물고기를 잡았을 때는 우선 섬지기에게 바쳐야 하지만, 옛날부터 '바다의 어머니'가 어부에게 보내는 선물로 알려져 있는 산타라이만은 어부들이 먼저 먹어도 된다. 어부들은 가족과 함께 방금 전까지 산타라이를 구워서 잔치를 벌인 참이다. 산타라이 잔치는 이 섬의 사람들에게는 1년에 한 번 찾아오는 크나큰 즐거움이었다.

밤의 해변을 걷고 있는 지금도 늙은 어부는 행복한 기분이었다. 아직도 콧속에 숯으로 지글지글 구운 산타라이의 구수한 냄새가 남아 있었다.

젊은이들은 기분 좋게 취했지만, 이제 그렇게 술을 마실 수 없게 된 늙은 어부는 바람이 강해진 것을 보고 술자리에서 빠져나온 참이다. 서쪽 바위들 사이 활어조에 넣어둔, 내일 섬지기에게 바칠 산타라이가 신경 쓰였다. 강한 바람에 짐승막이용 그물이 날아가서 산타라이가 잡아먹히기라도 한다면 큰일이다.

바람에 나부껴 눈을 찌르는 백발을 쓸어 올리던 늙은 어부가 갑자기 발걸음을 멈췄다.

모래사장에 누군가가 앉아 있었다. 바다 쪽을 향한 채 허공으로 고개를 쳐들고서.

구름이 흘러가 달이 나타났다. 괴괴히 빛나는 달빛에 비쳐, 웅크리고 앉은 소녀의 얼굴 윤곽이 어렴풋이 드러났다.

"에샤나?"

이웃집 딸이었다. 올해 막 다섯 살이 된 얌전한 아이다.

이 밤중에 해변에서 뭘 하고 있느냐고 소리치려다가 어부는 목소리를 삼켰다. 바람을 타고 가느다란 목소리가 들려왔기 때문이다. 에샤나가 노래하고 있었다. 하지만 낯선 억양에 실려 그 입에서 흘러나오고 있는 노랫말은 이 섬의 언어가 아니었다.

'아니, 이럴 수가….'

따뜻한 밤의 해변에 우두커니 서 있는 어부의 등에는 빼곡히 소름이 돋아 있었다.

❦

"바람이 나왔구나."

촛대의 수지 양초 불꽃이 흔들리며 꺼지려고 했다. 하인들이 서둘러 창으로 달려가서 드르륵드르륵 요란한 소리를 내며 바람막이를 내렸다. 바람소리가 갑자기 멀어졌다. 잠깐 사이에 응접실 공기가 습기로 눅눅해지면서 숨 막힐 듯이 더워졌다.

바람이 잘 통하는 헐렁한 옷에 호화로운 비단 허리띠를 두른 청년이 얼른 손을 저어서 하인들을 응접실에서 내보내더니, 커다란 손님용 의자에 앉아 있는 가냘픈 중년 남자 쪽으로 얼굴을 돌렸다.

아돌은 재작년에 돌아가신 아버지의 뒤를 이어서 섬지기가 된 청년이다. 윤곽이 뚜렷한 얼굴 생김새, 그리고 빈틈이라곤 전혀 없어 보이는 표정은 그를 지위 높은 영주라기보다 셈속이 빠른 상인처럼 보이게 했다. 한편으로 산갈 왕국에 속해 있는 섬 중에서도 가장 유서 깊은 카르슈 섬의 섬지기라는 자부심도 그 거만한 눈초리에서 또렷이 드러나 보였다.

"그래서요?"

아돌이 묻자, 상인풍 복장을 한 타국에서 온 손님이 고개를 들어 청년을 쳐다봤다.

"노라무 제도의 가일 님도 우리 동맹에 가담한다고 합니다."

아돌의 눈썹이 추켜올라갔다.

"정말인가요? 아니, 가일 님이 그랬다고요? 그는 아내한테 푹 빠져 있다고 생각했는데요."

손님이 빙긋이 웃었다.

"아무리 현명한 아내라 해도, 그래 봤자 여자죠. 여자 따위에 휘어잡혀서 기분 좋은 남자는 없을 겁니다."

아돌은 쓴웃음을 지으며 고개를 저었다.

"당신은 역시 타국 분이군요. 우리 나라 사정에는 밝지만 우리 나라 사람들의 감정까지는 잘 모르시는 것 같군요. 산 갈에서는 현명한 아내는 보물이랍니다. 그것만은 평민들도 우리도 다를 바 없답니다. 우리 섬지기들의 아내는 모두 왕가의 끄나풀이라는 점이 다를 따름이죠."

그는 목소리를 낮췄지만, 아돌의 아내는 지금 관사에 없다. 산갈 왕가의 새로운 왕이 탄생하는 '신왕 즉위식'을 준비하기 위해서 한발 앞서서 '빛을 바라보는 도읍' 산갈 야시라의 왕궁으로 갔기 때문이다.

"아내들과 인연을 끊을 필요는 없습니다. 단지 지위가 역전될 뿐이죠. 산갈 왕가의 피가 흐르는 아내들이 정말로 당신들이 말하는 만큼 현명하다면, 어떤 상황이 되어도 꿋꿋이 살아남아서 득이 되는 쪽으로 붙겠지요. 물론 아내와의 지혜 겨루기에서 당신들이 지지 않아야 하겠지만."

손님이 미소를 짓자 아돌도 빙긋이 웃었다.

"어려운 일이지만… 그렇기에 더더욱 의욕이 생기는군요."

손님이 감동한 것처럼 고개를 끄덕였다.

"그게 산갈인의 기질이지요. 위험한 거친 바다로 나가서라도 이득을 얻으려고 하는 타고난 상인이며 거센 기개를 지닌 무인이라고 들었는데, 과연 듣던 대로군요. 산갈 왕가는 그 점을 잘못 판단하고 있는 셈이지요. 아내라고 하는 쇠사슬로 묶어놓으면 영원히 당신들을 통제할 수 있을 거라고 생각하다니."

아돌이 입을 열려고 했을 때, 관사 어딘가에서 문이 열리는 요란한 소리가 나더니 소란스러운 목소리가 뒤섞여서 들려왔다. 울음소리까지 섞여 있었다.

아돌은 잰걸음으로 응접실을 가로질러 가서 문을 열었다.

"무슨 일이냐?"

하인들이 소곤소곤 뭔가 보고하는 목소리가 들리더니 아돌이 고개를 끄덕였다.

이윽고 아돌은 뒤돌아보며 이렇게 말하고는 응접실에서 나가버렸다.

"잠시 실례하겠습니다."

한참 동안 불안감을 부채질하는 술렁임이 일더니 차츰 조용해졌다. 병사들이 관사 밖으로 나가는 발소리가 나고 문이 닫히는 높은 소리가 관사를 흔든 후에, 이번에는 묵직한 적막이 관사를 감쌌다. 손님은 의자에서 등을 떼고는, 허리띠에 끼워놓은 단검을 언제든지 뺄 수 있도록 옆구리 쪽으로 돌렸다.

응접실 문이 열리더니 아돌이 돌아왔다. 불안한 듯이 미간을 찌푸리고 있었다.

"무슨 일이신지요?"

아돌은 정신이 번쩍 든 듯한 얼굴로 손님을 쳐다봤다.

"아아…, 아니, 말씀 나누던 건하고는 아무 상관이 없습니다. 안심하십시오."

손님이 얼굴을 찌푸렸다.

"어떻게 된 겁니까? 당신답지 않게 허둥대는 것 같은데요."

"설명 드리기가 어렵습니다만… 이 근처의 섬들에는 기이한 일이 일어나는 경우가 있어서요."

아돌은 손님과 마주 보면서 의자에 앉았다.

"당신 나라도 바다에 면해 있지요?"

"그렇지요."

"그렇다면 당신 나라에도 비슷한 이야기가 있을지도 모르겠는데, 우리에게는 이 야르타시 해의 바다 밑에 '나유그루'라는 다른 세계가 있어서 그곳에 '나유그루 라이타'라는 백성이 산다는 이야기가 전해오고 있습니다."

바람 부는 소리가 나더니 창이 덜컹덜컹 흔들렸다. 해명(海

鳴)이 멀리서 울려 퍼지고 있었다.

"산갈인은 바다의 백성입니다. 하지만 바닷속에서는 물론 살 수가 없지요. 나유그루 라이타도 바다의 백성이지만, 그들은 바다 밖에서는 살 수 없습니다. 그렇게 해서 두 세계가 평화롭게 공존하고 있는데… 이따금 나유그루 라이타가 바다 밖의 세계를 들여다보러 오는 경우가 있습니다."

손님이 미간을 모았다.

"들여다보러…라니요? 나유그루 라이타라는 것이 바다에서 육지로 나온다는 건가요?"

"아니, 아니, 그런 것이 아닙니다. 이쪽 세계 사람의 혼을 빨아들여서 그 사람의 몸을 빼앗아버리는 것이지요. 보통 다섯 살 정도 아이가 대상이 되는데, 갑자기 허공을 쳐다보며 다른 나라 말로 노래를 부르기 시작한답니다. 그렇게 되면 그 아이는 이따금 다른 나라의 노래를 부르기만 할 뿐 먹지도 자지도 않습니다. 마치 꼭두각시 인형처럼 되는 것이지요.

도대체 언제쯤부터 그런 이상한 일이 생겼는지는 저도 잘 모릅니다. 단지 언젠가 '산갈 성당'의 제사장이 꿈에서 신의 계시를 받았다는 얘기를 들었습니다. '이 아이는 나유그루 라이타가 인간 세상을 보는 눈이다. 만일 인간 세상에서 추악한 것을 보게 되면 우리는 사람들을 파멸시킬 것이다'라는 내용이었다지요. 그 이후로 우리는 그런 아이를 '나유그루 라이타의 눈'으로 부르고 있습니다."

손님이 몸을 앞으로 쑥 내밀었다.

"참으로 기묘한 이야기로군요. 그래서 그 아이는 어떻게 되나요?"

"나유그루 라이타는 '바다의 어머니의 아이들'로도 불립니다. 우리 산갈의 백성에게 물고기가 들끓는 바다를 선사해주는 신의 종이지요. 신이 보낸 사자가 바다 바깥 백성들의 삶을 보기 위한 '눈'이라면, 함부로 대할 수는 없습니다. 만약 바다 밖 백성의 몸을 빌린 나유그루 라이타가 인간 세상에서 추악한 광경을 보고서 신에게 알린다면 우리는 신의 노여움을 사서 파멸할지도 모르니까요.

그래서 산갈 성당의 제사장은 왕에게 진언했다고 합니다. '바다의 어머니께 경의를 표하십시오. 도읍의 왕궁으로 안내해서 대접하십시오. 그러나 신이 보낸 사자에게 절대로 인간 세상의 추악한 면을 보여서는 안 됩니다' 하고 말입니다.

그 뒤로 '나유그루 라이타의 눈'이 나타나면, 눈가리개로 눈을 가린 채 그 아이를 왕궁의 산갈 왕에게 데려가서 극진히 대접하고, 그런 다음 바다로 돌려보내는 것이 관습이 되었지요."

"바다로 돌려보낸다니요?"

"'혼 돌려보내기' 의식을 치르고는 호스로 곶에서 바다로 떨어뜨리는 겁니다."

"그러면 조금 전의 보고는 바로 그 나유그루 라이타의 눈이라는 것이 나타났다는…?"

"그렇습니다. 갑작스러운 일이어서 믿을 수는 없지만…. 저로서는 태어나서 처음 경험하는 일이니까요. 그러나 사정을 들은 바로는 전해오는 이야기와 똑같군요."

무슨 생각을 했는지 아돌의 얼굴이 순간 일그러지는 것을 보고서 손님은 눈을 가늘게 떴다.

"당신이 아는 아이인가요?"

"아니, 일개 어부의 딸입니다만… 그 소녀의 아버지가 이섬 최고의 잠수 고기잡이의 명인이었지요. 바다에서 죽었는데, 생존 시에는 타르산 왕자에게 잠수 고기잡이를 가르친 스승이었습니다."

손님의 눈이 휘둥그레진 것을 보고서 젊은 섬지기가 쓴웃음을 지었다.

"아시는 바와 같이, 이 섬은 산갈 왕가의 발상지로 알려져 있습니다. 자그마한 섬이지만, 옛날부터 왕가에서는 장남은 도읍에서 왕이 되기 위한 교육을 시키고, 차남은 이 섬에서 바다 사나이로 단련시키는 것이 관례로 되어 있지요. 그렇기 때문에 아내의 남동생인 타르산 왕자는 나와 형제처럼 지내며 이 섬에서 자랐습니다. 타르산 왕자는 나와는 달리 고기 잡는 것을 좋아해서요."

섬지기는 약간 경멸하는 어조로 말했다.

"어부의 아들로 태어난 편이 더 행복하지 않았을까 싶어요. 그 정도로 어릴 적부터 잠수 고기잡이에 열중했지요. 그… 아까 얘기한 소녀를 여동생처럼 귀여워했습니다. 조개로 반지를 만들어주기도 했을 정도로. 그러니까 이런 일이 일어난 것을 알면 슬퍼할 거라는 생각이 드는군요."

"그렇군요."

손님은 뭔가 생각하는 듯이 턱을 문질렀다.

"그래서 그 소녀를 여기로 데려와서… 그다음에는 왕궁까지 당신이 데리고 가나요?"

아돌이 한숨을 쉬었다.

"그렇게 되겠지요."

"도읍에 도착하기까지 정확히 며칠쯤 걸릴 예정인가요?"

손님이 눈에 날카로운 빛을 띠고 빠른 말투로 물은 것을 수상쩍게 여기면서 아돌이 대답했다.

"글쎄요, 적어도 닷새는 필요할 거라고 생각합니다. 준비를 포함하면 사흘은 더 잡는 편이 좋을 겁니다. 저는 즉위식에 조금 늦게 가는 수밖에 없지요. 뭐, 어차피 스무 날은 계속되는 의식이니까 하루쯤 늦어져도 별 문제는 없지만요."

그때 관사의 문이 열리더니 술렁이는 소리가 들려왔다.

"온 것 같군요. 실례하겠습니다."

아돌이 일어서자 손님도 의자에서 일어났다.

"괜찮으시다면, 저도 그 나유그루 라이타의 눈이라는 것을 보고 싶습니다만."

아돌이 의아한 표정을 짓자 손님은 가볍게 웃었다.

"잊으셨는지도 모르겠지만 저는 주술에 대해 조금 알고 있습니다. 혼과 접촉하게 되면 그 소녀가 정말로 나유그루 라이타라는 것에 씐 것인지, 단순한 마음의 병인지 정도는 알 수 있을 겁니다."

"하지만 사제나 섬사람들의 눈이 있습니다. 당신의 정체를 의심받았다가는…."

손님은 은근하게 미소 지어 보였다.

"괜찮습니다. 사제나 섬사람들에게 의심받을 만한 행동은 하지 않을 테니까요."

그래도 주저하던 아돌은 잠시 후에 고개를 끄덕였다.

"그럼 가시지요."

응접실에서 나가니 갑자기 바람이 강해졌다. 산갈의 관사는 원래 바람이 잘 통하도록 짓기 때문에 바람막이를 세워도 여기저기서 바람이 들어온다.

뜨뜻미지근한 바닷바람에 머리칼을 휘날리며, 섬지기와 손님은 어둑어둑한 현관의 접견실로 향했다. 관사 현관으로 통하는 넓은 석회 바닥에 어부들 여럿이 병사에게 둘러싸여 서 있었다.

사람들이 만든 원 한가운데에 머리부터 하얀 천을 뒤집어쓴 자그마한 소녀가 사제에게 팔을 붙잡힌 채 우두커니 서 있었다. 어부의 딸답게 허리감개 외에는 아무것도 몸에 걸치지 않았고, 햇볕에 그을린 모래투성이 맨발의 발가락 크기로 봐서 아직 다섯 살 안팎의 소녀임을 알 수 있었다.

아돌은 살짝 미간을 찌푸리며 소녀를 내려다보고 있더니, 이윽고 관습을 떠올리고는 천천히 허리를 숙여 소녀에게 인사했다. 마치 평소의 오만함을 잊은 것 같은 모습이었다.

"잘 와주셨습니다. 돌아가시는 날까지 우리의 환대를 즐기시기 바랍니다."

들리는지 안 들리는지, 소녀는 막대기처럼 버티고 선 채로 꼼짝도 하지 않았다.

손님이 소녀에게 한 발짝 다가가더니 머리를 덮고 있는 천으로 살며시 손을 뻗었다.

"천을 벗기면 안 됩니다!"

사제가 당황하며 말했다. 손님은 사제에게 미소를 던지며 부드럽게 고개를 끄덕였다.

"천은 벗기지 않겠습니다. 걱정 마십시오. 사제님, 바다의 신이 보낸 사자에게 다른 나라에서 온 길손이 인사 드려도 되겠습니까?"

손님은 섬사람 그 누구보다도 체구가 작았지만 묘한 위압감을 풍겼다. 둘러선 모두가 마치 엉겁결에 기선을 제압당하기라도 한 것처럼 입을 다물고는 손님의 움직임을 지켜보았다. 사제가 마지못해 고개를 끄덕였다.

손님은 슬며시 손을 뻗어 소녀의 머리에 대고는 눈을 감았다. 소녀는 여전히 꼼짝 않고 가만히 있었다.

손님이 눈을 번쩍 뜨더니 한동안 말없이 소녀를 지그시 응시했다.

"손님, 인사는 마치셨는지요?"

손님은 사제의 목소리를 듣고 그제야 정신을 차린 모양이었다. 시선을 돌리며 사제를 바라보는 표정은 무슨 말을 들었는지 모르겠다는 듯했다.

"뭘 말이죠? 아아, 그렇지, 아, 예. 대단히 고맙습니다."

그렇게 말하고는 모두에게 가볍게 고개 숙여 인사해 보이고서, 손님은 사람들이 만든 원 밖으로 물러났다. 사제는 뭔가 납득할 수 없다는 표정으로 손님을 바라보고 있더니, 이윽고 마음을 가다듬고 말했다.

"섬지기님, 신이 보낸 사자를 융숭하게 대접해주시기 부탁드립니다."

아돌은 당황하며 손님한테서 나유그루 라이타의 눈으로 시선을 되돌렸다.

"알겠습니다. 시녀들이여, 나유그루 라이타의 눈을 최고급 객실로 모셔 목욕을 도와드리고 침구를 준비해드리도록 하라. 병사 둘…, 너하고 네가 호위를 맡도록 하라."

그 순간 섬사람들 사이에서 슬픔에 찬 목소리가 일었다. 아돌이 타이르듯이 말했다.

"울어선 안 된다. 나도 너희들의 슬픔은 아플 정도로 잘 안다. 하지만 이렇게 되면 그 누구도 어떻게 할 수가 없다. 부디 참아주기 바란다.

딸을 나유그루 라이타의 눈으로 바친 가족은 바다 신의 선택을 받은 명예로운 자들이다. 평생 먹고살기에 부족함이 없을 정도의 보상금을 산갈 왕께서 하사하실 것이다."

아이 어머니가 소리 내어 울다가 쓰러졌다. 섬사람들이 슬품에 잠겨 있는 그녀를 부둥켜안듯이 둘러싸고는 제각기 작은 소리로 위로하는 사이에, 시녀들이 주뼛거리며 소녀의 손을 양쪽에서 잡고서 객실로 안내하기 시작했다.

"에샤나! 에샤나!"

어머니가 있는 힘을 다해서 끌려가는 딸을 불렀지만, 소녀는 뒤돌아보려고도 하지 않고 시녀들이 이끄는 대로 객실로 사라졌다.

밤이 이슥해졌을 무렵, 나유그루 라이타의 눈이 머무는 객실 쪽으로 어디선가 단조롭고도 작은 소리가 들려왔다. 객실 밖에서 호위를 서고 있던 병사들은 무심코 그 소리에 귀 기울였다. 뭔가가 바람에 밀려 벽에 부딪치는 것 같은 소리였다. 그 소리를 듣는 사이에 이상하게 졸음이 쏟아진다 느끼던 병사들은 마침내 더 이상 참지 못하고 꾸벅꾸벅 졸기 시작했다. 객실 안에서도 시녀들이 마찬가지로 작은 소리에 유혹당해 잠으로 빠져들었다.

그림자 하나가 객실로 몰래 들어갔다가 잠시 후에 되돌아나왔다. 그러나 병사와 시녀들은 그런 사실을 까마득히 모르는 채 새벽녘까지 잠들어 있었다.

바다를 떠도는 백성 랏샤로

짐배가 왼쪽으로 기우뚱하는 바람에 꾸벅꾸벅 졸고 있던 스리나는 깜짝 놀라서 눈을 떴다.

아버지의 검은 그림자가 깊은 잠에 빠져 있는 남동생을 넘어서 스리나 옆으로 다가왔다.

"무슨 일이 있었던 거야?"

스리나가 속삭이자, 아버지는 놀라서 어둠을 뚫고 스리나 쪽을 쳐다봤다.

"아니, 아직도 안 자고 있었느냐, 넌?"

아버지는 마을 쪽 상황을 살피고 돌아오던 참이다. 오늘은 산타라이가 많이 잡혔기 때문에 카르슈 섬의 여러 마을에서 잔치가 벌어졌다. 짐배를 정박시켜놓은 이 서쪽 후미까지 섬 사람들이 노래하고 떠드는 소리가 들려왔는데, 그 흥겹던 노랫소리가 어느 순간부턴가 갑자기 불안한 웅성거림과 울음소리로 바뀌었던 것이다.

스리나 가족은 섬사람이 아니다. 배 위에서 태어나서 평생을 배 위에서 살다가 마침내 배 위에서 삶을 마치는, '바다를 떠도는 백성' 랏샤로였다.

섬에서 사는 사람들은 랏샤로를 뿌리 없는 백성이라 여겨 자신들보다 낮춰 본다. 물론 랏샤로에게는 자신의 짐배 외에는 고향이라고 할 만한 대상이 없긴 하다. 섬지기한테서 상업권을 보장받지 못하기 때문에 섬사람보다 싼 값에 물건을 팔아야만 하고, 일을 하더라도 싼 임금을 받을 수밖에 없기도 하다.

하지만 랏샤로는 자신들의 생활에 별로 불만은 품고 있지 않았다. 섬사람처럼 세금을 낼 필요도 없고, 누군가하고 사이가 틀어졌는데도 참으며 함께 살 필요도 없다. 곧바로 돛을 올려 가족끼리만 바다로 나가버리면 그만이다. 이렇게 마음 편한 삶이 또 있을까?

랏샤로는 마음속으로 자기들이야말로 '진정한 바다의 백성' 토아라 야르타시나라고 생각하고 있었다. 섬에 사는 사람들은 비록 어엿한 바다 남자, '바다의 형제' 야르타시 슈리라 할지라도, '섬에 사는 백성' 탓카돌라에 불과하다. 항해 기술이 뛰어나다고 해봤자 고작 몇몇 섬 사이를 왕래할 뿐이다. 오로지 그 해역에 대해서밖에 모른다. 그에 비하면 랏샤로는 훨씬 더 먼 바다까지 꿰뚫고 있다. 섬사람들이 생각해본 적도 없는 바다의 신비로움도 잘 알고 있다. 랏샤로들은 마음속에 이런 자부심을 은근히 품고 있었다.

게다가 항상 바다 위를 떠다니는 것도 아니다. 대부분의 랏샤로는 제각기 살기 좋은 섬을 하나씩 알아두어서, 1년의 태반을 그 섬 근처에서 지냈다. 스리나네 가족은 카르슈 섬 사람들과 사이가 좋았기 때문에, 1년 중 절반 이상은 섬에 집배를 정박시켜 섬사람들과 함께 고기를 잡으며 지냈다. 반 년 전에 어머니가 죽었어도 그 습관은 변하지 않았다.

아버지와 열 살이 된 남동생 라시, 갓 두 살이 된 여동생 라챠, 그리고 스리나, 이렇게 넷이서만 지내는 생활은 섬 하나 보이지 않는 망망대해를 떠다니는 동안에는 조금 쓸쓸했다. 그래서 지금처럼 섬에 정박하고 있는 동안에는 스리나는 가능하면 섬의 소녀들 사이에 섞여서 일했다.

섬사람들은 스리나에게 특히 다정했다. 이 섬에 집배를 정박하고 있을 때 스리나가 태어났기 때문이다. 오늘도 산타라이를 세 마리나 나눠줬다. 잔치에도 초대했지만 스리나가 사양했다.

잔치판의 흥겨운 노랫소리가 바람을 타고 들려와도 스리나에게는 가고 싶은 마음이 들지 않았다. 자신의 냄새가 밴 포근한 침상에 누워서, 띄엄띄엄 들려오는 노랫소리를 듣고 있는 편이 마음 편했다.

그런데 노랫소리가 끊기는가 싶더니 갑자기 울음소리로 변한 것이다. 바람을 타고 가늘게 들려오는 휘파람소리 같은 울음소리는 스리나 가족을 불안하게 만들었다.

아버지는 꼬맹이들을 깨우지 않도록 속삭였다.

"날이 밝으면 곧바로 섬을 떠날 거다. 놀랍게도 시그루 나소이라가 나타났구나!"

산갈 사람들은 '나유그루 라이타의 눈'으로 부른다고 하지만, 스리나 같은 랏샤로들은 어린애의 몸속으로 나유그루 라이타가 들어가서 그런 기이한 일이 일어난다고는 생각하지 않았다. 바닷속에 있다고 하는 '또 하나의 바다'로 아이의 혼이 빨려 들어가버렸다는 것이 랏샤로들의 생각이다.

인간 세계에 축제가 있듯이 바다 밑의 백성도 축제를 벌이는 때가 있다. 그런 때 인간 세계의 아이가 '또 하나의 바다'로 혼을 유혹당하는 일이 생긴다고 한다. 바다의 백성이 부르는 흥겨운 노랫소리에 마음을 빼앗겨버린 아이가 혼으로 바다 밑을 찾아가 시간을 잊은 채 노래를 부른다는 것이다.

그런 아이를 랏샤로들은 '바다 밑에서 노래하는 아이' 시그루 나소이라라고 부른다.

"사라로 조류와 노그라 조류가 만나는 경계 지점을 향해서 급히 배를 출발시킬 거다. 아아, 바다의 어머니여, 감사드립니다. 이런 행운을 주시다니! 오늘 밤 카르슈 섬에 있기를 정말 잘했다. 다른 랏샤로들이 소문을 들을 무렵에는 우리는 엄청난 부자가 되어 있을 거다. 도중에 나슈 섬에 들러서 난

(동료)들에게 가르쳐주자."

아버지의 목소리가 들떠 있었다.

랏샤로 사이에서만 전해오는 비밀이 몇 가지 있다. 시그루 나소이라가 나타나면, 사라로 조류와 노그라 조류가 만나는 경계 지점에 쟈고 떼가 나타난다는 구전도 그중 하나였다.

쟈고는 산타라이보다도 더 맛있는 물고기다. 게다가 그 뼈는 어둠 속에서 은은히 빛나기에 밤낚시용 바늘로 비싸게 팔린다. 만약 쟈고를 많이 잡을 수 있다면 거금을 손에 넣게 될 것이다. 기쁨에 들떠서 미소 짓던 스리나의 머릿속에 문득 어떤 생각이 떠올랐다.

"아버지, 시그루 나소이라가 된 아이가 누구야?"

아버지가 잠자코 있는 모습에 스리나의 가슴에는 불길한 예감이 퍼졌다.

"에샤나란다. 가엾게도."

스리나는 한순간 숨을 죽였다. 에샤나! 얌전하고 귀여운 에샤나, 동생처럼 귀여워하던 그 아이가…? 이제부터 에샤나를 기다리고 있을 운명을 생각하니 조금 전까지의 즐거운 기분은 씻은 듯 사라졌다.

집배는 카르슈 섬을 출발한 뒤 사흘 동안 계속 순풍을 타고 순조롭게 항해할 수 있었다.

"조류가 보이느냐? 바다를 잘 봐라. 조류의 흐름이 바뀔 거다."

뱃머리 쪽에서 아버지의 목소리가 들려왔다. 아버지는 뱃머리에 앉아 능숙한 손길로 돛을 다루면서 아직 열 살밖에 안 된 라시에게 조류에 대해 가르치는 중이었다. 따가운 햇살이 쏟아져, 아버지는 손차양을 하고 눈을 가늘게 뜨고 있었다. 덕분에 햇볕에 그을린 아버지의 얼굴에 깊은 주름이 새겨졌다.

"색깔이 조금 다르네. 색깔로 구분하는 거야?"

"색깔도 다르지. 하지만 그것만이 아니란다…."

두 사람의 대화를 무심결에 들으면서, 스리나는 해조를 짓이겨서 만든 햇빛 차단제를 얼굴에 바르고 있었다. 바다 색깔의 깊이로 봐서 어느 섬에서나 멀리 떨어진 외해로 나온 것을 알 수 있었다.

하지만 불안하지는 않았다. 오른편에 두 척, 왼편에 세 척, 난(동료)의 집배가 같은 방향을 향해서 가고 있었기 때문이다. 큰아버지들 가족의 집배다. 난이 있으면 어느 섬에선가 갑자기 해적에게 습격당하지 않을까 염려할 필요도 없다.

사라로 조류와 노그라 조류가 만나는 경계까지는 이제 얼마 남지 않았다. 이렇게 좋은 바람이 불어준다면, 아마도 날이 저물기 전에는 도착할 수 있을 것이다.

팔에 안고 있는 어린 여동생 라챠는 쌕쌕거리며 곤히 자고 있었다. 집배는 배 두 척을 옆으로 이어서 만들었기 때문에 무척 안정감이 좋다. 그런데도 여기까지 오는 동안 자그마한 집배가 나뭇잎처럼 흔들린 때도 있다. 거울 같은 해수면이 펼쳐지는 고요한 내해에서 돛을 올려 파도가 거친 외해로 나왔을 때였다. 라챠도 남동생 라시도 뱃멀미를 해서 불쌍했다. 하지만 이제 외해에 익숙해진 것이리라. 이제는 둘 다 뱃멀미의 고통을 잊고 멀쩡해졌다.

뱃전에 기대어 얼굴을 바다 위로 내밀었을 때 문득 뭔가가 얼굴을 문지른 것 같은 느낌이 들어, 스리나는 해수면으로 시선을 떨어뜨렸다.

아무런 변화도 보이지 않았지만 살랑살랑 부드러운 바람이 얼굴에 닿았다. 마치 바다에서 태어난 아기 바람이 얼굴로 불어오는 것 같은 느낌이었다.

그리고 무슨 소리가 들렸다. 파도소리도, 파도를 가르는 배 소리도 아니다. 살랑거리는 바람이 싣고 오는 기묘한 속삭임….

'설마, 시그루 나소이라의 노래…?'

등골에 닿는 바람이 서늘하게 느껴졌다. 스리나는 당황해서 뱃전에서 몸을 뗐다.

"좋은 바람이다. 마치 우리 등을 밀어주는 것 같구나."

아버지가 즐거운 듯이 말했다.

"아버지."

아버지가 뒤돌아봤다. 스리나는 떨릴 것 같은 목소리를 필사적으로 가라앉히려고 애썼다.

"아버지, 바람이 바다에서 생길 수도 있어?"

"무슨 말이냐, 그건? 왜 그런 걸 묻는 건데?"

스리나는 방금 체험한 기묘한 일을 아버지에게 설명했다. 그 말을 듣자 아버지는 얼굴을 바다 위로 내밀고서 한동안 가만히 있더니, 잠시 후에 고개를 저었다.

"나한테는 아무 소리도 안 들리는데. 아기 바람도 느껴지지 않고."

아버지가 미소 지으며 스리나를 봤다.

"넌 아마도 엄마를 닮은 것 같구나. 네 엄마는 '바람 읽는 사람' 사란이었거든. 이따금 아직 닿지 않은 바람이 어디서 불어올지 가르쳐주곤 했지. '이제 조금 있으면 남쪽에서 바람이 불어올 거야' 하는 식으로 말이지."

그러고 보니 어머니가 종종 그런 말을 하곤 했었다. 그 부드러운 목소리를 떠올린 순간, 가슴속에서 술렁이던 무서운 기분이 조금씩 가라앉았다.

"그러고 보니 전에 누군가가 한 말이 생각나는구나. 바다 밑에서 노래하는 아이 시그루 나소이라를 '바람이 된 아이' 스콘라로 부르기도 한다더구나. 산타라이가 바람을 불러오는 물고기로 알려져 있는 것처럼, 쟈고는 바람의 유혹을 받는 물고기라고들 하잖니? 누군가가 시그루 나소이라가 되면 쟈고 떼가 나타나는 것은 그 소녀가 바람이 되어서 유혹하기 때문이라고 하더구나."

"그럼 이 바람은 에샤나일까….'"

"그럴지도 모르겠다. 가여운 아이로구나. 바람이 되었으면 바다에 떨어지기 전에 몸으로 돌아오면 되는데. 그러고 보니 네 어머니도 에샤나를 예뻐했었지. 종종 집배로 올라오게 해서 밥을 먹이곤 했는데."

그 추억과 함께 어머니의 모습이 떠올라 보고 싶어서 가슴이 아려왔다.

문득 아버지와 동생들에 대한 사랑이 솟구쳤다. 앞으로 언제까지고 모두가 함께 행복하게 살 수 있기를. 스리나는 마음속으로 그렇게 빌었다.

석양이 서쪽 하늘 가득히 퍼지기 시작했을 무렵, 스리나 가족은 목적지, 차가운 사라로 조류와 따뜻한 노그라 조류가 섞이는 경계 지점에 도착했다.

수많은 바닷새가 하늘에서 바다로 급강하했다가 솟구쳐 올라가기를 반복하고 있었다. 멀리서 봤을 때는 구름이 소용돌이치는 것으로 잠시 착각했을 정도였다. 아버지와 남동생 라시가 먼저 탄성을 지르더니, 두 사람의 눈길을 따라가던 스리나도 곧바로 환호성을 토해냈다. 바닷속에 강이 몇 줄기나 흐르고 있었다. 은빛 등이 번쩍이는 쟈고 떼의 물결이었다. 엄청난 숫자였다. 따뜻한 노그라 조류를 따라서 쟈고 떼가 헤엄치며 그 경계 부근에 소용돌이를 일으키고 있었다.

문득 스리나는 바람을 느끼면서 머리카락이 곤두설 것 같은 기분이 되었다. 돛으로 불어오는 바람이 아니었다. 바다 밑에서부터 솟아오르는 바람, 기묘한 노랫소리를 내는 바람이었다. 아마도 이것은 '또 하나의 바다' 나유그루에서 불어오는 바람일 것이다. 이 바람이 실어오는 노래는 시끄러운 바닷새 울음소리에도, 아버지랑 남동생의 탄성에도 묻히지 않고 마음속으로 울려퍼졌다.

그러다가 스리나는 깨달았다. 자신이 기묘한 바람을 느끼고 나면 실제로 그 방향에서 바람이 불어오는 것이었다. 마치 이쪽 세계의 바닷바람이 '또 하나의 바다' 나유그루에서 불어오는 바람을 뒤쫓아서 일어나는 것 같았다.

"아버지, 동남쪽에서 바람이 불어와."

무심결에 스리나가 말한 순간 정말로 동남쪽에서 바람이 불어와, 아버지는 서둘러서 돛의 방향을 맞췄다. 그러고는 스리나 쪽을 보더니, 눈썹을 찡긋하며 웃었다.

큰아버지들의 집배에서도 환호성이 들려왔다. 서로의 집배 사이에 그물을 쳐서 일망타진할까, 아니, 이 정도로 많은 쟈고라면 그건 위험하다, 그물이 끌려가서 오히려 사람들이 바다로 떨어질 수도 있다, 그런 이야기를 나누고 있는 아버지와 큰아버지들의 목소리도 들떠 있었다.

결국 난들이 힘을 합쳐서 쟈고를 잡되 그물과 작살을 쓰기로 했다. 은빛의 쟈고가 펄떡이면서 뱃바닥으로 떨어지면, 남동생 라시가 소리치며 막대기로 머리를 내리쳐서 숨통을 끊었다. 스리나와 사촌 여자아이들도 힘을 보탰다. 어른들이 쳐놓은 그물 안에서 서둘러 쟈고를 떠내서 배로 던져 넣은 것이다. 쟈고잡이는 온종일 계속됐다.

해가 완전히 저물 무렵에는 어느 집배나 쟈고로 가득 차 있었다.

"어디서 자지?"

라시가 멍한 표정으로 발밑을 쳐다보고 있었다. 아버지도 얼이 빠진 듯한 얼굴로 복사뼈까지 찬 쟈고를 보고 있더니 이윽고 불쑥 말했다.

"좀 너무 많이 잡았구나."

다음 날에는 하루 종일 쟈고를 손질해서 말리는 작업이 이어졌다. 스리나는 쟈고 뼈를 바닷물로 씻어서 손가락을 찔리지 않도록 조심하며 끈으로 묶는 작업을 묵묵히 계속했다.

피곤해지면 갓 잡은 신선하고 기름 오른 쟈고 토막을 바닷물에 씻어서 입에 넣는다. 짭짤한 바닷물이 쟈고 살의 단맛을 끌어내서, 입안 가득 향긋한 기운이 퍼진다.

"아아, 쟈고는 정말 맛있구나!"

짐배를 쟈고로 가득 채운 행복한 난들은 흐뭇한 기분으로 가장 가까운 시장이 있는 라스 섬으로 배를 향했다. 쟈고는 틀림없이 비싼 값으로 팔릴 것이다.

"이 정도의 쟈고라면 오천 쟈는 되겠다. 새 짐배를 살 수 있겠구나."

아버지가 밝은 목소리로 말했다. 여기서부터 라스 섬까지는 순풍이 불면 이틀 정도면 갈 수 있지만, 지금은 북쪽을 향해 역풍이 불고 있어서 지그재그로 가야만 한다. 항구에 도착할 무렵에는 쟈고도 적당히 말라 있을 것이다.

어느 무인도의 곶을 돌았을 때 이변이 일어났다.

이미 해가 거의 저물어 섬은 푸르스름한 형체만 어렴풋이 보였다. 큰아버지 사고의 집배와 다른 큰아버지들의 집배는 스리나 가족의 집배보다 훨씬 앞장서서 가고 있었다. 멀찍이 앞에 큰아버지 사고의 집배가 곶의 끝부분을 돌아가는 모습이 보였다.

큰아버지 사고의 집배가 곶의 건너편으로 접어들 무렵 비명이 들려왔다. 뱃머리에 있던 큰아버지 사고가 몸을 젖히며 바다로 떨어지는 모습이 보였다. 사고가 떨어진 자리에 물보라가 일었다. 스리나 가족은 무슨 일이 일어나고 있는지 알 수 없어 뱃전에 몸을 내밀고 건너다봤다.

바다에 떨어지는 순간 큰아버지 사고의 어깨 부근에서 뭔가가 번쩍였다. 그건 착각이었을까? 스리나의 머릿속으로 그런 생각이 스친 직후, 곶의 뒤쪽에서 거대한 붉은 머리와 금빛 눈이 슬그머니 튀어나왔다. 그리고 곧이어 그 머리의 주인공이 곶의 끝부분을 돌아서 모습을 드러냈다.

붉은빛을 칠하고 금빛 테두리를 두른 거대한 뱃머리, 산갈의 상선이었다. 상선 치고 그렇게 큰 규모는 아니었지만, 그래도 랏샤로의 집배보다는 열 배쯤 컸다.

뱃전에 죽 늘어선 병사들이 보였다. 황혼 속에서 병사들의 모습은 검은 형체로밖에 보이지 않았다. 손에 들고 있는 활의 쇠장식만이 석양의 마지막 빛을 받아 번쩍이고 있었다.

핑, 핑, 하고 바람을 가르는 소리가 울렸다. 순간 큰아버지 가족 사이에서 비명이 터져나왔다.

산갈 병사들이 자신들을 공격하고 있구나! 도대체 왜?

"바다로 뛰어들어라!"

아버지가 소리쳤다. 스리나는 꼼짝도 할 수 없어 고개만 돌려 아버지를 봤다. 아버지는 다리에 매달려 있는 라시의 팔을 붙잡아서 떼어냈다. 그리고는 라시를 안아 올려 바다로 내던졌다. 이어 스리나에게로 다가오더니, 스리나의 팔에서 여동생 라챠를 빼앗아 안고는 스리나의 뺨을 손바닥으로 탁 쳤다.

"멍청히 있을 때가 아니다! 바다로 뛰어들어!"

아기를 안은 아버지가 눈을 치켜뜨며 스리나를 노려보고 있었다.

뭔가 단단한 것이 배에 부딪치는 소리가 났다. 화살이었다. 화살이 탁 탁 소리를 내며 뱃전에 꽂히고 있었다.

"도망쳐라! 우리는 염려 마라. 너만 살아날 생각을 해라!"

배가 점점 다가왔다. 화살이 비처럼 쏟아져 내려, 아버지와 스리나는 엉겁결에 머리를 숙이고 엎드렸다. 아버지가 가늘게 신음소리를 흘렸다. 깜짝 놀라 얼굴을 들어 보니, 아버지의 어깨에 화살이 꽂혀 있었다. 스리나가 떨면서 아버지에게 달려들어 어깨에 꽂힌 화살을 뽑으려 했다. 하지만 아버지는 스리나를 밀쳐냈다. 라챠가 불에 데기라도 한 듯 울고 있었다.

"뛰어들어라! 바닷속으로 잠수해라. 깊이 잠수해서 섬까지 헤엄쳐라! 너라면 도망칠 수 있다!"

스리나는 흐느껴 울면서 일어섰다. 그리고 뱃전을 차며 공중으로 날아올랐다.

차가운 바닷물이 얼굴을 때렸다. 스리나는 잠수하지 않고 해수면에 얼굴을 내밀고 배에 매달려 있는 남동생 쪽으로 가려고 했다. 하지만 곧바로 아버지의 고함소리가 날아왔다.

"우리 생각은 하지 마라! 혼자서 도망쳐라!"

또다시 핑, 핑, 하고 무시무시한 화살비 소리가 들려왔다. 스리나는 숨을 깊이 들이쉬더니 물을 차며 어두운 바닷속으로 잠수했다.

어떻게 하면 화살을 맞지 않고 숨을 쉴 수 있을까? 아무리 잠수를 잘하는 스리나라도 잠수한 채로 섬까지 헤엄쳐 갈 수는 없다. 하지만 해수면에 머리를 내밀었다가는 비처럼 쏟아지는 화살의 먹이가 되고 만다. 저 배에 탄 궁수들의 눈을 피하려면 우선은 그들이 예상할 수 없을 만큼 집배에서 멀어져야 한다. 그 후에 물 위로 떠오르는 수밖에 없다.

그때 스리나의 머리에 떠오른 것이 '흐름 타기'였다. 모래사장 쪽에서 바다 저편으로 흐르는 빠른 해류를 타면 생각지도 못할 정도로 멀리 갈 수 있다. 이 해류에 휩쓸려서 가다 보면 정신을 차렸을 때는 모래사장에서 너무 멀어져버린다. 그 결과 익사하는 사람도 많기 때문에 아이들은 무서워하며 그 근처에 가지 않는다. 하지만 스리나는 일부러 해류를 타고서 종종 무모할 정도로 먼 거리를 헤엄치곤 했었다.

섬에서 멀어지는 방향으로 헤엄치자. 여기서 섬까지도 상당한 거리가 있으니 보통 같으면 섬을 향해서 힘껏 헤엄칠 것이다. 병사들도 그렇게 생각하고 있을 게 틀림없다.

스리나는 잠수한 채로 헤엄치기 시작했다. 온몸에 해류의 흐름이 전해왔다. 한참을 헤엄치다 보니 몸을 떠미는 힘을 느낄 수 있었다. 스리나는 그 흐름에 몸을 내맡겼다.

목숨 건 도박은 적중했다. 스리나가 저 멀리서 바다 위로 얼굴을 내민 사실을 병사들은 전혀 알아차리지 못했다. 계속 짐배와 섬 사이만 감시하고 있었기 때문이다.

어슴푸레한 해수면에 떠오른 스리나는, 커다란 배가 자그마한 짐배 다섯 척을 선미에 묶고서 움직이기 시작하는 모습을 뚫어지게 응시하고 있었다. 짐배에 남아 있을 아버지랑 동생들이 살아 있는지 어떤지 여기서는 확인할 수가 없었다.

곶을 돌아서 사라져가는 배를 지켜보다가, 스리나는 흐느껴 울면서 천천히 양손을 번갈아 뻗으며 무인도를 향해 헤엄치기 시작했다.

제1장

바다의 도읍

1
빛을 바라보는 언덕

먼저 바람이 들어오더니 밝은 빛이 뒤따라 들어왔다. 누군 가가 가마에 친 발의 끝자락을 들어올린 것이다.

"감히 황태자 전하께 아뢰옵나이다. '빛을 바라보는 언덕' 산갈 하사이에 도착했사옵니다."

안내역의 목소리가 약간 떨렸다. 이쪽을 보지 않으려고 눈을 내리뜬 상태였다. 그 때문에 목소리는 더더욱 알아듣기 힘들게 뭉개졌다.

밖에서 팔락, 천이 허공을 때리는 소리가 났다. 시종들이 땅바닥에 황태자가 딛고 설 천을 깔고 있는 것이다.

챠그무는 좁은 가마에서 굳은 몸을 조금 풀고 나서 천천히 밖으로 발을 내디뎠다. 보통 사람 같으면 발이 저려서 비틀거려도 애교로 끝날 일이지만, 신요고 황국의 황태자가 비틀거리면 불길한 징조로 여겨 사람들이 겁을 먹고 만다.

등을 펴고 선 순간, 챠그무는 저도 모르게 소리를 지를 뻔했다.

강렬한 햇살을 반사하면서 저 멀리 시계가 미치는 곳까지 짙은 파랑, 감청색의 바다가 펼쳐져 있었다. 그리고….

"저것이 빛을 바라보는 도읍 산갈 야시라로구나."

챠그무는 마음속에서부터 우러나온 감탄을 담아서 중얼거렸다.

'산호와 같은 도읍' 혹은 '바다에 떠 있는 보석' 등으로 평가받는 산갈 왕국의 도읍이다. 그러나 이런 아름다움을 실감하려면 실제로 보는 방법뿐, 만 마디 말로도 전달할 길이 없을 것이다.

이 언덕에서 내려다보니 왜 이 도읍이 '산호 같다'는 말을 듣는지 잘 알 수 있었다. 산갈 야시라는 로고 강이라는 큰 강의 하구 가까이에 펼쳐져 있다.

왕궁은 마을을 내려다보듯이 바다로 튀어나온 곶 위에 서 있었다. 높은 곳에서 조망하니 복잡하게 갈라져서 바다 위로 뻗어 있는 곶의 모양새가 마치 산호와도 같았다.

게다가 그 곶은 도대체 어떤 종류의 흙으로 형성되었는지 복숭앗빛이 살짝 감도는 하얀빛을 띠었다. 그 위에 늘어선 집들도 마치 조개처럼 하얗다.

규모가 큰 산갈 왕의 왕궁에는 고동을 본떠서 만들었다는 네 개의 첨탑이 우뚝 솟아 있었다. 스스로 빛을 뿜어내는 듯이 보여 산갈의 왕궁은 유난히 눈길을 끌었다. 왕궁의 벽도 지붕도 모두 유명한 '산갈 조개 문양의 도자기 판'으로 뒤덮여 있어서 빛을 부드럽게 반사하고 있었기 때문이다.

감청색 바다에 둘러싸여 하얗게 빛나는 왕궁과 집들, 옅은 복숭앗빛의 곳…. 그야말로 바다에 떠 있는 산호의 도읍이었다.

등 뒤에 사람이 다가오다 멈춰 서는 기척이 느껴졌다.

"아름답구나, 슈가."

뒤돌아보지 않고 나지막이 말한 챠그무에게 등 뒤의 사람이 고개를 끄덕였다.

"정말 아름답군요."

눈을 가늘게 뜨며 슈가는 하늘을 올려다봤다.

"여기는 '하늘읽기'에도 최적의 언덕이군요. 바닷바람도 기분 좋고."

챠그무는 돌아보며, 자신의 상담역이자 스승인 젊은 성독 박사 슈가에게 미소를 지어 보였다.

"그대는 어부의 아들이라고 했지? 바다를 보면 고향이 떠오르겠구나."

슈가도 미소 지었다. 새겨놓은 조각처럼 단정하던 얼굴은 미소가 실리자 금세 부드럽게 누그러졌다.

"예…. 다만 바다 색깔은 다릅니다. 저걸 보십시오. 도읍이 있는 곳의 기슭, 활 모양으로 휘어서 동서로 쭉 뻗어 있는 흰 해변, 그리고 모래사장 쪽 바다의 저 맑고 투명한 초록빛을. 우리 고향의 모래사장은 좀 더 잿빛에 가깝고, 바다 빛깔도 더 깊지요."

챠그무는 슈가가 손가락으로 가리킨 광대한 해안선을 바라봤다. 슈가의 말대로 이토록 투명하고 아름다운 초록빛 바다는 처음 본다.

눈을 가늘게 뜨고 얼굴에 내리쬐는 강렬한 햇빛을 즐기면서 챠그무는 나지막이 말했다.

"게다가 이 강렬한 햇빛. 우리 나라하고는 바다의 푸른 빛깔도, 하늘의 푸른 빛깔도 다르구나. 이웃 나라에 왔을 뿐인데도 이렇게 다르다니…. 세상은 참으로 광대하구나."

"그렇지요."

"광대한 것으로 치면, 이 산갈 왕국도 상당히 광대한 나라로다. 국경인 고개를 넘고 나서 오늘로… 열이틀째인가? 산갈이라고 하면 해운과 해산물의 나라라는 인상만 있었는데 농지도 비옥하구나."

슈가의 미소가 짙어졌다. 3년 간 학문 담당으로서 곁에서 모셔온 열네 살의 황태자 챠그무의 예민함을 확인할 때마다 슈가는 억누를 수 없는 기쁨을 느꼈다.

'이분을 황제로 모셔야 한다. 절대로 황제로 이르는 길에서 벗어나지 않도록 잘 지켜드려야 한다.'

작년에 황제의 제3황비가 귀한 황자를 낳았다.

그 전까지 챠그무 황태자의 지위는 확고했다. 황제의 유일한 아들이었기 때문이다. 그러나 새로이 황자가 탄생한 지금은 사정이 다르다. 챠그무 황태자는 '얼마든지 대체 가능한' 존재가 되어버린 것이다.

황제는 부자의 정에 사로잡히지 않는 차가운 성품이다. 황태자의 행동을 보고 '이 자는 황제가 될 그릇이 아니다'라고 판단할 경우, 지위를 박탈할 가능성이 충분히 있다.

황태자 지위의 박탈이란 곧 병이나 사고로 위장한 은밀한 죽음, 즉 암살을 의미한다. 황실의 어두운 내막을 들여다본 슈가뿐만 아니라 챠그무도 충분히 알고 있는 사실이다.

예전에 챠그무는 몸에 정령의 알을 품는 기묘한 체험을 한 적이 있다. 챠그무가 다른 세계의 존재를 품었다는 사실을 알게 된 황제는 '성스러운 황실'의 위신을 지키기 위해서 즉각 암살을 결심했다. 자신의 아들인 챠그무를 상대로 말이다.

고작 열한 살이던 챠그무가, 황제가 보낸 암살자들의 습격과 챠그무의 몸에 깃든 정령의 알을 쫓아온 다른 세계의 마물로부터 벗어날 수 있었던 것은 바르사라는 여자 호위무사 덕이었다. 바르사와 그의 소꿉친구인 약초사 탄다, 그리고 탄다의 스승인 주술사 토로가이가 그의 목숨을 구한 것이다.

그때 황제의 명을 받아 챠그무를 암살하는 편에 가담했던 슈가는 기묘한 과정을 거쳐 챠그무를 지키는 편에 서게 되었다.

여하튼 황제는 아버지임에도 불구하고 챠그무를 어떻게든 암살하려고 했을 것이다. 장남 사그무 황태자가 병을 얻어 갑자기 서거해버리는 비극이 일어나지 않았다면. 장남을 잃고서야 황제는 비로소 뒤를 이을 황태자로서 챠그무를 살려야겠다고 결심한 것이다.

'폐하는 냉혹한 것이 아니다. 부자의 정이라는 본능에 따라 생활할 수 없는 입장 때문에 그러실 수밖에 없는 것이다.'

슈가는 언젠가 챠그무에게, 신의 자손인 황제의 혼은 순면으로 감싼 듯한 고결함을 유지하기 위해 평민들의 부정함과는 거리를 두어야만 한다고 진언한 적이 있다. 황제가 될 자는 태어난 순간부터 궁궐 속 깊숙한 곳에 고이 모셔져, 사람들과 거의 만나지도 않고 은밀히 자란다. 그렇게 자란 마음이 평민들의 마음과 동떨어져 있다고 해서 이상할 건 없다.

그러나 챠그무 황태자는 운명의 장난 때문에 궁궐 속에서 인간 세계로, 사람들의 추잡한 삶 속으로 떨어지고 말았다. 그때 만난 사람들과 깊은 애정으로 맺은 인연이 챠그무를 결정적으로 바꾸어버린 것이다. 현명하고 다정하지만 내면에 마치 불꽃 같은 격렬함을 간직한 이 황태자 챠그무가 깊은 산속의 샘과도 같은 황제와 뜻이 맞을 리가 없다.

이번에 산갈로 떠나올 때도 황제가 챠그무 황태자에게 그다지 정이 없다는 사실이 역력히 드러났다. 황태자의 상담역으로 배정된 수행인은 슈가 한 명뿐이다. 나머지는 전부 호위병과 시종 들이다.

교섭을 위해서가 아니라 축하 의식에 참가하기 위한 여행이기는 하지만, 산갈과의 외교 경험이 풍부한 문관 하나 붙이지 않은 채 황태자를 타국으로 보낸 황제의 냉담함에 슈가는 등골이 서늘해지는 기분을 느꼈다.

산갈 왕국의 도읍에는 해질녘까지는 도착할 것이다. 그때부터 시련이 시작된다.

산갈 왕국의 주요 활동 영역은 챠그무의 나라 신요고 황국의 서남쪽에 펼쳐진 바다다. 조금 전에 챠그무가 말한 것처럼, 특히 교역과 해산물로 번창한 나라가 산갈 왕국이다.

양국 간에 전쟁이 일어난 적은 지금까지 한 번도 없다. 신요고 황국은 전쟁을 피해 남쪽 대륙에서 신천지로 도망쳐온 황제가 세운, 전쟁을 싫어하는 나라다. 그리고 남쪽 대륙의 여러 제국이 언제 쳐들어올지 모르는 해변에 자리 잡고 있는 산갈 왕국 또한, 전쟁으로 국력을 약화시키기보다는 배후를 지키는 동맹국으로 이웃 나라를 남겨두는 편이 훨씬 이익이었던 것이다. 그래서 신요고 황국과 산갈 왕국은 평화로운 교역 관계를 유지할 수 있었다.

그런 산갈 왕국에서 해가 바뀌자마자 '신왕 즉위식'에 참가해달라는 초대장을 보내왔다. 산갈에서는 제1왕자에게 차남이 생기면 왕이 제1왕자에게 왕위를 물려주는 것이 관례로 되어 있다. 때문에 작년 말에 카르난 왕자의 둘째 아들이 탄생했다는 전갈이 있었을 때부터 새해에는 왕권수여식이 거행될 거라고 예상하고 있었다.

챠그무의 아버지가 황위에 오른 즉위식 때 산갈 왕은 산호와 진주를 박은 멋진 보석상자를 지참하고 직접 와서 축사를 해주었다. 이번에 산갈에 신왕이 즉위하게 되면 신요고 황국도 동등한 예를 갖춰야만 한다.

그런데 신요고 황국에서는 황제가 나라를 떠날 수 없다.

황제를 나라의 혼으로 여기기 때문이다. 그래서 황태자인 챠그무가 신왕 즉위식에 참가하게 된 것이다.

　이 이야기가 정해졌을 때, 챠그무는 속으로 뛸 듯이 기뻤다. 숨 막힐 것 같은 궁에서 잠시나마 벗어나서 다른 나라로 여행할 수 있는 것이다. 번거로운 의식을 소화해야 하지만, 이런 식으로 숨을 돌릴 수 있는 기회는 대환영이었다.

　"반년에 한 번 정도 이 나라 저 나라에서 새로운 왕이 즉위해주면 좋을 텐데."

　이런 농담을 해서 슈가에게 타박을 듣기도 했다.

　"전하, 잘 아시겠지만 산갈 왕가는 해운으로 나라를 번영시킨 가문입니다. 근본이 상인인지라 무척 계산적이라고 들었사옵니다. 폐하의 즉위식에 산갈 왕이 직접 온 것도 폐하의 인품을 가늠하기 위한 것이었습니다. 동맹국으로서 중시해야 할 나라인지, 아니면 일거에 공격해서 지배해버리는 편이 이익이 될 것인지를.

　산갈 왕가는 근본이 상인이라고 말씀드렸습니다만, 한편으로는 거친 무인의 피도 흐르고 있습니다. 주변의 여러 섬을 본거지로 삼고 있던 해적들을 공격해 지배함으로써 광대한 왕국을 건설했으니까요. 전하께옵서는 나라를 대표해서 의례에 참가하신다는 사실을 잊지 마시옵소서."

챠그무는 콧방귀를 뀌었다.

"그러니까 얕잡아 보이지 말라는 거로구나."

일부러 상스러운 단어를 쓴 황자를 슈가가 살짝 노려봤다.

"말씀하신 대로이옵니다."

"흠…. 어렵구나. 네 표현을 빌리면 우리 신요고 황가는 신성한 가문이다. 피비린내를 풍겨서는 안 되며, 깨끗하고 온화해야만 하지. 그러면서도 상대를 위협하라는 것은 아름다운 칼집 속에 숨은 예리한 칼날을 느끼게 하라는 뜻이로구나."

슈가는 싱글거리는 챠그무에게 얼굴을 찡그려 보였다.

그런 대화를 주고받고서 벌써 한 달 이상이 지났다. 출발 준비에 보름이 걸렸으며, 이윽고 출발하고 나서도 여기까지 오는 데 스무이틀이나 걸렸다. 그 긴 여정도 앞으로 몇 시간이면 끝난다.

"슈가, 저기를 봐라. 범선이 모여 있구나!"

감청색 바다에 흰 항로의 꼬리를 끌며 수십 척의 거대한 범선이 산갈 야시라를 향해 모여서 오는 것이 보였다. 형형색색의 돛이 펄럭여, 잘게 썬 색종이를 바다에 뿌린 것처럼 보였다.

"대부분 산갈 왕국의 섬에서 온 배이겠지만 동맹국에서 온 배도 있을 겁니다."

끊임없이 들리는 우렁찬 파도소리. 날카로운 울음소리를 내며 천공을 교차하는 바닷새들.

문득 바닷물 냄새가 밴 바람이 챠그무의 뺨을 어루만졌다. 그 순간 챠그무의 가슴속에는 자신이 타국에 있다는 실감이 사무쳤다.

시야를 가득 채우는 바다. 산갈 말로 '야르타시' 해라고 불리는 이 감청색 바다 너머에는 남쪽 대륙이 펼쳐져 있다. 챠그무가 태어나고 자란 이 북쪽 대륙보다 훨씬 광대한 대륙이. 그곳에서는 국력도 무력도 강대한 여러 나라가 피로 피를 씻는 싸움을 계속하고 있다고 한다.

250년도 더 된 오랜 옛날에 챠그무의 선조인 성조 토르갈 황제는 전쟁이 끊이지 않는 남쪽의 고국 요고 황국을 버리고, 요고인들을 이끌고서 이 야르타시 해를 건너왔던 것이다.

지금 자신이 바로 그 바다를 보고 있다고 생각하니 묘한 기분이 들었다.

"전하, 가시지요."

슈가의 목소리에 고개를 끄덕이고, 챠그무는 눈이 아플 정도로 파란 바다에 천천히 등을 돌렸다.

2
무술 시범 행사

"아니, 이건 핏자국이 밴 낡은 가죽띠가 아니냐. 이런 것을 무술 시범 행사에서 쓰라는 거냐?"

주먹에 두를 가죽띠를 시종에게 내던지며 타르산 왕자가 소리쳤다. 가죽띠가 젊은 종자의 어깨에 철썩 맞고 떨어지자, 종자는 새 가죽띠를 찾으러 무구 보관실로 급히 사라졌다.

타르산 왕자는 도저히 열네 살로는 생각할 수 없을 정도로 장신인 데다 체격도 다부졌다. 왕자의 햇볕에 그을린 가슴에 다른 종자가 금실 박힌 아름다운 가슴보호대를 둘러매는 모습을 늘씬한 아가씨가 팔짱을 끼고서 바라보고 있었다.

"타르산, 심호흡 좀 하거라. 그렇게 굶주린 상어 같은 얼굴로 무술 시범 행사에 나갈 생각이니?"

살짝 미소를 머금은 부드러운 목소리가 들리자, 타르산은 힐끗 누나를 내려다봤다.

　"난 어느 나라의 겁쟁이하고는 달라. 겁쟁이보다는 굶주린 상어가 훨씬 낫지."

　사르나는 쓴웃음을 지었다.

　"너도 참. 오라버니는 너를 업신여겨서 그런 말을 한 것이 아니란다."

　"그러면 어떤 의도로 말한 건데?"

　어제 저녁에 신요고 황국의 챠그무 황태자를 궁전에 맞이해 국빈으로서 별관으로 안내한 후에 형 카르난 왕자가 한 말에 타르산은 크게 상처받았다.

　카르난은 타르산을 뒤돌아보며 탄식하듯이 말했었다.

　"완벽한 말투, 빈틈없는 응답. 그런데 너하고 똑같은 열네 살이라니, 놀라운 일이구나.

　무엇보다도 기품이 있어. 마치 조개 속에 숨겨진 최상의 진주 같은 인상이야. 우리 같은 해적 출신 왕가에서는 그런 기품은 좀처럼 갖출 수 없지. 그에 비해서 너는 진주보다는 거칠고 투박한 작살과 비슷하구나. 솔직한 점은 남자다워서 좋지만, 왕가 사람이라면 저 황자처럼 자신을 아름다운 조개로 감추는 기술도 필요한 법이다. 내 즉위식 동안 부디 타국의 내빈들에게 품위 없는 왕자라는 말을 듣지 않도록 처신해 주면 좋겠구나."

형의 말을 떠올리며 타르산은 콧방귀를 뀌었다.

"품위가 없어서 미안하군. 어차피 나는 카르슈 섬에서 자랐잖아. 궁전에서 자란 형님하고는 다르지. 형님도 한번 그 섬, 우리 산갈 왕가의 고향에서 살아보면 좋을 텐데. 그렇게 하면 이 정도 지위까지 오르게 된 우리의 기골이 어디서 비롯된 것인지를 알 수 있을 텐데.

우리는 기품 따위로 백성에게 존경받고 있는 것이 아니야. 이 야르타시에 펼쳐져 있는 섬들의 어떤 야르타시 슈리(바다의 형제)보다도 강하고, 백성을 배불리 먹이며, 다른 나라로부터 지켜주는 힘을 갖고 있기 때문에 존경받는 거지. 기품 있는 진주보다는 하늘을 가르며 날아가는 투박한 작살로 생각해주는 편이 나는 더 좋아."

단숨에 그렇게 말하고서 타르산은 누나를 응시했다.

"내가 잘못 생각하고 있는 거야, 누님?"

사르나는 남동생에게 다가가서 동생의 움켜쥔 주먹을 가볍게 탁탁 쳤다.

"나는 투박한 작살을 좋아한단다. 그리고 네가 진주가 될 필요도 없어. 왕이 될 운명인 장남은 궁전에서 키우고 군을 통괄하는 장군이 될 차남은 카르슈 섬에서 늠름한 바다 사나이로 단련시키는 산갈 왕가의 이상을 너는 제대로 체현하고 있지…. 하지만 오라버니가 하신 말씀도 나는 이해할 수 있단다."

사르나는 단어를 찾는 듯이 잠시 뜸을 들였다.

"오라버니는 네가 너무 순수하다고 말씀하시고 싶었던 거란다. 왕가의 사람에게는 '힘' 이외의 또 다른 뭔가가 필요하거든. 안개처럼 왕가의 사람을 뒤덮고 있는 바로 그것이 평민과 우리 사이를 구분해주지.

챠그무 황태자를 알현했을 때, 나도 오라버니와 똑같은 것을 느꼈다. 신요고 황국에서는 황가 사람의 눈을 평민이 쳐다보면 벼락을 맞은 것처럼 된다고들 하는데, 그 황태자의 눈에는 확실히 권력 이상의 뭔가가 있더구나. 뭔가가 안개처럼 그 황태자를 뒤덮고 있어서 바닥이 안 보였다. 그건 엄청난 강점이라고 생각하는데. 그렇게 생각하지 않니?"

타르산은 잔뜩 미간을 찌푸리고서 누나를 응시했다.

"자신을 감추지 않는 남자는 신용할 수 있으니까 사람들은 너를 좋아하게 될 테고 의지도 하게 되겠지. 하지만 너를 두려워하지는 않을 거다."

타르산은 어깨를 흔들었다.

"누님이 하는 말은 도무지 이해하기가 힘들어. 그야말로 안개 같아. 그리고 그렇게 이유도 알 수 없는 막연한 두려움의 대상이 되기를 나는 원하지 않아. 있는 그대로의 나를 두려워하게 하고 싶어."

사르나는 미소 지었다. 사르나는 이 솔직한 동생을 무척 좋아했다. 거칠고 아직 어리지만 어리석지는 않은 동생이다. 언젠가 지금 한 말의 의미를 자연스럽게 깨달을 날이 올 것이다.

뛰어 돌아온 종자가 내민 새 가죽띠를 받아 주먹에 감으려고 하는 타르산의 손을 사르나가 막았다. 사르나는 마치 채찍이라도 휘두르듯이 가죽띠를 공중에 휘두르더니 정성스럽게 동생의 주먹에 감기 시작했다.

"이 주먹이 보는 사람을 두려워하게 만들기를."

그렇게 말하고 싱긋 웃는 누나를 보는 사이에 타르산은 조금 전까지 타오르는 듯했던 분노가 조금 가라앉는 것을 느꼈다.

현명한 누나 사르나. 황금빛 피부에 크고 또렷한 갈색 눈동자. 이목구비가 조금 너무 강한 느낌도 있지만, 그 강해 보이는 얼굴을 풍부하고 밝은 표정이 부드럽게 만들어준다. 이 누나를 아내로 삼고자 하는 자는 많지만, 산갈 왕가의 여자를 아내로 삼으려면 그 나름의 각오가 필요하다.

왕가의 남자들이 왕국을 끌어가는 강한 팔이라고 한다면, 왕가의 여자들은 올바른 길을 찾아내는 머리에 해당한다. 본래 야르타시에 떠 있는 여러 섬의 여자는 남자가 잡아온 물고기를 파는 상인으로, 현명한 아내는 무엇과도 바꿀 수 없는 보물이라고들 한다.

산갈 왕국은 크고 작은 수백 개의 섬을 지배하는 바다의 왕국이다.

예전에 이 해역에는 커다란 왕국이 없었다. 단지 다른 섬에서 약탈하러 오는 해적들로부터 자기 섬을 지키기 위해 가까운 섬들끼리 동맹을 맺고 있었을 따름이다. 남자들은 아내를 맞이할 나이가 되면 군대를 조직해 섬을 지키고, 고기가 잡히지 않을 때는 해적이 되어서 다른 해역으로 쳐들어갔다.

일손이 부족해지면 다른 섬이나 대륙의 나라들로 노예사냥을 하러 나가기도 했다. 섬사람들이 '라슈탄(육지)'이라고 일컫는 말에는 경멸의 뜻이 담겨 있었다. 산갈 왕국이 탄생해 노예사냥을 법으로 금지했지만, 다른 나라에서 몰래 노예를 사냥해서 매매하는 일은 아직도 계속되고 있다.

해적들이 그렇게 서로 공격을 주고받는 사이에, 군사력이 강한 쪽이 차츰 많은 섬을 지배하게 되어 자그마한 왕국이 생겨났다. 하지만 나라라고 해도 신요고 황국 같은 나라와는 달랐다. 신요고 황국은 신의 자손이라고 숭앙받는 황제를 중심으로 강하게 통합된 나라다. 이와 달리 야르타시에 생겨난 왕국에 복속한 섬들은, 강한 남자들 휘하에 있으면 유사시에 도움받을 수 있을 테고 교역통로도 넓어져 이익이 될 거라는 생각에서 부하가 되었을 따름이다.

산갈 왕가의 선조들도 그런 군대, 침략당한 섬 쪽에서 보자면 해적 떼 중에서 특히 두각을 드러낸 일족이었다. 강한 남자들과 현명한 여자들로 다른 군대를 공격해 멸망시키거나 아군으로 끌어들여 광대한 해역을 지배하는 왕국을 세운 것이다.

하지만 왕국이 서고 120년 정도 지난 지금까지도 바다 백성들의 기질은 별로 변하지 않았다. 해역이 다르면 말도 달라서, 공통어인 산갈어를 몇 마디밖에 못 하는 사람도 있다.

산갈 왕국에 편입된 열두 소국의 왕은 지금은 산갈 왕국의 지방 영주에 불과하지만 그래도 '섬지기'라고 하는 전통적 이름을 유지하고 있고, 휘하의 군대와는 야르타시 슈리로서의 유대관계를 맺고 있다. 게다가 이 열두 '섬지기'들은 지금도 자기 영내의 백성들한테서 세금을 거두고 휘하에 병사를 거느릴 수 있다.

그 대신 산갈 왕가는 섬지기들에게 세금을 부과하고, 각 섬에서 병사를 뽑아서 강력한 왕국군의 기초를 다졌다. 병사들의 자손은 도읍에서 나고 자라 대대로 왕국군 병사가 되며, 그 토박이 병사들 가운데서 왕국군을 통솔하는 장군을 선발했다. 그리고 왕의 동생인 대장군이 장군들을 통괄하는 총지휘관이 된다. 대장군의 명령에는 섬지기들도 복종해야 했다.

산갈 왕국이 강대해짐에 따라 다른 나라의 침략을 받거나 해적에게 공격당할 위험이 줄어들자 섬지기들은 대외 교역로를 점점 확장해갔다. 능력이 뛰어난 섬지기들은 풍요로운 바다의 상인이 되었고, 산갈 왕가 역시 날로 부유해졌다. 섬지기의 수입이 커질수록 왕가에 지불하는 세금도 많아졌기 때문이다.

그래도 섬 주민들 중에는 산갈 왕가의 지배를 싫어해서 고향의 섬을 버리고 왕국 밖의 섬으로 옮겨버리는 자들도 있었다. 또한 배 위에서 태어나 섬에서 섬으로 떠돌다가 결국 배 위에서 죽는 '바다를 떠도는 백성' 랏샤로도 있다. 이런 사람들은 세금을 내지도 않고, 아들이 셋 있어도 그중 하나를 왕가에, 또 하나를 섬지기에게 병사로 제공하지 않아도 된다.

산갈 왕가는 그런 자들을 신민으로서 보호하지 않지만 처벌하지도 않는다. 왕가의 휘하에 있음으로써 얻을 수 있는 이익, 그리고 왕가와의 인간관계라는 끈이 산갈 왕국을 느슨하게 하나로 묶어주고 있었다.

특히 섬지기들과 왕가 간 유대관계는 혼인 정책을 통해 강화되었다. 따라서 이 관계의 중심에는 산갈 왕가의 여자들이 있다.

섬지기들은 늘 산갈 왕가의 감시를 받고 있는 셈이었지만 그 때문에 반항심이 쌓인 적은 이제까지 없었다. 왕가 출신의 아내들 덕분에 자그마한 섬의 섬지기로는 절대로 얻을 수 없는 수많은 이익이나 명예를 얻을 수 있었기 때문이다.

섬지기들은 오히려 아내의 기분을 상하게 만들까 두려워한다. 왕국의 지방 영주인 섬지기를 정할 권한을 왕가의 피가 흐르는 아내가 갖고 있기 때문이다.

만약 지금의 남편이 섬지기로서 부적합하다고 판단하면, 아내는 남편과 이혼하고 좀 더 유능한 남자와 재혼해 그를 섬지기로 앉힐 수 있다. 물론 이런 과정을 혼자 결정하는 것은 아니고, '여자들의 모임'이라 불리는 산갈 왕가 여자들의 회의에 부쳐 찬동을 얻어야 한다.

다른 이유로 섬지기가 교체될 때도 '여자들의 모임'이 왕궁에서 열린다. 새 섬지기를 남편으로 맞아들이는 중임을 맡기기 위해, 산갈 왕가의 피가 흐르는 많은 여자들 가운데서 왕가에 대한 충성심이 강하고 현명한 여자를 선발하는 것이다.

왕가의 피가 흐르는 여자들은 그야말로 왕국의 주축인 셈이다. 따라서 태어날 때부터 철저히 교육받는다. 왕의 딸들은 물론이고, 섬지기의 딸이나 사촌도 네 살이 되면 왕궁에 모인다. 고향의 섬에서 부모와 생활하는 기간은 1년의 3분의 1뿐이다. 열두 살이 넘으면 그녀들은 산갈 왕국의 여러 섬을 돌며 각각의 섬에 대해 공부한다.

지식도 경험도, 깊은 규중에서 자라는 다른 나라 공주들과는 비교가 되지 않는 여자들인 것이다.

현재의 산갈 왕에게는 두 왕자와 세 공주가 있다. 장남인 카르난과 장녀 카리나, 차녀 로크사나는 이미 결혼했고, 결혼을 안 한 공주는 사르나뿐이다.

타르산이 허리에 장식용 띠를 묶으면서 말했다.

"누님, 내가 형님의 말에 화를 낸 것은, 뭐라고 해야 할까, 그 챠그무 황태자가 내가 되고 싶지 않은 왕자의 모습을 그대로 갖추었기 때문이야.

우리는 어릴 적부터 자신의 발로 서라고 교육받아왔잖아? 왕국을 방패로 생각하지 마라, 오히려 자신이 왕국의 방패라고 생각하라고. 나는 왕국의 방패가 될 힘을 기르기 위해서 이제까지 단련해왔어. 나라의 보호를 받으며 편하게 있으면 확실히 희고 아름다운 진주가 될 수 있겠지. 하지만 그런 자가 유사시에 나라의 방패가 될 수 있을까?

그 황태자, 신분이 낮은 자가 자신의 눈을 봐서는 안 된다든가 해서 우리와 인사할 때 외에는 계속 얇은 천으로 얼굴을 가리고 있었어. 그 녀석은 백성을 항상 그 천 너머로 보고 있는 거야!"

챠그무 황태자의 희멀건 얼굴을 떠올린 순간 또다시 부아가 치밀었다.

"무엇보다도 소가 끄는 가마를 타고 오다니, 대체 무슨 생각을 하고 있는 건지 한심하다는 생각 안 했어, 누님은? 소가 끄는 가마라니. 말 네 마리가 끌면 훨씬 빨리 올 수 있는데.

그런 황태자를 키운 나라를 동맹국으로 두는 게 정말로 우리한테 도움이 될까?"

내뱉듯이 그렇게 말했을 때 주위가 갑자기 소란스러워졌다. 무술 시범에 참가할 병사들이 치장을 마치고서 타르산을 데려 가기 위해 대기실로 들어온 것이다.

타르산이 대기실로 들어가자 햇빛에 멋지게 그을린 늠름한 병사들이 씩 웃으며 가볍게 인사했다. 왕국군 병사 중에서 선발된 권투 실력자들이었다.

소속 부대는 제각기 달랐지만, 권투 기술을 수련하는 동료로서 그들은 타르산을 잘 알고 있었다. 타르산은 그중에서 최연소였지만 체격도 권투 실력도 나이가 더 많은 병사들에게 전혀 뒤지지 않는다. 그렇기 때문에 타르산 직속의 위병들은 물론이고, 다른 부대 소속 병사들도 타르산에게는 경의와 동료의식을 느끼고 있었다.

그중에서 가장 나이가 많은 병사가 무술 시범 복장을 갖춘 타르산을 보고서 진심을 담아 말했다.

"전하, 잘 어울리십니다…. 전하는 유난 님을 빼닮으셨습니다."

병사들 사이에 침묵이 흘렀다. 국왕의 동생이자 대장군으로서 용맹을 떨쳐 산갈 왕국 병사들의 존경과 신뢰를 한 몸에 받았던 유난이 갑작스러운 병으로 죽은 지 아직 2년밖에 지나지 않았다. 아들이 없었던 유난이 타르산을 아들처럼 아꼈던 것을 알고 있는 타르산의 위병들은 타르산에게 생전의 유난의 모습을 겹쳐서 보는 경우가 많았다.

타르산은 기쁜 한편으로 쑥스러워서 굵은 눈썹을 한데로 모았다.

"고맙다. 겉모습만이 아니라 숙부님처럼 멋진 권투 실력을 보여줄 수 있으면 좋겠지만."

"전하의 권투 시범은 틀림없이 각국의 내빈들을 깜짝 놀라게 할 것이옵니다! 우리 전하의 실력은 우리가 가장 잘 알고 있지요."

말을 꺼낸 타르산 직속의 젊은 위병이 빙긋이 웃으며 덧붙였다.

"연습 때마다 전하의 주먹에 맞아 생긴 멍은 이런 가슴보호대 정도로는 감출 수 없을 정도이니까요."

자세히 보니 정말로 가슴보호대가 없는 배 부근에 거무스름한 멍이 군데군데 보였기에 타르산이 웃음을 터뜨렸다.

"그거 참 미안하구나. 다음부터는 가슴보호대로 감출 수 있는 부위만 노려서 치지."

그렇게 말하며 타르산은 젊은 위병의 어깨를 쳤다.

"자, 가자. 산갈의 힘을 다른 나라 녀석들에게 보여주자!"

병사들이 '넷!' 하고 응답했다. 타르산이 걷기 시작하자 병사들은 일제히 그 뒤를 따랐다. 타르산은 걸으면서 가죽띠를 단단히 감은 두 주먹을 탕 하고 마주쳤다.

'그 황태자는 주먹으로 누구를 친 적도, 누구에게 맞은 적도 없을 거야.'

이 주먹으로 그 희멀건 얼굴을 힘껏 치면 어떤 표정을 할까? 코피로 범벅이 되어도 품위라는 것을 지킬 수 있을까?

타르산의 입술에 살짝 미소가 스쳤다.

⊱✦⊰

왕궁 중정에 마련된 귀빈석에 앉아 있던 챠그무의 등에 땀이 흘러내렸다. 한겨울인데도 이 나라는 어쩜 이렇게 더울까. 뒤집어쓰고 있는 얇은 천 너머로 눈앞에 펼쳐진 수면이 빛에 출렁이며 춤추는 광경을 보면서 챠그무는 경미한 현기증을 느꼈다.

'우리 궁전과는 무척 다르구나.'

깊은 산속 같은 정적이 깔려 있는 고향의 궁전을 생각하며 챠그무는 마음속으로 한숨을 쉬었다.

산갈 왕궁은 무척 개방적이었다. 커다란 출입문과 커다란 창문, 어디에 있어도 바람을 느낄 수 있는 구조였다. 흰 벽 바깥으로 푸른 바다와 하늘이 둘러싸고 있어, 한참을 보고 있으면 눈이 아플 것 같았다. 게다가 이 꽃향기! 중정 쪽 문 기둥을 휘감고 있는 타는 듯 붉은 꽃들이 달콤하고도 짙은 향기로 궁전 전체를 감싸고 있었다.

지금 챠그무가 있는 광대한 중정의 중앙에는 연못이 있었다. 아니, 연못이라고 하기에는 너무 거대한 이 물을 뭐라고 해야 할까. 하늘을 비추어 아름다운 푸른빛으로 빛나는 수면에 물윗배가 열두 척이나 떠 있었다.

"실례하겠습니다, 챠그무 황태자 전하."

시원스런 여성의 목소리에 챠그무는 놀라서 얼굴을 들었다. 비어 있던 오른쪽 옆자리 뒤에 늘씬하고 키가 큰 여성이 시녀 셋의 시중을 받으며 서 있었다. 그렇잖아도 그 자리에 누가 앉을지 궁금하던 참이었다.

챠그무에게 말을 건 여자는 우아한 동작으로 한쪽 무릎을 굽히며 산갈식으로 절했다. 햇볕에 탄 매끄러운 피부에 커다란 눈동자가 생기 있게 빛났다. 긴 갈색 머리에 넝쿨과 꽃을 본뜬 머리띠를 둘렀고, 얇고 헐렁한 옷을 작은 진주가 박힌 띠로 묶고 있었다. 어깨를 드러낸 채였다.

"사르나라고 하옵니다. 오라버니의 즉위식에 참석하러 머나먼 신요고 황국에서 왕림해주신 점 진심으로 감사드립니다. 이제부터 의식을 치르는 동안, 부족하지만 제가 곁에서 모시도록 하겠습니다."

챠그무는 벌떡 일어서서 얇은 천을 얼굴에서 걷어 올렸다.

"산갈 왕가의 사르나 공주님. 정중한 인사, 대단히 감사합니다. 공주님께서 몸소 접대해주시다니 송구스럽습니다. 자, 앉으시지요."

사르나가 빙긋이 미소 지으며 자리에 앉았다. 꽃향기 같은 것이 챠그무의 뺨을 살짝 스쳤다. 비슷한 연령의 여성과 이렇게 가까이서 얘기한 적이 거의 없어서 챠그무는 내심 긴장하고 있었지만 얼굴에 드러내지는 않았다.

신왕 즉위식에는 많은 나라에서 내빈들이 방문했다. 중정 연못을 둘러싸듯이 마련된 자리마다 각 왕가의 사람들이 앉아 있었다. 그리고 각각의 내빈들 옆자리마다 섬지기의 아내들이 자리 잡고 앉는 모습을 볼 수 있었다. 접대역으로 비슷한 연령의 여성을 배치한 산갈 왕가의 배려에 챠그무는 감탄했다.

"요고어를 참으로 훌륭하게 구사하시는군요. 놀랍습니다."

"고맙습니다. 왕가 사람들은 어릴 적부터 동맹국의 말을 배우니까요."

챠그무가 살며시 미소를 지었다. 그러고는 유창한 산갈어로 말했다.

"그렇군요. 저도 어릴 적부터 산갈의 언어를 배워서 아름다운 남쪽 나라를 그리워하고 있었지요."

순간 사르나의 눈썹이 올라갔다.

"어머나, 몰랐습니다. 요고 황가의 분들은 요고어 외에는 쓰시지 않을 거라고 생각했습니다."

"황제는 요고어 이외에는 쓰지 않습니다. 황제는 나라의 혼이니까요. 그러나 황자 신분일 때는 여러 나라의 언어를 배우지요. 언어는 혼의 소리, 다른 나라에 대해 알려면 그 나라의 언어를 알아야만 하니까요. 산갈어는 마치 노래 같아서 아름답지요."

사르나의 입술에 미소가 번졌다.

"예. 노래처럼 과장해서 큰 소리로 말하는 언어랍니다. 바다 건너까지 울리게 해야 하는 언어이니까요."

사르나는 눈앞에 펼쳐져 있는 수면을 손으로 가리켰다.

"저희는 이것을 '둘러싸인 바다'라 부르고 있습니다. 왕궁 안에까지 바다를 갖고 있지 않을 수 없는 것이지요. 산갈 사람들에게 바다란 어머니와도 같은 존재입니다."

그렇게 말하고 나서 사르나는 뭔가를 떠올리고는 키득거렸다.

"제 동생 타르산은 어릴 적에 여기에 뛰어들어서 물고기를 잡으며 놀곤 했지요."

개구쟁이 동생 이야기를 하는 사르나의 표정에 챠그무의 마음이 따뜻해졌다. 이런 식으로 동생에 대해 말할 수 있는 왕족도 있다는 것이 부러웠다. 챠그무가 자란 세계에서는 피가 이어진 자는 언제 자신의 목숨을 위협할지 모르는 존재에 지나지 않았기 때문이다.

"왕자가 그런 놀이를 한다고 의아하게 여기실지도 모르는

데, 저희 산갈 왕가는 원래 무척 혈기가 왕성한 일족입니다. 이제부터 보시게 될 무술 시범 행사도, 거친 바다 위에서 싸워 섬들을 정복한 산갈 왕가의 역사를 전례화해서 표현한 것이지요."

그때 특이한 피리소리 여러 갈래가 서로 미묘하게 음정을 엇갈리면서 동시에 울렸다.

"저쪽에 있는 '바다의 문'을 보세요. 산갈 용사들이 입장합니다."

황금색으로 햇볕에 그을린 늠름한 남자들이 두 줄로 중정으로 들어왔다. 모두 주먹에 가죽띠를 감고, 장식용 띠를 두른 허리감개와 가슴보호대 이외에는 아무것도 몸에 걸치지 않았다.

선두에 서서 당당하게 고개를 들고 있는 소년을 보고 챠그무는 조금 놀랐다. 분명히 어제 저녁에 새 왕이 될 카르난 왕자와 함께 인사를 나눈 왕자였기 때문이다.

"선두에 계시는 분은 타르산 왕자가 아닌가요?"

"예. 타르산은 우리 나라에서도 손꼽히는 권투 실력자거든요."

부럽다는 생각이 또다시 챠그무의 가슴에 북받쳤다. 왕자 신분으로 형의 즉위를 축하하며 무술 시범을 보일 수 있는 자유로움이 진심으로 부러웠다.

피리의 음색이 한층 더 높아졌다.

"산갈 왕 타후물과 카르난 왕자의 입장이에요."

사르나가 속삭이며 슬며시 일어섰다. 챠그무도 따라 일어섰다.

왕궁의 북쪽에 있는 '하늘의 문'으로 거구의 산갈 왕과 신왕 즉위식의 주역인 카르난 왕자가 나타났다. 어린 장남의 손을 잡고 갓 태어난 차남을 팔에 안은 왕자비가 뒤따랐다.

내빈들이 일제히 손뼉을 치며 산갈 왕 일행을 맞이했다.

"동맹국의 고귀하신 분들이여, 우리 왕국의 왕권 교체를 위한 의식에 참가해주셔서 감사합니다. 이제부터 식전이 이어지는 동안 부디 우리 나라와 기쁨을 함께해주시기 바랍니다."

산갈 왕의 목소리는 놀라울 정도로 커서 중정에 우렁차게 울려 퍼졌다. 박수소리가 한층 더 높아졌다.

"이제부터 축하 의식의 첫 번째 순서인 무술 시범 행사를 관람하시겠습니다. 시범을 보이는 자들은 우리 나라 최강의 권투 실력자들입니다. 조금 난폭한 축하 의식이긴 하지만, 산갈에서는 거친 바다를 헤쳐나가는 용맹함을 긍지로 여깁니다. 부디 즐겨주시기 바랍니다."

열두 명의 남자가 내빈에게 인사하고는 '둘러싸인 바다' 르노 야르타시의 양쪽으로 갈라져서 마주 보고 섰다.

타르산 왕자가 챠그무 앞에 서서 깊이 고개 숙여 인사했다. 챠그무도 답례했다. 눈도 눈썹도 윤곽이 또렷하고 큰 타르산은 챠그무에게 휙 등을 돌려 르노 야르타시 쪽으로 향했다.

피리소리가 잠잠해지자, 불현듯 쿵 하고 큰북소리가 한차례 울려 퍼졌다.

순간 남자들의 몸이 공중으로 날아올랐다. 남자들의 몸은 활 모양을 이루며 르노 야르타시에 떠 있는 배로 옮겨갔다. 그 여파로 물윗배가 크게 가라앉았다가 떠올랐다. 남자들은 빼어난 평형감각으로 비틀거리지도 않고 흔들리는 배 위에 서 있었다.

쿵 하고 큰북소리가 다시 울렸다. 그러자 남자들의 몸이 또다시 공중으로 날아올랐다. 마주 보고 있던 남자들의 몸이 공중에서 교차하며, 가죽띠를 감은 주먹으로 몸을 치는 소리가 허공에 퍼졌다.

다른 배로 내려섰을 때, 비틀거리는 자는 몇 명 있었지만 물속으로 떨어지는 자는 없었다.

쿵, 쿵, 쿵 하고 점점 빨라지는 큰북소리에 맞춰 남자들은 적의 배를 향해 날아올라, 공중에서 스치는 순간에 적을 주먹으로 치고 적의 주먹을 쳐내고는 배로 내려와서 섰다.

사람으로는 생각할 수 없을 정도로 가벼운 몸놀림과 뛰어난 평형감각에 관객은 매료되었다.

챠그무도 빠져들듯이 무술 시범을 응시하고 있었다.

'싸우고 있는 사람의 움직임을 볼 때는….'

귓속에 정겨운 목소리가 들려왔다.

'한 동작에 정신을 빼앗겨서는 안 된다. 전체를 봐야 하지. 강 속에 돌이 있으면 수류가 꺾이듯이, 움직임에는 방향이 자연스럽게 나타나게 마련이다. 그렇기 때문에 전체를 보고 있으면 공격의 방향을 읽을 수 있단다.'

'바르사….'

챠그무는 가슴에 북받치는 그리움이 얼굴에 드러나지 않도록 꾹 억눌렀다. 예전에 자신을 지켜준 여자 호위무사의 모습이 마음속에 떠올랐다.

칸발 왕국에 전해오는 치키라고 하는 무술을 바르사가 챠그무에게 가르쳐준 적이 있다. 치키는 공격과 방어가 일체를 이루는 실전적인 맨손 무술이다. 바르사에게 배운 것은 그중 기본적인 기술뿐이었지만, 챠그무는 요 3년 동안 혼자가 되면 그 일련의 기술을 남몰래 반복해서 연습했다. 챠그무로서는 무술 연습이라기보다 바르사와 탄다 등과 지낸 추억을 되새김질하는 시간이었다.

시간이 흐름에 따라서 어느 틈엔가 그 일련의 방어는 몸에 배어, 이제는 생각하지 않고도 몸이 움직일 정도까지 되었다. 언젠가 바르사에게 향상된 자신의 실력을 보여주고 싶었지만, 그것은 이룰 수 없는 꿈일 것이다.

이제 지쳤는지 남자들의 몸이 크게 흔들리는 일이 많아졌지만, 타르산 왕자의 움직임에는 아직도 여유가 있었다.

요란한 물보라가 일었다. 하나, 둘, 셋, 세 명이 얻어맞아서 떨어져 물속으로 사라졌다가, 잠시 후에 떠올라서 창피한 듯이 고개를 흔들어 물을 털어냈다. 코피를 흘리는 자도 있었다. 관객들로부터 한숨이 새어 나왔다.

한번 균형이 무너지자 그 후에는 와르르 무너지듯이 남자들의 움직임이 흐트러지기 시작했다. 남자들은 몸을 교차할 때마다 하나둘씩 물로 떨어져, 이제는 타르산 왕자를 포함해 불과 세 명만이 남아 있었다.

타타탕 하고 큰북이 연달아 울리자, 그 세 명의 용사들은 뒤를 보지 않고 뱃전을 차며 몸을 뒤집어서 공중으로 날아올랐다.

공중을 날아서 자신과 가까운 쪽 물가로 되돌아오는 타르산의 등을 본 순간, 챠그무의 몸이 움찔했다.

❧❀❧

온몸이 타는 듯이 뜨거웠다. 큰북소리가 울릴 때마다, 서로 스쳐 지나가는 순간에 사내들이 가차 없이 주먹을 휘두를 때마다, 타르산의 흥분은 고조되어갔다. 뜨겁다, 뜨거워. 힘이 온몸에 솟구쳤다. 타르산은 마음속으로 외쳤다.

'나를 봐, 형님! 껍질의 보호를 받는 진주가 아니라 허공을 가르는 작살을 동생으로 둔 것을 기뻐하란 말이야!'

사내의 주먹에 어깨를 맞은 충격으로 온몸이 울렸다. 그러나 타르산은 주눅 들지 않고 그 사내의 머리 측면을 주먹으로 가격했다. 사내가 획 날아오르더니 물속으로 첨벙 떨어졌다. 타르산은 온몸에 희열을 느꼈다.

'진주 따위, 껍질이 없으면 얼마나 약한지 그 눈으로 확인하는 게 좋을 거야.'

시범의 종료를 알리는 큰북이 울려 퍼진 순간, 타르산은 뱃전을 차며 공중으로 날아올랐다. 그러고는 시범을 펼쳐 보이는 동안 슬쩍 확인해둔 챠그무 황태자 자리 바로 앞에 내려 섰다. 그 순간 타르산은 착지에 실패해 비틀거리는 척하며 몸을 뒤로 눕혀 챠그무 황태자를 겨냥해서 등주먹을 내리쳤다.

부드러운 뺨에 주먹이 적중했다고 생각한 순간, 타르산은 자신의 주먹이 딱딱한 무언가에 부딪쳐 튕겨 나오는 것을 느꼈다. 다음 순간 뒤로 넘어지려는 자신의 등을 누군가가 강력한 힘으로 꽉 끌어안았다.

타르산과 그를 끌어안은 자의 눈이 마주쳤다. 타르산과 챠그무는 얼어붙은 듯이 놀란 빛을 담은 눈으로 잠시 서로를 응시했다.

"아니 어떻게 이런 무례한 행동을, 타르산!"

사르나가 일어서서 신음하듯이 말했다. 중정에 있는 모든 사람이 뜻밖의 사고를 침묵 속에서 주목하고 있었다. 산갈 왕과 카르난 왕자가 당황해서 일어섰다.

"무슨 짓이냐! 챠그무 황태자 전하, 다치지는 않으셨는지요?"

챠그무 뒤에서는 호위병들이 실수를 부끄러워하며 새파랗게 질려 있었다. 서 있는 위치가 나빴다고는 하지만 어쨌든 황태자를 보호하지 못한 것이다.

날아온 주먹을 순간적으로 막아내고 쓰러지는 타르산의 몸을 받아냈다는 사실을 챠그무는 타르산과 눈이 마주친 후에야 깨달았다. 몸에 밴 맨손 무술 덕분이었다. 몸집이 큰 타르산의 몸이 그제야 묵직하게 느껴져왔다.

타르산의 눈에 떠오른 놀라움은 곧바로 치욕과 분노의 빛으로 바뀌었다. 타르산은 귀까지 새빨개져 있었다. 문득 자신이 얼마나 중대한 과오를 범했는지 깨달은 것이다.

상대는 동맹국의 황태자다. 피할 수 없는 사고였다는 변명으로 빠져나갈 수 있을 거라고 생각하다니, 경솔했다. 축하 행사 첫날에 초대받은 손님인 황태자를 주최국의 왕자가 다치게 했다면, 비록 사고라 해도 엄청난 실책이 되었을 것이다. 화를 못 이겨 결과를 가볍게 생각한 자신의 어리석음을 불현듯 깨닫고, 타르산은 떨면서 챠그무 황태자 앞에 무릎을 꿇었다.

정신을 차리고 보니 형과 아버지가 자신을 내려다보고 있었다. 그들의 얼굴에 떠오른 표정을 보고서 타르산은 위가 바짝 쪼그라드는 느낌이었다. 그때 머리 위에서 목소리가 들렸다.

"그토록 격렬하게 움직였으니 마지막에 중심을 잃으실 수도 있는 일이지요."

챠그무 황태자가 지그시 타르산의 눈을 응시하고 있었다.

"염려 마십시오. 저는 가벼운 찰과상 하나도 입지 않았습니다. 타르산 왕자는 몸의 균형을 잃으신 상태에서도 저를 배려해주신 듯합니다."

방금 전까지 놀라서 눈이 휘둥그레졌던 소년과 같은 인물이라고는 도저히 생각할 수 없는 차분한 목소리로 챠그무 황태자가 말하더니, 불안한 듯이 바라보고 있는 산갈 왕에게 미소를 지어 보였다.

"참으로 멋진 시범이었습니다. 마지막에 저까지 참가시켜 주시다니 영광입니다. 우리 신요고 황국은 위급할 때는 이렇게 타르산 왕자의 등 뒤를 지키겠습니다."

미소를 머금은 챠그무의 말에 관객의 긴장이 풀리며, 여기저기서 웃음소리와 박수가 일었다.

산갈 왕과 카르난 왕자는 '휴우' 하고 어깨에서 힘을 빼더니, 일을 잘 수습해준 챠그무에게 진심으로 감사하며 자리로 돌아갔다. 하지만 타르산만은 치욕으로 몸을 떨었다. 챠그무의 재치 있는 임기응변은 타르산을 너무나도 처참하고 우스꽝스럽게 만들어버렸다. 타르산은 밸이 뒤틀리는 것을 가까스로 억누르고 있었다.

마치 장막이라도 치듯이 자신의 기분을 감추고 태연자약한 황태자의 얼굴로 돌변할 수 있는 그 소년을 상대로 증오심이 타올랐다. 터무니없는 감정이라는 사실도 잘 알고 있었다. 그렇기 때문에 타르산은 가슴속에서 몸부림치며 날뛰는 야수와 같은 분노를 억누르려고 했다. 자신을 그런 터무니없는 분노에 몸을 맡길 정도로 한심한 사내로는 생각하고 싶지 않았던 것이다.

또다시 악사들의 연주가 시작되고, 무술 시범을 보였던 사내들이 정렬했다.

"참으로 죄송스럽게 되었습니다."

짜내듯이 말하며 깊숙이 머리를 숙이고는 대열로 돌아가려는 타르산에게 뜻밖에도 챠그무가 작은 소리로 말을 걸었다.

"저는."

뒤돌아보는 타르산의 눈을 챠그무가 응시했다.

"이런 하찮은 일이 우리 사이에 박힌 가시가 되지는 않았으면 합니다."

타르산은 미간을 찌푸리며, 살갗이 흰 황태자의 검은 눈을 응시했다.

황태자의 눈에 자기 자신을 혐오하는 빛이 떠오른 것을 발견하고서 타르산은 움찔 놀랐다. 잘난 척하며 말한 자신을 자책하며 부끄러워하는 심정이 챠그무의 살짝 일그러진 입매에도 나타나 있었다. 초연하게 내려다보는 듯한 표정은 사라지고, 같은 또래 소년의 얼굴이 처음으로 드러났다.

잠시 잠자코 챠그무를 응시하고 있던 타르산이 이윽고 짧게 대답했다.

"저도 마찬가지입니다."

그러고는 가볍게 인사를 하고 가려다가 문득 다시 한 번 뒤돌아봤다.

"챠그무 황태자 전하는 뭔가 무술을 체득하고 계신가요?"

챠그무의 눈에 밝은 빛이 떠올랐다. 그 순간 챠그무의 인상이 확 바뀌었다.

"그런 이야기를 하기로 하죠…. 행사를 치르는 동안 시간이 난다면."

타르산은 절도 있게 인사하고는 남자들의 대열로 돌아갔다.

3

꽃의 정자에 부는 바람

석양빛이 '꽃의 정자'를 금빛으로 물들이고 있었다. 왕궁의 서쪽 곳에 툭 튀어나와 있는 이 정자는 산갈에서 '핵심 여성들'로 불리는 여자들의 휴식 장소였다.

'핵심 여성들'이란 왕족의 피가 흐르는 여자들 중에서도 특히 지위가 높은 사람을 말한다. 공주나 왕비는 물론이고, 섬지기의 아내도 이 모임에 포함된다.

여섯 개의 굵은 기둥 위에 반원형 지붕을 올려놓은 이 정자는 벽이 없는 건축물이다. 남쪽과 서쪽은 깎아지른 낭떠러지로 이어지고, 그 아래에는 거친 파도가 밀려오는 바다가 펼쳐져 있다. 동쪽과 북쪽으로 꽃이 만발한 정원을 지나가면 왕궁이 나온다. 사방 어디에도 사람이 숨을 수 있는 그늘이

라곤 전혀 없다. 즉 여기는 휴식 장소일 뿐만 아니라 아무도 은밀히 다가올 수 없는 밀담 장소이기도 했다.

정자 바닥에는 흰 대리석이 깔려 있고 그 중앙에 육각형 연못이 있었다. 꽃밭에서 흘러오는 맑은 물은 이 연못에 모인 다음, 졸졸 소리를 내며 가느다란 수로를 지나가 곶의 끝에서 바다로 흘러내렸다.

해질녘이었다. 바닷바람에 실려 온 바닷물 냄새와 꽃밭에 핀 란그나 향기가 어우러진 대기 속에, 제각기 편안한 자세로 쉬고 있는 여자들의 향수 냄새가 뒤섞여 풍겨왔다.

지금 이 정자에는 카르난 왕자의 아내를 제외한 '핵심 여성들'이 모두 모여 있었다. 카르난 왕자의 아내 지나는 제2왕자를 낳고 나서 몸 상태가 나빠져 공식적인 자리 이외에는 얼굴을 내밀 수 없는 상태가 계속되고 있었다.

꽃향기가 나는 술을 입에 머금고 있던 왕의 차녀 로크사나가 몽롱한 말투로 나지막이 말했다.

"아아, 맛있다. 역시 롯카리나엔 얼음이 들어가야 해. 도읍이 아니고는 맛볼 수 없는 사치라 아쉽네. 우리 노라무 섬에는 없는 것이 많지만, 얼음도 그중 하나라서."

얼음은 왕궁에서도 극소수 사람만이 맛볼 수 있는 사치품이었다. 머나먼 북쪽 지방에서 언 얼음을 산갈까지 가져와

곳의 동굴에 만든 빙실에 보관해야 하니 진귀할 수밖에 없는 품목이다.

모인 여자들은 하나같이 팔다리가 길고 늘씬했다. 오늘의 화제는 제각기 접대를 담당한 각국의 내빈들에 대한 평가였다.

"사르나, 넌 운이 좋았어. 챠그무 황태자는 피부는 희면서도 무척 남자답더구나."

로크사나가 한쪽 눈을 찡긋하자 사르나는 쓴웃음을 지었다.

"그래, 정말이야. 가슴이 철렁할 정도로 눈이 아름다워."

여자들이 웃었다.

"적절한 표현이구나. 산갈 남자들은 늠름하지만, 그런 신비로운 눈을 한 남자는 없지."

"나는 황태자 옆에 있던 청년이 좋더라. 키가 크고 무척 머리가 좋을 것 같은 청년."

"아아, 황태자의 상담역 말이구나. 그 사람은 신요고 황국 '별의 궁'의 영재라던데. 언젠가는 그 나라의 숨은 지도자인 성도사가 될 인물이라지. 그러니 접대해두어서 손해 볼 거야 없지."

사촌 자매나 숙모들이 그런 이야기를 하고 있는 가운데서, 왕의 장녀 카리나는 혼자 생각에 잠겨 있었다. 사르나는 살며시 일어서서 큰언니 옆으로 가서 앉았다.

"언니, 무슨 걱정이라도 있어?"

카리나는 입술에 살짝 미소를 머금었다. 다음 순간 문득 뭔가를 결심한 눈빛을 떠올리며 카리나는 고개를 들어 여자들에게 말하기 시작했다.

"있잖아, 조금 신경 쓰이는 일이 있는데."

여자들은 하던 이야기를 멈추고 카리나에게로 눈길을 모았다. 카리나는 아직 스물넷이었지만 어느 틈엔가 여자들의 리더 같은 존재가 되어 있었다. 침착하고 냉정한 성격 덕분이다.

"너희들 중에서 남편의 행동이 뭔가 평소와 다르다고 느낀 사람은 없니?"

몇 명이 빙긋이 쓴웃음을 짓는 것을 보고 카리나가 고개를 저었다.

"오해하지 마. 바람피운다거나 하는 그런 이야기가 아니야."

로크사나가 술잔을 만지작거리면서 고개를 갸웃했다.

"구체적으로 어떤 점을 말하는 거야?"

"예를 들어 시합을 대비해 훈련시키는 거라며 비둘기를 날려 전갈을 보내는 횟수가 늘었다거나, 남쪽 대륙에서 새로운 상로를 개척하러 온 손님과 밀담을 자주 나눈다거나."

대부분의 여자들의 얼굴이 갑자기 흐려졌다. 그것을 보고서 카리나가 날카롭게 말했다.

"짚이는 데가 있구나?"

한 숙모가 어깨를 으쓱했다.

"그게 그렇게 중요한 일이니? 남쪽에서 새로운 상인이 오는 것은 늘 있는 일이고, 남자들이 비밀리에 전령 비둘기를 날리고 싶어 하는 것도 종종 있는 일이지. 사실은 나도 이미 확인해봤다. 네 말대로, 우리 지역에서도 작년쯤부터 비둘기를 날리는 횟수가 부쩍 늘어난 것 같기에. 전령 비둘기로 어떤 편지가 오가는지 나는 전부 알고 있어. 모든 전갈은 우선 나에게 넘기는 조건으로 담당관한테 돈을 충분히 먹여놨거든. 모두들 그렇게 하고 있겠지만. 어쨌든 별로 수상한 점은 없었다."

"비둘기를 날리는 횟수가 늘어난 것은 눈속임이라고 생각해요, 숙모님. 그쪽으로 관심을 돌려 경계하게 만드는 거지요. 우리가 확인하고 안심하도록 말이에요."

여자들이 술렁이는 가운데 카리나가 말을 이었다.

"나도 작년쯤부터 남편이 전령 비둘기를 이상하게 많이 날리기 시작해서 경계하고 있었어. 하지만 남편이 시합을 위한 훈련이라고 말한 대로, 남편이 날리는 비둘기에는 전갈이 매달려 있지 않았고, 받은 전갈에도 별로 수상한 점은 없었어.

그래서 안심하고 있었는데, 하역 담당자 하나가 이런 물건을 발견한 거야."

카리나는 검은 타르가 굳은 자그마한 덩어리를 꺼내 보였다. 이미 둘로 갈라져 있는 타르 덩어리 안에서 흰 종이를 꺼내면서 카리나가 말했다.

"그 하역 담당자가 영리한 사람이거든. 남쪽 타르슈 제국에서 배가 도착한 날 밤, 선원 하나가 연회석에서 빠져나가는 것을 발견하고 뒤를 밟았지. 처음엔 닻줄 쪽으로 가는 선원을 보고 '아아, 닻이 단단히 묶여 있는지 확인하러 왔구나' 하고 생각했다는군. 그런데 그 선원이 바닷속으로 잠수해 들어가더니 잠시 후 돌아와서 숙소로 가더라는 거야. 아무 일도 없었던 듯한 얼굴로 말이지. 하역 담당자는 아무래도 신경이 쓰여서 동이 트기를 기다렸대. 그 선원이 잠수했던 곳 주위를 자신도 잠수해서 살펴보려고 말야. 그렇게 해서 닻의 쇠사슬에 꼼꼼히 발라놓은 이걸 발견한 거야.

참으로 교묘한 수법이지. 만약 전날 밤에 선원의 수상한 행동을 발견하지 못했으면 단순한 오물로 생각해 아무도 신경 쓰지 않았을 테니."

가장 나이 많은 여성, 왕비의 어머니 토라나가 기대고 있던 기둥에서 등을 떼며 카리나를 손짓으로 불렀다. 나이가 많아 이제 정사에는 거의 관여하지 않았지만, 왕모와 왕비, 즉 카리나 자매의 어머니가 일찍 타계했기 때문에 토라나의 의견은 지금도 왕가 여자들의 신뢰를 받고 있었다. 카리나는 일어서더니 토라나의 무릎 근처로 옮겨 앉았다. 여자들이 그 주위에 모여들더니 카리나가 손에 쥐고 있는 종이를 들여다 봤다.

구멍이 몇 갠가 뚫려 있을 뿐 아무것도 적혀 있지 않은 흰 종이였다.

"암호 해독 장치로구나."

토라나가 나지막이 말했다.

"예. 맞아요, 할머님. 전령 비둘기를 통해 남편에게 보내온 전갈에 암호문이 숨겨져 있을 거라고 생각해요. 이 종이를 갖다 대면 읽어낼 수 있겠지요."

토라나는 종이에서 눈을 들어 카리나를 봤다.

"확인해보지는 않았느냐?"

"예. 시간이 없었어요. 여기로 출발하는 날 아침에 발견했 거든요."

토라나는 얼굴을 찌푸리며 천천히 고개를 저었다.

"슬슬 남자들의 피가 끓기 시작하는 건지도 모르겠구나. 산갈 남자들은 조금 위험해서 말이다. 그렇다고 죄다 쇠사슬로 묶어놓을 수도 없고."

"어떻게 할까요? 남편들에게 이미 우리가 알고 있다는 사실을 알리는 게 좋을까요? 무모한 짓 못 하도록?"

로크사나가 언니와 할머니를 보면서 나지막이 말했지만 토라나는 고개를 저었다.

카리나는 토라나의 의견을 간파하고 말했다.

"오히려 눈치 못 챈 척하면서 감시하기로 하자. 누가 주모자인지, 누구누구가 손을 잡고 있는지. 장래를 위해서도 이 음모의 뿌리를 전부 철저히 밝혀내는 거야."

여자들의 얼굴에는 긴장감보다도 다부진 표정이 떠올라 있었다. 잔잔한 물결보다는 강풍을 좋아하는 산갈 여자들인 것이다. 그 얼굴을 보면서 토라나가 염려스러운 듯이 말했다.

"섬지기 몇 명이 짜고 왕가를 교체하려고 계획한 일이 전에도 없었던 것은 아니다. 하지만 반란은 언제나 일이 커지기 전에 섬지기들 내부에서 무너졌다. 누가 우두머리가 되느냐 하는 문제로 싸우느라 그랬지. 야르타시에 떠 있는 섬 수백 개를 하나로 통합하기란 쉬운 일이 아니다. 다만… 남쪽 대륙의 상인이 가담하고 있다는 점은 신경이 쓰이는구나."

카리나의 표정이 굳어졌다.

"그래요. 의심하려고 들면 신경 쓰이는 상인이 몇 명이나 있어요. 예를 들어 이 종이가 숨겨져 있던 배를 타고 온 요고인 상인. 그 남자와 남편이 거래를 시작하게 된 이후거든요, 전령 비둘기가 자주 날게 된 것이."

"요고인 상인? 타르슈인이 아니라?"

로크사나가 묻자 카리나는 고개를 끄덕였다.

"응. 타르슈의 상선을 타고 오지만, 그 얼굴은 분명히 요고인이야. 요고 황국이 타르슈 제국에게 정복당한 후에도 그렇게 타르슈 제국의 신민이 되어 장사를 계속하는 요고인이 있다는 사실이 흥미로웠기에 기억하고 있어."

"그러고 보니 우리 남편도 요고인과 자주 거래하던데."

사간 제도의 섬지기 아내가 말했지만 로크사나는 고개를 갸웃했다.

"글쎄, 하지만 타르슈의 상선을 타고 오는 요고인이 한 명은 아니니까. 같은 남자라고 단정 지을 수는 없겠지. 이름은 기억하고 있어?"

"음, 토그무라고 하던가?"

"언니가 신경 쓰인다는 그 남자도 토그무라는 이름이었어?"

"아니. 아마도 라스그라는 이름이었을 거야. 하지만 이름 같은 건 얼마든지 바꿀 수 있으니까. 그 요고인이 이 일과 정말로 관련이 있는지도 모를 일이고. 하지만 원대한 계획을 세우고 남편들을 조종하고 있는 자들이 배후에 있다면 색출해내야지."

여자들이 고개를 끄덕였다. 제각기 개성이 강한 여자들이지만 왕국의 장래와 관련된 일에 대해서는 합심해서 일을 진행하도록 어릴 적부터 교육받아왔다.

토라나가 조용히 말했다.

"카리나, 나는 늙어서 이제 옛날 같은 총기가 없다. 너를 믿는다. 여자들의 수장으로서 모두의 목소리를 똑똑히 듣고 행동하도록 해라.

신왕이 즉위하는 이때에 섬지기가 뭔가 수상한 움직임을 보이는 데다가, 네 남편은 '나유그루 라이타의 눈'을 데리고 이제 곧 도착한다고 한다…. 나유그루 라이타의 눈! 딱 한 번 본 적이 있는데, 그건 기분 나쁜 존재다.

아무래도 우리에게 폭풍이 다가오고 있다는 느낌이 드는구나. 부디 조심하도록 해라."

바다가 빨아들이기라도 한 듯이 해가 순식간에 저물었다. 여자들은 어두워져가는 바다를 보면서 잠시 생각에 잠겼다.

4
거래

    왕실 여자들이 왕궁의 정자에서 석양을 보고 있을 때 바다를 떠도는 백성 랏샤로의 딸 스리나도 석양을 보고 있었다. 그러나 스리나는 망망대해를 나아가는 자그마한 집배 위에 혼자였다.

    왜 이렇게 되었을까…? 갑자기 공격받아 가족들과 헤어진 그날부터 이토록 크게 변해버린 자신의 운명을 지금도 여전히 믿을 수가 없었다. 기나긴 꿈속을 헤매고 있다는 느낌이 들 정도였다.

    그 끔찍한 날 밤, 스리나는 무인도 해변의 산가라 수풀 속에서 하룻밤을 지냈다.

오래 헤엄치느라 지쳐버린 스리나는 샨가라 수풀로 들어선 순간 쓰러져 잠들었다. 그러나 밤새 악몽에 시달리다가, 결국은 샨가라의 초록색 잎 사이로 비치는 흰빛을 멍하니 바라보았다. 슬픔으로 가슴이 답답해 어떻게 하면 좋을지 모르는 채로. 그러고는 아버지와 라시와 라챠를 생각하며 울었다.

도망치라고 아버지는 말했지만, 배도 없는 스리나가 도대체 어떻게 도망쳐야 할까? 게다가 이 무인도에는 마실 물도 없다. 어떻게든 가장 가까운 라스 섬으로 가는 수밖에 없지만 간밤의 그 무시무시한 배는 라스 섬 쪽에서 온 배다. 도대체 왜 산갈 병사가 상선을 타고 랏샤로를 공격한 것일까? 무슨 일이 일어나고 있는 건지 도통 영문을 알 수가 없었다.

어떻게 하면 가족들을 구할 수 있을까? 아무리 생각해도 라스 섬으로 가는 수밖에 없을 것 같다. 붙잡혀서 살해당해도 하는 수 없다. 가장 가까운 라스 섬으로 가볼까?

그렇게 생각했을 때, 바다 쪽에서 작은 배 여러 척이 노를 젓는 소리가 들려왔다.

스리나는 깜짝 놀라서 샨가라 수풀에서 얼굴을 내밀고 바다 쪽을 내다봤다. 작은 배 다섯 척이 병사를 태우고 바다를 미끄러져 온다. 선미에서 노를 젓고 있는 사람은 그 움직임으로 봐서 랏샤로 같았다.

손에 활과 화살을 든 병사들이 서로 소리치면서 모래사장 쪽을 보고 있었다.

스리나는 얼른 수풀 깊숙이 몸을 감췄다. 스리나를 찾고 있는 걸까? 그럴지도 모른다. 아니면 딱히 스리나가 아니라 단순히 살아남아서 섬으로 올라온 자를 찾으려는 걸까?

모래사장으로 올라와서 자신을 찾아내면 끝장이다. 어제 걸어서 올라온 발자국이 아직 모래사장에 남아 있을지도 모른다. 밀물이 씻어주었다면 모래사장에 올라와서 찾지 않는 한 무사할지도 모른다. 몸을 굳힌 채로 스리나는 뱃소리에 귀를 기울이고 있었다. 그때 어떤 소리가 들려왔다.

콘, 코코, 코코코, 콘콘.

노가 뱃전에 부딪치는 소리, 그것은 분명히 랏샤로의 '노 언어'였다.

'노 언어'는 랏샤로끼리만 통하는 암호다. 모든 랏샤로는 만일을 대비해서 어릴 적부터 노 언어를 배운다. 스리나는 온몸의 신경을 쫑긋 세운 채, 노 언어를 필사적으로 주의 깊게 들었다.

'누군가 살아 있나? 살아 있으면 달이 뜰 때 모래사장에서.'

'누군가 살아 있나? 살아 있으면 달이 뜰 때 모래사장에서.'

그 말만을 몇 번이고 반복하고는 노 언어는 멀어져갔다.

동료 랏샤로들이 도움의 손길을 내밀어주고 있는 걸까? 그랬으면 싫었다. 스리나는 양손을 꽉 쥐었다.

　달이 뜨기까지의 시간이 한없이 길게 느껴졌다. 스리나는 무인도 안을 돌아다니며 시간을 보냈다. 나무열매를 먹고, 나무에 감겨 있는 넝쿨에서 약간의 물을 빨아들여 목을 축였다.

　그러고는 달이 뜨기 전에 샨가라 수풀로 돌아와서 누군가가 오기를 기다렸다.

　파도소리에 섞여서 마침내 노 젓는 소리가 들려왔을 때, 스리나는 슬쩍 몸을 일으켰다.

　'구해주러 왔다. 나와라.'

　'구해주러 왔다. 나와라.'

　노 언어는 확실히 알아들었지만, 샨가라 수풀에서 나가기가 두려웠다. 스리나는 간신히 용기를 내서 수풀에서 나와 밤의 바닷가에 섰다.

　네모난 작은 배가 바닷가로 다가왔다. 한 남자가 배에서 뛰어내리더니 익숙한 동작으로 배를 바닷가로 밀어 올렸다. 주위를 둘러보던 남자는 스리나를 발견하고서 움직임을 멈췄다.

　"랏샤로냐?"

　산갈어가 아니라 랏샤로 사이에서만 통하는 랏샤로어였

다. 하지만 어쩐지 생소한 울림이었다. 스리나는 마음을 굳게 먹고 대답했다.

"예, 랏샤로에요."

안심한 듯 남자가 몸의 힘을 빼는 것이 느껴졌다.

"그쪽으로 가겠다. 도망치지 마라. 구해주러 왔으니까."

그렇게 말하고서 남자가 다가왔다. 달빛으로 얼굴이 어렴풋이 보이는 곳까지 오자, 남자가 상당히 나이가 많은 노인인 것을 알 수 있었다. 남자는 스리나를 보고서 순간 움직임을 멈췄다.

"아니, 여자애로구나."

남자의 목소리에는 놀라움과 약간의 실망이 섞여 있었다. 하지만 남자는 곧바로 마음을 바꿔 부드럽게 말을 걸었다.

"많이 힘들었지? 용케도 도망쳤구나. 생존자가 있다면 힘이 센 젊은이일 거라고 생각했다."

"아버지가 어떻게 됐는지 모르세요?"

저도 모르게 말하고 나서, 스리나는 당황해서 고쳐 말했다.

"죄송해요. 저는 스리나라고 합니다. 저기, 아버지는….."

노인이 산가라 수풀 옆에 앉으라고 권했다. 스리나가 앉자 노인은 말했다.

"어떤 랏샤로가 네 아버지인지는 모르지만, 어제 습격받은 전원이 살해당한 것은 아니다. 몇 명인가는 붙잡혀서 아직 살아 있다."

"아버지는 아기를 안고 있었을 거예요. 열 살짜리 동생 라시도 곁에 있었을 거구요."

노인이 눈썹을 추켜올렸다.

"아버지가 오른쪽 어깨에 화살을 맞았니?"

스리나는 저도 모르게 몸을 쑥 내밀었다.

"그래요! 예. 오른…, 그래요, 오른쪽 어깨에 화살을 맞았어요."

노인의 얼굴이 살짝 풀어졌다.

"그래? 그렇다면 아마도 그 남자이겠구나. 저항하지 않아서 아이와 함께 노예 창고에 잡혀 있을 거다."

셋 다 살아 있다. 스리나의 눈에서 눈물이 쏟아졌다. 큰아버지 가족의 안부도 묻고 싶었지만 목소리로 나오지는 않았다.

"무슨 일이 일어났는지 영문을 모르겠지?"

스리나가 고개를 끄덕였다.

"너는 산갈 배의 습격을 받았다고 생각하겠지만 그건 사실은 산갈 배가 아니다. 그건 말이다, 산갈 배로 위장한 타르슈 제국의 척후선이란다."

스리나는 너무 놀란 나머지 입을 떡 벌렸다.

"너희들은 운이 나빴던 거다. 평소에 그냥 마주쳤다면 아무 일 없이 지나쳐 갔을 텐데. 마침 저 곳 건너편에서 수심을 측정하고 있던 참에 너희들의 집배가 당도하는 바람에….

타르슈 제국군은 말이다, 여기를 거쳐 산갈 왕국의 도읍까지 기습할 은밀한 공격로를 탐색하던 참이다. 여기는 수심이 얕은 곳이 많아 군용선이 지나가기 힘들다고 알려져 있거든. 여기를 무사히 빠져나갈 수 있는 해로를 찾아내면 기습하기 매우 유리해지지. 그러니 수심을 측정하고 있다는 사실을 절대 들켜서는 안된다. 작전이 탄로나버릴 테니까. 그래서 네 동료들을 죽인 것이다."

"그럼 아버지랑 동생도…."

"아니, 죽이지는 않을 거다. 이 주변의 바다에 대해 캐물을 심산으로 몇 명을 살려둔 것일 테니. 포로로 잡아두면 비밀을 누설할 염려도 없지. 랏샤로는 산갈 왕국에 대해 충성심도 없으니 좋은 일꾼이 될 거라고 타르슈 놈들은 생각하니까."

쓸쓸한 미소가 노인의 입술에 떠올랐다.

"우리가 그 좋은 예란다. 나는 남쪽 대륙의 카랄 왕국에 가까운 스갈 해에서 태어난 랏샤로다. 이름은 도골이라고 하지. 알고 있겠지만, 카랄 왕국은 2년 전에 타르슈 제국에 정복당했다. 스갈 해도 타르슈의 손아귀로 들어갔지…. 그때부터 우리는 랏샤로로 살지 못하게 되었다."

스리나가 눈을 깜빡이자 도골은 알아듣기 쉽게 다시 설명했다.

"타르슈 제국은 말이다, 우리를 노예로 만들지는 않았다. 다른 평민과 마찬가지로 신민으로 취급해주고 있지. 해적에게 붙잡혀 죽을 때까지 노예로 혹사당하는 것보다는 낫겠지.

하지만 말이다, 타르슈 제국은 신민이 제멋대로 다른 나라로 옮겨가는 것을 허용하지 않는다. 신민으로 지켜주는 대신에 의무도 수행하라는 거지. 우리는 세금도 내야 하고, 아들을 군대에도 보내야 한다.

섬에 묶여버리면 더 이상 랏샤로라고는 할 수 없겠지?"

도골은 아직도 실감 못 하겠다는 얼굴을 하고 있는 스리나를 뚫어지게 쳐다봤다.

"남의 일이 아니다. 산갈 왕국이 타르슈 제국에 정복당하면 너희들도 우리와 똑같은 운명을 겪게 되는 거니까."

도골은 목소리를 낮추고 빠른 어조로 말하기 시작했다.

"타르슈 제국은 말이다, 우리 아들을 병사로 만들려고 도읍으로 데려가버렸다. 병사라고 하면 그럴 듯하게 들리겠지만, 요컨대 인질이지. 그러고는 이렇게 말하더구나.

'너희들은 랏샤로다. 바다를 여기저기 떠다니는 백성이지.

너희가 산갈로 가도 아무도 수상하게 여기지 않는다. 너희는 최고의 척후병이 될 수 있지. 자, 산갈 왕국령의 바다로 가라. 그래서 바닷물의 흐름을 비롯해서 산갈 왕국 영주들의 군 배치법까지, 상세히 알아내도록 해라. 제대로 임무를 수행한 자에게는 포상금을 주겠다' 뭐 그런 내용이었다.

결국 우리를 산갈 왕국 침략의 길잡이로 이용하고 있는 것이다."

스리나의 온몸이 싸늘해졌다. 엄청나게 커다란 사건에 우리 가족이 휘말리고 말았다….

"살려주세요."

스리나가 매달리듯이 손을 뻗어서 도골의 손을 필사적으로 꽉 쥐었다.

"제발 아버지랑 가족을 도망치게 해…!"

도골은 슬며시 스리나의 손을 뿌리치더니 고개를 저었다.

"그건 무리다. 지금은 오히려 잠자코 머리를 움츠리고 상황을 살피는 편이 낫다. 도망치다가는 살해당할 뿐이다. 얌전히 있다 보면, 네 가족과 살아남은 동료들은 다른 랏샤로들과 같은 대우를 받게 될 거다. 학대당하거나 하지는 않을 거란 말이다."

"그럼 저를 가족이 있는 곳으로 데려가주세요. 저도 가족과 함께 있고 싶어요."

스리나의 손을 쥔 도골의 손가락에 갑자기 힘이 들어갔다.

"네 심정은 알겠다. 하지만 말이다, 나는 너에게 부탁할 것이 있단다."

스리나가 살짝 미간을 찌푸렸다. 도골의 눈이 어둠 속에서 번뜩였다.

"네가 살아남은 사실을 타르슈 녀석들은 모른다. 너는 말이다, 내 손에 들어온 복수의 화살인 셈이지."

도골의 말투에 열에 들뜬 것 같은 기운이 섞였다.

스리나는 섬뜩해서 도골의 손에서 자신의 손을 억지로 빼내려고 했다. 하지만 도골은 스리나의 손을 꽉 잡은 채 놓으려 하지 않았다.

"잘 들어라…. 내 아들이 죽었다. 국경에서 사소한 분쟁이 일어나 살해당했다고 하더구나.

알고 있니? 타르슈의 서쪽 국경은 모래투성이의 황무지다. 믿을 수 있겠니, 응? 랏샤로가 모래 위에서 죽다니! 나는 몇 번이나 꿈에서 봤다. 아들이 뜨거운 모래 위에서 죽어가는 모습을. 괴로웠을 거다, 가엾게도. 랏샤로의 아들을 모래투성이의 황무지로 데려가서 죽이다니…."

도골의 눈에서 뜨거운 눈물이 배어나와 뺨을 타고 흘렀다.

"나는 아들을 죽게 한 타르슈 녀석들이 밉다. 하지만 말이다, 증오한들 내가 뭘 할 수 있겠느냐? 이렇게 속이 뒤틀릴 것 같은 분노를 어디에 터뜨려야 하느냐 말이다. 터뜨리기는커녕 타르슈의 앞잡이가 되어서 동족인 랏샤로를 포로로 잡는 걸 돕고 있다니."

도골은 입을 크게 벌리고 숨을 들이쉬었다. 그러고는 지그시 스리나를 응시했다.

"너는 말이다, 바다의 신께서 나를 불쌍히 여겨 보내준 복수의 화살이다. 나는 너를 이용해서 타르슈 제국에 한 방 먹일 생각이다! 작지만 강력한 한 방을 말이다!

너는 이제부터 도읍으로 가거라. 그리고 내가 갖고 있는 정보를 산갈 왕가에 전하도록 해라. 타르슈 제국은 강대하지만, 산갈 왕국은 바다를 잘 안다. 산갈이 이길 방법도 있을 거다. 산갈이 이기면 필시 나는 속이 후련해지겠지.

게다가 산갈이 이기면, 우리 스갈 해의 랏샤로는 어떻게든 야르타시 해로 도망칠 거다. 알겠느냐? 우리는 숨이 막힐 것만 같다. 남의 명령에 휘둘리는 삶은 이제 지긋지긋하다. 아들이 육지에서 살해당하는 것을 잠자코 바라보고 있는 것은 이제 지긋지긋하단 말이다."

스리나는 필사적으로 몸을 비틀어서 손을 억지로 빼냈다.

"그런… 그런 엄청난 일, 못 해요, 저는…."

도골이 웃었다.

"모를 일이다. 어린 여자애이긴 하지만, 너는 그 상황에서 녀석들의 눈을 피해 도망칠 수 있었으니까!

게다가 너에게 선택의 여지는 없다. 만약 내 부탁을 들어준다면, 나는 네가 도망칠 수 있도록 배와 식량을 주지. 네 가족이 험한 꼴을 당하지 않도록 최대한 도와주겠다. 아버지의 상처도 치료하도록 동료에게 시켜 약을 보내주지. 나는 타르슈의 지배를 받고 있는 랏샤로들의 대장이다. 나에게는 그럴 만한 힘이 있단다.

아버지가 우리 동료가 되어 살아남으면 어차피 니케 섬에서 살게 될 거다. 타르슈가 지배하는 랏샤로들의 마을이 거기 있으니까. 그렇게 되면 가족의 거처를 알 수 있지. 네가 찾아와서 가족과 함께 살 수 있는 날이 오는 거다. 몇 년 후가 될지는 모르겠지만. 그래도 두 번 다시 만날 수 없는 것보다는 낫지 않겠니?"

도골은 입술에 미소를 머금은 채로 그윽한 눈초리로 스리나를 응시했다.

"안 하겠다고 하면 너를 여기 남겨두고 돌아가면 그만이다. 네 가족에 대해서도 내 알 바 아니다. 아버지는 자칫하다가는 화살에 맞은 상처가 도져 죽을지도 모르지만. 살해당한 아들을 생각하는 내 심정을 헤아려주지 않는다면, 나도 네 가족을 도와야 할 의무는 없지…. 어떻게 하겠느냐? 챗타 라도로(받아들이겠느냐, 포기하겠느냐)?"

당신은 미쳤다고 말해주고 싶었다. 하지만 가족들을 생각하면 무서워서 도저히 그런 말은 할 수가 없었다.

스리나는 이제부터 떠나야 될 머나먼 여행길을 생각했다. 아버지도 없이 배로 외해를 건너갈 수 있을까? 무서웠다. 하지만 다른 방도가 없다. 부상을 입은 채 아기를 안고 있던 아버지와 그밖의 가족들이 조금이라도 편해진다면 뭐든지 할 수 있다.

스리나는 배에 힘을 주고, 어른처럼 거래를 받아들이겠다는 뜻을 밝혔다.

"챗타(받아들이겠습니다)."

도골의 얼굴에 미소가 퍼졌다.

"좋다. 그럼 너에게 도망칠 배를 주지.

곶 건너편 후미에 있는 척후선 세 척은 내일 아침 이 섬을 떠난다. 한낮까지는 타르슈의 배가 전부 자취를 감출 것이다. 너는 한낮이 지나면 곶에 올라가서 배가 떠났는지를 확인해라."

도골은 후미의 얕은 여울에 집배 한 척을 가라앉혀두겠다고 했다.

"너희들의 집배를 끌고 가다가는 배의 속도가 떨어지니까 부숴서 가라앉히라는 명령을 받았다. 곶에 가장 가까운 집배 한 척을 부수는 척만 하고 가라앉혀두겠다. 본래 뜨는 힘이 강한, 가란 목재로 만든 집배다. 누름돌을 치우면 네 힘으로도 충분히 띄울 수 있을 거다.

그리고 말이다, 곶의 바위 부근에 동굴이 있는데, 후미에 가장 가까운 동굴 속에 항해에 필요한 물품을 숨겨두겠다. 쓸모없는 물건은 거기에 버리고 가라는 명령을 받았으니 버리는 물건인 척하면 된다…. 나머지는 네가 하기 나름이다. 아직 어리지만, 랏샤로의 딸이라면 혼자서도 살아갈 수 있을 거다."

그러고 나서 도골은 긴장한 얼굴로 목소리를 낮췄다.

"이제부터 내가 알고 있는 타르슈 군 선단에 관한 정보를 최대한 가르쳐주지. 잘 들어라. 이 정보는 산갈 왕국으로서는 금화가 가득 든 궤짝보다도 가치 있는 것이니까."

도골은 스리나의 손바닥에 섬의 위치와 군선의 배치를 손가락으로 그려서 가르쳐주었다. 손바닥과 손가락으로 해도를 기억하는 것은 랏샤로 특유의 방법이었다. 손목 방향은 북쪽, 가운뎃손가락이 가리키는 것이 남쪽이다. 그러고는 곡조를 붙여서 노래하면서 섬이나 조류의 방향을 전했다.

마지막으로 도골은 스리나의 손바닥에 자신의 두툼한 손을 겹쳤다.

"정보를 건넬 상대를 잘 선택하도록 해라. 산갈인이라고 해서 모두가 왕가에 충실한 것은 아니니까. 엉뚱한 녀석에게 내가 가르쳐준 정보를 건넸다가는 너만이 아니라 나랑 네 아버지도 살해당할 테니까."

주어진 짐이 너무나도 무겁고 위험해 가슴이 답답해진 스리나는 바들바들 떨기 시작했다.

스리나가 떨고 있는 것을 알아차린 도골의 눈이 순간 흔들렸다. 뭔가 말을 꺼내려다가는 아무 말도 하지 않고, 도골은 그저 스리나의 손을 꽉 쥐었다가 놨다.

"…수고해라."

그는 이 한마디를 남기고 가버렸다.

도골이 약속을 지켜서 스리나는 섬을 떠나기 위해 필요한 집배를 손에 넣었다. 가라앉아 있는 배를 혼자 힘으로 끌어올릴 때는 몇 번이나 접질릴 뻔해서 눈물이 났다.

하지만 동굴에 숨겨져 있던 짐 속에서 가난한 랏샤로로서는 좀처럼 먹어볼 수 없는 과자나 훈제고기, 그리고 2000쟈라는 거금을 발견했을 때 스리나의 가슴속에 온기가 피어올랐다. 마지막에 언뜻 보인 도골의 미안해하던 얼굴이 떠올랐다. 그는 틀림없이 약속대로 아버지랑 동생들을 지켜줄 것이다.

그 순간, 도골이 흔들리던 그 순간에 도골에게 매달리며 울 걸 그랬다.

스리나는 그 이후에 몇 번이고 그런 생각을 했다. 흐느껴 울며 매달렸으면 이렇게 연약한 어린 계집애에게 희망을 걸어봤자 소용이 없다며 도골도 체념하고 가족들한테 데려다주었을지도 모른다. 왜 그렇게 하지 않았을까? 그렇게 했으면 좋았을 텐데. 그런 후회가 줄곧 스리나를 괴롭혔다.

앞으로의 일을 생각하면 불안해서 견딜 수가 없었지만, 단 한 가지 자그마한 희망이 있었다.

그때, 도골이 정보를 건네줄 상대를 잘못 선택하면 안 된다고 했을 때, 스리나의 뇌리에 문득 어떤 소년의 얼굴이 떠오른 것이다. '금화가 가득 든 궤짝보다도 가치 있는 정보'를 전해주기에 가장 적당한 상대를 스리나는 알고 있었다. 어릴 적부터 함께 물고기 잡는 법을 배우고 함께 바다에 잠수하며 놀던 친구, 그리고 절대로 왕가를 배반할 일이 없는 사람, 타르산 왕자였다.

다만 타르산 왕자는 지금 도읍의 왕궁에 있다. 왕궁에 있는 타르산 왕자는 섬에 있을 때와는 달라, 구름 위의 사람이다. 왕국에서 가장 신분이 낮은 랏샤로의 딸이 쉽사리 만날 수 있는 상대가 아니다.

'역시 울며 매달렸어야 했어. 이렇게 엄청난 일을 내가 과연 감당할 수 있을까….'

하지만 되돌릴 수 있는 순간은 이미 지나가버렸다. 후회해도 소용 없었다.

이렇게 해서 스리나의 고독한 항해가 시작되었다.

5
나유그루 라이타의 눈

챠그무는 이국의 멋진 요리를 진심으로 즐기고 있었다. 이제까지는 모처럼 내준 음식들이 하나같이 기름지게만 느껴졌다. 익숙치 않은 향료 냄새도 고약하게 코를 찔렀다. 여독 탓이었던 듯하다. 산갈에 도착하고 사흘쯤 지나고 보니 아마도 피로도 가시고 향료에도 익숙해진 것이리라. 어느 것이나 다 맛있었다.

옆에 앉아 우아하게 시중드는 산갈 왕가의 여성들 때문에 쑥스럽기는 했다. 그러나 이런 접대 방식이 식사를 순수하게 즐기도록 하기 위한 배려임을 얼마 지나지 않아 깨닫게 되었다. 틈만 나면 정치 얘기를 하고 싶어 하는 각국 손님들을 서로 떨어뜨려 놓는 것이 여성들의 역할이었다. 산갈 왕가 사람들은 얼핏 개방적으로 보이지만, 끊임없이 세밀한 계산을 하고 있는 것이다.

다만 슈가는 전혀 편안하지 못한 모양이었다. 여성들에게 둘러싸여 있는 상황이 챠그무 이상으로 거북한 것 같았다. 웬일로 긴장한 얼굴을 하고 있는 슈가를 보고, 챠그무는 속으로 웃음을 터뜨리고 있었다.

말로만 들었을 뿐 실제로는 만난 적이 없는 많은 나라의 사람들을 볼 수 있는 것도 흥미로웠다. 의상이 다를 뿐만이 아니라 피부색이나 체구, 얼굴 생김새도 각자 다르다. 그것이 챠그무에게는 무척이나 흥미롭게 여겨진 것이다.

연회석 건너편에 앉아 있는 칸발 왕이 특히 신경 쓰였다. 예전에 챠그무를 구해준 여자 호위무사 바르사는 칸발 출신으로, 저 사람이 그 나라의 왕이다. 어딘지 모르게 나약함을 느끼게 하는 몸집이지만 얼굴 생김새 어딘가에 바르사를 떠올리게 하는 특징이 있었다. 저 사람이 바르사의 인생을 엉망으로 만든 왕의 아들이라고 생각하니 어쩐지 묘한 느낌이 들었다.

이윽고 생선과 고기 요리를 치우더니 술과 과일이 나왔다. 손님들 사이에서 술렁이는 소리가 새어나왔다. 그 과일들의 크기가 하나같이 자기 나라에서 봐온 과일의 갑절은 되어 보였기 때문이다. 새빨갛게 익은 복숭아처럼 보이는 과일을 한 입 베어 물고서 챠그무는 놀랐다. 달콤한 과즙과 향긋한 냄새가 입안 가득 퍼졌다.

"정말로 산갈은 풍요롭군요."

챠그무가 나지막이 말하자, 옆에 앉아 있는 사르나가 미소 지었다.

"풍요로운 것도, 풍요롭지 않은 것도 있어요. 우리 산갈 왕가의 딸들은 여러 섬에서 생활하는 경험을 하는데, 작은 섬에서는 부족해서 견디기 힘든 것들이 많지요."

챠그무가 고개를 갸웃 기울였다. 전에 슈가가 자그마한 그의 고향 섬에 대해 해준 이야기가 머리에 떠올라 저절로 입밖으로 말이 흘러나왔다.

"가령 물…이랄지요?"

사르나의 눈이 조금 커졌다.

"어머, 잘 아시네요. 많은 분들이 곡물이라고 말씀하시는데…. 그렇습니다. 주위가 바다로 둘러싸여 있는데도 가장 부족한 것은 식수로 사용할 물이에요. 샘이 있는 섬도 있지만 그것만으로는 어림없어요. 그래서 빗물을 모아서 사용하지요."

"그렇군요. 그건 우리 나라의 작은 섬들도 마찬가지입니다."

과일과 술이 나오자 자기 자리를 떠나 아는 사람의 자리로 움직이는 사람이 늘어갔다. 사르나와의 이야기에 열중해 있던 챠그무는 문득 그림자가 드리워진 것을 느끼고 고개를 들었다. 타르산 왕자가 술병을 들고 서 있었다. 마침내 근신이 풀린 모양이었다. 무술 시범 이후로 타르산은 근신을 명 받아 이틀 밤 정도 연회에도 얼굴을 내밀지 못했던 것이다.

챠그무는 체면이 깎인 타르산이 어떤 심정으로 지내고 있을지 걱정이었지만, 타르산의 표정은 걱정한 만큼 어둡지는 않았다.

"무술 시범 때는 정말로 실례가 많았습니다."

굵은 목소리로 말하고서 타르산은 걸쭉한 금빛 술을 챠그무의 잔에 따랐다.

"고맙습니다. 하지만 이제 그 이야기는 그만두시지요."

그렇게 말하고서 잔에 입을 갖다 댄 순간, 잠시 챠그무의 숨이 턱 막혔다. 이렇게 독한 술을 마신 것은 처음이었다. 그런 티를 내지 않으려고 다른 어른들을 흉내 내서 타르산의 손에서 술병을 받아들었다. 타르산의 잔에 술을 따르고 나니 어쩐지 자신이 어른이 된 것 같기도 하고 겸연쩍은 기분이 들기도 했다. 타르산은 아무렇지도 않게 단숨에 잔을 비워버렸다.

"타르산 님은 이렇게 독한 술을 늘 마시나요?"

챠그무의 얼굴에서 감탄하는 빛을 발견하고 타르산은 조금 기분이 좋아졌다.

"이건 독한 축에도 못 낍니다. 증류시킨 삿카론 같은 것은 입에 댄 순간 코와 목구멍이 타는 듯한 느낌이 들지요. 산갈 남자들은 술을 좋아하거든요. 저도 어릴 적부터 즐겨왔지요. 배에 타서 술을 마시고 있으면 파도에 취한 건지, 술에 취한 건지 알 수가 없어져서 좋다는 말을 하곤 하지요."

챠그무가 웃었다.

"취해도 전에 하신 것처럼 배 위에서 몸의 균형을 유지할 수가 있나요?"

마침내 타르산의 얼굴에 미소가 약하게 떠올랐다.

"배 위에 익숙해진 것이지요. 육지에 올라와 있을 때가 오히려 발밑이 흔들리는 느낌이 듭니다."

"그래서 육지에 있어도 바다를 느낀다고들 남자들은 술 마실 핑계를 대지요."

사르나가 비꼬는 어조로 말하고서 타르산에게 슬쩍 눈을 흘겨, 타르산은 챠그무 황태자의 잔에 술을 따르려던 손을 멈췄다. 챠그무 황태자가 익숙치 않은 술에 취해 탈이라도 나면 안 된다는 누나의 눈짓 신호를 알아차린 것이다. 타르산은 챠그무 앞에 자리를 잡고 앉더니 화제를 바꿨다.

"전하는 어떤 무술을 하고 계시는지요? 신요고 황국에 전해오는 무술인가요?"

챠그무는 모호하게 미소 지었다. 슈가가 걱정스러운 얼굴로 이쪽을 바라보고 있는 것을 곁눈으로 느꼈다.

슈가는 챠그무와 이 혈기왕성한 타르산 왕자가 서로 마음이 맞으리라고 짐작하고 있었다. 마음이 안 맞는 자가 상대라면 챠그무가 '성스러운 황자'의 가면을 벗을 리는 없다. 그러나 마음 맞는 자에게는 자신을 꾸미기 싫어하는 챠그무의 성격을 슈가는 잘 알고 있었다. 그래서 챠그무가 무의식중에 너무 속마음을 드러낼까 염려하는 것이다.

"아닙니다. 제가 조금 배운 무술은 치키라고 하는 무술입니다."

"아아…."

하는 사르나의 목소리에, 챠그무와 타르산은 깜짝 놀라서 사르나를 돌아봤다.

"누님은 그 무술을 알아?"

"이름만 아는 거야. 칸발의 무술이라고 들은 적이 있거든."

사르나는 흥미진진하다는 눈빛으로 챠그무를 쳐다봤다.

"그 이야기가 사실인가요? 챠그무 황태자 전하의 불가사의한 위업에 관한 이야기는 전에 전해 들은 적이 있습니다. 물의 정령을 도와서 비를 내리게 하셨다더군요. 솔직히 말씀 드려서 저는, 그런 이야기는….."

사르나가 멈칫거리는 것을 보고 챠그무가 도움의 손길을 뻗쳤다.

"종종 있는, 왕가를 치장하기 위한 이야기라고 생각하셨군요?"

사르나의 뺨이 금세 빨개졌다.

"그렇습니다. 죄송합니다. 하지만 지금 칸발의 무술을 배우셨다는 말씀을 듣고 그렇지 않다고 생각하게 됐어요. 사실 저는 비슷한 이야기를 가사로 만든 노래도 들은 적이 있습니다. 전에 들었던 것보다 훨씬 상세하고 아름다운 이야기였지요. 그때 황태자를 도운 사람이 칸발의 여성으로, 무술의 달인이었다더군요."

챠그무는 사르나의 뜻밖의 말에 심장의 고동이 빨라지는 것을 느꼈다.

"노래…라고요? 제 이야기가 노래 가사로 만들어졌다는 건가요?"

"예. 아마도 요고인이었던 것 같은데, 목소리가 무척 아름다운 소리꾼이 도읍을 찾아왔을 때 노래하는 것을 들었지요."

챠그무는 얼굴이 빨개지는 것을 막을 수가 없었다. 그 소리꾼이 누군지 짐작할 만했다. 예전에 만난 적이 있는, 챠그무보다도 훨씬 더 기이한 운명을 짊어진 소리꾼. 가벼운 면이 있는 남자라고는 생각했지만, 자신과 바르사, 탄다 등의 이야기를 가사로 만들어 다른 나라에서 노래하며 다니고 있다고 생각하니 화가 났다.

"그런 노래 따위, 사실로 받아들여서는 안 됩니다. 분명히 산들바람을 폭풍으로 과장해서 노래했겠지요."

"그러면 제대로 된 이야기를 들려주세요."

사르나의 눈이 반짝반짝 빛나는 것을 보고 챠그무는 점점 진퇴양난에 빠졌다. 정치적인 줄다리기라면 냉정하게 벗어날 자신이 있었지만, 이것은 너무도 마음의 깊은 부분을 건드리는 이야기였기 때문이다. 챠그무는 어쩔 수 없이 다른 사람의 이야기를 하듯이 간단히 이야기하기로 했다.

이 세상에 단비를 가져다준다고 하는 다른 세계의 정령 이야기, 그 정령의 알을 지키는 수호자가 되어버린 사실, 그리고 알을 쫓아온 무시무시한 요괴에 대한 이야기.

타르산과 사르나는 몸을 앞으로 내민 채 듣고 있었다. 챠그무는 부왕이 자신을 암살하려고 했다는 말을 피하기 위해서 진실을 조금 왜곡시키면서 담담하게 이야기를 이어갔다.

"저는 모두에게 폐를 끼치지 않도록 도망쳐야만 했습니다.

저 혼자였다면 도저히 도망칠 수 없었겠지요. 어찌 되었든 고작 열한 살짜리에다 궁 밖으로는 나간 적도 없는 어린아이였으니까요.

그런 저를 목숨 걸고 구해준 사람이 조금 전에 사르나 님이 말씀하신 칸발인 여성이었습니다. 바르사라는 이름의 호위무사지요."

타르산이 의아하다는 표정을 지었다.

"여자… 호위무사요?"

챠그무의 눈이 즐거운 듯이 반짝였다.

"타르산 님이 만약 바르사의 실력을 볼 기회가 있으면 틀림없이 매료당할 겁니다. 우리 나라에도 멋진 무인들이 많지만, 저는 지금까지 그 정도의 무인을 본 적이 없습니다."

사고로 위장해 내리친 등주먹을 체구도 작은 챠그무가 물리친 일을 떠올리며, 타르산이 신음하듯이 말했다.

"그 바르사라는 자에게 치키라는 맨손 무술을 배운 거군요."

"예. 주로 방어를 위한 기본기만 배웠지요. 바르사는 맨손 무술도 대단했지만, 단창 실력은 더욱 대단하지요. '단창술사 바르사'라는 이름으로 통할 정도이니까요."

챠그무의 표정에 생기가 넘쳤다. 타르산과 사르나도 무척이나 즐거운 기분으로, 술을 마시는 것도 잊고서 이야기에 빠져들었다.

그때 높은 종소리가 들렸다. 편안히 담소를 즐기던 사람들이 무슨 일이냐는 표정으로 산갈 왕을 쳐다봤다. 왕이 뚱뚱한 몸을 흔들면서 일어섰다.

"여러분, 편안히 즐기고 계시는데 소란스럽게 해드려 죄송합니다. 조금 설명드릴 일이 있습니다."

사람들의 술렁이는 소리가 잦아들고, 왕의 말에 귀를 기울이기 위해서 침묵이 연회장을 채웠다.

"저 종소리는 어떤 자가 항구가 도착했다고 알리는 신호입니다. 우리 나라에 옛날부터 전해오는 이야기가 있습니다. 바다 밑에 나유그루 라이타라는 백성이 살고 있다는 이야기지요."

왕은 울림이 좋은 목소리로 다른 세계의 바다 백성에 관한 전설과, 그 바다의 백성에게 쓴 소녀에 대해 이야기했다.

"지금 항구에 도착한 사람은 이 나유그루 라이타의 눈이 된 소녀입니다."

손님들 사이에 술렁이는 소리가 퍼져갔다.

"여러분께서는 불쾌하게 여기실지도 모르지만, 이 소녀 나유그루 라이타의 눈은 우리 산갈인에게는 신이 보낸 사자이지요. 최고의 대우를 해야만 합니다. 겉보기에는 초라한 어부의 딸을 귀하신 분들 사이에 앉히는 것은 무척 괴로운 일이지만, 이런 사정이 있으니 부디 용서해주시기 바랍니다."

챠그무가 슬쩍 슈가에게 눈길을 주었다.

'나유그루? 바다 밑에 있는 다른 나라…?'

슈가도 챠그무를 보고 있었다. 입 밖에 내지 않아도 서로가 무슨 생각을 하는지 알 수 있었다. 조금 전까지 사르나와 타르산에게 이야기했던, 챠그무에게 알을 잉태시킨 정령은 이 세상과 중첩되어 존재하는 또 하나의 세계, 신요고 황국의 선주민인 야쿠들이 '나유그'라고 부르는 세계의 정령이었기 때문이다.

슈가의 가슴 역시 술렁이고 있었다.

슈가는 신요고 황국의 정통 종교인 '천도'에 몸을 바친 성독박사다. 요고를 이끌어가는 성도사를 수장으로 받들며 '별의 궁'에서 별을 읽고 하늘을 관찰하는 것이 슈가의 생활이다.

요고인들이 남쪽 대륙을 떠나 이 북쪽 땅에 새로운 나라를 건설했을 때, 그 땅에는 야쿠라고 불리는 사람들이 살고 있었다. 야쿠에게는 독특한 주술과 세계관이 있었지만 '천도'만이 유일하고 절대적인 진리라 믿는 성독박사들은 야쿠의 생각 따위는 어리석은 자들의 미신이라며 거들떠보지도 않았다.

하지만 챠그무 황태자가 나유그의 정령 알을 잉태하는 사건에 말려들었을 때, 야쿠의 대주술사 토로가이를 만나게 된 슈가는 야쿠의 주술에 완전히 매료당하고 말았다. 그 이후로 슈가는 은밀히 토로가이와 계속 만났다. '천도'를 토로가이에게 가르치는 대신 야쿠의 주술을 배운 것이다. 만약 성독 박사인 슈가가 야쿠의 주술사와 만나고 있다는 사실이 드러나면 파문당할 것이 분명하다. 너무나도 위험한 줄타기였지만, 세계의 비밀을 배우고 싶다는 슈가의 열망은 그런 위험을 감수하게 만들 정도로 강렬했다.

챠그무 황태자가 지금 느끼고 있는 흥분은 슈가와 비슷한 정도로 강렬한 것임에 틀림없다.

'조심해야 한다.'

슈가는 스스로에게 말했다. 챠그무 황태자가 이런 이상야릇한 현상에 빠져들지 않도록 자신이 단단히 막아야만 한다.

"나유그루 라이타의 눈은 카르슈 섬 어민의 딸이라던데."

타르산 왕자가 조금 불안감이 깃든 목소리로 사르나에게 물었다.

"누님은 누군지 알고 있어?"

사르나는 순간 대답하지 못했다. 사르나의 표정을 보고 타르산 왕자의 얼굴이 금세 흐려졌다.

"알고 있구나? 누구야?"

"타르산, 나유그루 라이타의 눈은 사람이 아니란다…. 이전에 누구였는지 말해서는 안 된다고 하잖니?"

타르산은 입을 다물었다. 손님들 앞에서 당황하는 모습을 보이지 말라고 누나가 눈빛으로 보내는 말을 알아차린 것이다. 누나가 이런 얼굴을 했다는 것은 나유그루 라이타의 눈이 된 소녀가 타르산이 잘 아는 여자애라는 뜻이다. 도대체 누구일까? 극진한 대접을 받은 후에 바다에 떨어져 죽게 될 운명에 처한 소녀는….

챠그무가 조용한 어조로 물었다.

"물어서는 안 되는 것인지도 모르겠지만, 타국 사람이라 그러는 것이니 무례함을 용서해주시기 바랍니다."

타르산이 놀라며 고개를 들어 챠그무를 쳐다봤다.

"말씀하시지요."

"조금 전 폐하의 말씀으로는 나유그루 라이타의 눈이 된 소녀를 극진하게 대접한다던데, 왠지 두 분께서는 그 소녀를 염려하고 계시는 것 같군요…."

사르나가 작게 한숨을 쉬었다.

"죄송합니다. 모처럼 편안히 쉬고 계신데 저희가 성숙하지 못해 감정이 얼굴에 드러나고 말았군요."

어색한 미소를 지으며 사르나가 용서를 구했다.

"이런 이야기를 드려서 불쾌해지실까 염려됩니다만… 눈치를 채셨으니 설명해드리지요."

사르나가 담담한 어조로 나유그루 라이타의 눈에 대해 상세히 설명했다. 융숭하게 대접받지만 최후에는 바다로 떨어지게 된다는 것도.

얼굴에는 드러내지 않았지만 챠그무는 동요하고 있었다. 스스로 어떻게 할 수 없는 운명에 사로잡혀 결국 살해당할 소녀라니, 예전에 챠그무 자신에게 닥쳤던 운명과 너무나도 흡사했기 때문이다.

"그럼…."

챠그무는 진정하라고 스스로를 타이르면서 나지막이 말했다.

"그 소녀를, 그러니까… 바다로 돌려보내지 않아도 되는 방법은 없나요?"

사르나의 얼굴을 타르산도 희망을 걸듯이 응시했다. 사르나가 어깨를 으쓱했다.

"의식을 치르는 날 밤까지 그 소녀가 깨어나면 죽여서는 안 된다고 합니다. 나유그루 라이타가 돌려보낸 혼을 또다시 바다로 돌려보낼 수는 없으니까요. 까마득한 옛날에 깨어나

서 살해당하지 않은 소녀가 한 명 있었다는 이야기를 어디선
가 들은 기억이 있습니다."

"이 소녀도 깨어나면 좋겠는데."

그렇게 중얼거리고 나서, 타르산은 햇볕에 탄 얼굴을 살짝
붉혔다.

"그 소녀는 우리가 자란 카르슈 섬의 주민이라고 합니다."

챠그무는 타르산의 눈에 진정으로 걱정스러운 빛이 떠오
른 것을 보고 의외라고 느꼈다.

타르산 왕자는 꽤나 자존심이 센 소년이라고 생각하고 있
었는데, 왕자이면서 어민의 딸을 염려하고 있다. 챠그무는
타르산에게 이제까지보다 훨씬 더 친근감을 느꼈다.

산갈에만 있는 조개 피리, 샤그라무 소리가 울려 퍼졌다.

사람들이 주목하는 가운데, 연회실 입구에 병사들에게 둘
러싸인 자그마한 사람의 형체가 나타났다.

손님들 사이에서 술렁이는 소리가 일었다. 그 소녀의 차림
새가 너무나도 이상했기 때문이다. 아름다운 의상을 걸치고
있는 소녀는 머리를 흰 천으로 완전히 덮어 쓰고 있었다. 만
에 하나라도 벗겨지지 않도록 눈 위로는 그 흰 천 위에 검은
천을 또 한 번 감아놓았다. 얼굴에서 보이는 것이라곤 자그
마한 코와 입뿐이었다.

"나유그루 라이타의 눈이여, 우리 왕궁에 잘 오셨습니다! 이제부터 한동안 우리 왕궁에서 편안히 쉬시기 바랍니다!"

울려 퍼지는 산갈 왕의 목소리를 신호 삼아 병사가 손을 끌어 소녀를 연회실로 인도했다.

소녀는 마치 혼이 없는 인형처럼 걸어왔다.

옆을 지나쳐가는 소녀를 뚫어질 듯이 쳐다보고 있던 타르산은 갑자기 숨을 멈췄다. 소녀가 손가락에 끼고 있는 자그마한 반지를 발견했기 때문이다. 조개를 다듬어서 만든 소박한 반지. 잠수 고기잡이를 갈 때마다 따라왔던 귀여운 에샤나에게 타르산이 만들어준 장난감 반지였다.

'에샤나! 에샤나야?'

사르나를 쳐다보자, 사르나가 침통한 표정으로 살짝 고개를 끄덕였다.

챠그무는 오누이가 주고받는 눈길을 전혀 보지 못했다. 소녀를 본 순간 챠그무는 이마에 따끔따끔 차가운 통증을 느껴, 주먹을 꽉 움켜쥐었다.

그 이마의 한 점에서부터 콧속으로 독특한 냄새가 퍼졌다. 잊을 수 없을 것 같은 냄새. 그것은 예전에 물의 정령을 잉태했을 때 맡은 적이 있는 나유그의 물 냄새였다.

6
에샤나의 반지

스루 조개등에서 따뜻한 불빛이 흔들렸다. 스루라고 하는 커다란 주황색 조개를 거의 투명해질 때까지 얇게 깎아서 바람막이로 만들어 그 안에 초를 세우면 조개등이 된다. 이 조개등은 왕궁에만 있는 사치품이었다. 스루가 워낙 귀한 조개이기 때문이다.

챠그무는 의자가 아니라 자국에서 갖고 온 푹신하고 커다란 방석에 앉아 한쪽 무릎을 세운 채 등받이에 기대고 있었다. 다른 사람들은 조금 전에 모두 내보냈다. 지금 이 침실에는 챠그무와, 복잡한 얼굴로 챠그무를 바라보고 있는 슈가밖에 없었다.

"절대 안 됩니다, 전하. 그건 말도 안 됩니다."

슈가의 단호한 어조에 챠그무가 얼굴을 잔뜩 찌푸렸다.

"왜지? 사람의 목숨이 걸려 있는데. 그 소녀한테서는 분명히 나유그의 물 냄새가 났단 말이다."

챠그무는 무의식중에 자신의 팔을 문지르면서 말했다.

"나는 똑똑히 기억하고 있다. '물 지킴이' 늉가로임의 알이 성장함에 따라 내가 어떻게 변했는지를. 내 몸 안에서 혼이 작아져가는 것 같던 그 감각을. 팔다리의 감각이 사라지고, 눈도 안 보이고, 귀도 안 들리게 되지…. 자신의 몸을 느낄 수가 없게 되는 것이다. 몸이 물 지킴이의 의지에 휘둘려 내 의지하고는 상관없이 움직이기 시작하지.

내 경우엔 필사적으로 자신을 지키려고 한 탓인지 바깥세계도 느낄 수 있게 되었지만, 그때 보이던 세계는 '사그', 이 세계가 아니었다. 나유그와 사그가 서로 겹쳐진 기묘한 세계가 보였지.

몸은 지상을 걷고 있는데 혼은 나유그의 강 속에 있었다. 깊은, 아주 깊은, 바닥이 없는 남빛 물속에. 이쪽 세계의 나무 뿌리들 사이로 물고기가 돌아다니는 것이 보였지…."

챠그무는 눈을 뜨고 맞은편에 정좌할 슈가를 가만히 응시했다.

"그 소녀는 눈도 보이지 않고 목소리도 들리지 않으며, 혼이 없는 인형처럼 걷고 있었다. 그건….."

"아닙니다."

슈가가 말했다.

"전하, 냉정해지십시오. 그 소녀는 병사에게 손을 붙잡힌 채 움직이고 있지 않았던가요? 전하의 경우, 물 지킴이에게 몸을 빼앗긴 것은 물 지킴이가 알을 부화시키기 위해 수원지로 가고자 했기 때문이지요? 그 소녀는 물 지킴이의 조종을 받아서 걷지는 않았습니다. 사람이 조종하는 대로 움직이지 않았던가요?"

한 가지 일을 골똘히 생각하느라 멍해져 있던 얼굴에 차가운 천을 갖다 댄 것 같은 기분이 들었다. 그러고 보면 확실히 그 말이 옳았다. 물 지킴이에게 몸을 빼앗겼을 때는 돌아가고 싶다는 알의 거센 충동에 따라서 그저 오로지 그 목적을 위해서만 움직였다. 그 소녀의 경우처럼 누군가 손을 잡아 이끌었다 해도 뿌리치고 목적지를 향해 필사적으로 달렸을 것이다.

"하지만…."

그래도 더욱 열을 올려 말을 하려는 챠그무를 슈가가 부드럽게 가로막았다.

"전하, 전하는 그 소녀의 목숨을 구하고 싶다고 말씀하셨

습니다. 그러나 비록 그 소녀가 전하와 같은 '정령의 수호자'
라 할지라도, 소녀를 구하기 위해서 무엇을 하시겠다는 겁니
까?"

"산갈 왕에게 설명하겠다."

"무엇을 증거로 말입니까?"

챠그무는 말문이 막혔다. 슈가가 하고 싶은 말을 충분히
이해했기 때문이다. 자신의 체험은 어디까지나 자신의 체험
에 불과하다. 게다가 방금 슈가의 반론에 무너졌듯이, 그 체
험과 비슷하다는 것뿐이지 챠그무 자신도 확신이 있는 것도
아니다.

슈가가 낮은 목소리로 말했다.

"저는 4년 동안 죽 토로가이 님에게 나유그에 대해 배워왔
습니다. 당대 최고라는 토로가이 님조차도 나유그에 대해서는
모르는 것투성이라고 말합니다. 우리가 모르는 물 지킴이도
그 세계에는 정말로 있을지도 모릅니다. 옛날부터 이 나라에
서 행해져온 일에는 우리가 알 수 없는 지혜가 있을지도 모르
지요."

"그렇다면 확인하려는 노력만이라도 하고 싶구나. 슈가…,
그대는 토로가이 님한테 초혼제 주술을 배웠다고 했지? 한
번만 부탁한다. 그 주술을 써서 소녀의 혼과 접촉해주지 않

겠느냐?"

"전하…."

챠그무가 슈가의 말을 잘랐다.

"위험한 일을 부탁하고 있다는 것은 알고 있다. 하지만 자신의 몸에 무슨 일이 일어났는지 말할 기회조차 얻지 못한 채 바다에 가라앉아 죽게 될 소녀를 생각하면, 나는…."

"전하!"

슈가가 얼른 양손을 뻗어 챠그무의 어깨를 눌렀다. 챠그무는 흠칫 놀라며 슈가를 쳐다봤다. 황족에게 손을 대는 것은 엄청난 일이다. 슈가 같은 신분의 사람으로서는 웬만한 이유 없이는 절대 할 수 없는 행위인 것이다.

슈가의 눈에 떠오른 표정에 압도되어, 챠그무는 입을 다물었다. 슈가는 한 마디 한 마디 끊어가며 속삭이듯이 말했다.

"마음을 가라앉히고 전하가 처해 있는 상황을 생각해보시기 바랍니다. 신왕이 탄생하는 경사스러운 행사 중에, 손님으로 초대받은 타국의 황자인 전하께서 왕에게 이 나라의 관습을 바꾸라고 강요할 작정이십니까?"

신요고 황국의 황태자로서 해서는 안 되는 행위라는 건 분명했다.

'사람의 목숨이 걸려 있는데도 나는 이런 이유로 이 몸이

묶인단 말인가?'

가슴속이 바싹 타들어가는 듯한 초조함이 챠그무를 괴롭혔다.

슈가는 챠그무의 어깨에서 슬그머니 손을 뗐다. 그 순간 챠그무의 초조함은 차가운 허무감으로 바뀌어갔다. 슈가의 말이 옳다. 게다가 무엇보다도 챠그무를 생각해 일깨워주는 말이라는 사실도 잘 알고 있다.

챠그무는 손바닥에 손톱자국이 날 정도로 힘껏 주먹을 쥐었다.

슈가가 대기실로 물러간 후에도 챠그무는 자고 싶은 마음이 들지 않아 창가에 우두커니 서 있었다.

닫혀 있던 쇠살문을 열자 바닷바람이 들어와 챠그무의 머리카락을 흔들고 옷을 부풀려 땀에 젖은 살갗을 시원하게 식혀주었다.

밤이 되어도 적잖이 더웠지만, 그래도 서늘한 밤바람이 바닷물 냄새와 함께 챠그무를 감쌌다. 건물들 사이로 어두운 바다가 보인다. 달빛에 잔물결이 은빛으로 빛났다.

그 은빛 잔물결을 바라보는 동안 바람에 실려오는 소란한 노랫소리를 들은 것 같은 느낌이 들었다.

이마의 한 점이 쿡 쑤셨다. 순간 챠그무의 눈에는 마치 환영처럼 번쩍이는 남빛 파도가 밤하늘을 가리며 덮쳐오는 광경이 보였다.

　물 냄새가 숨 막힐 정도로 강렬했다. 챠그무는 어릴 적, 물의 정령에게 몸을 빼앗겼을 때 온몸을 뒤덮던 물 냄새에 또다시 휩싸이는 것을 느꼈다. 덮쳐오는 파도는 밤바다의 파도와는 달랐다. 날이 밝기 시작할 때처럼 맑은 빛을 머금은 남빛 파도였다.

　창가, 바닥, 방, 그 모든 것이 사라지며 챠그무는 남빛 물에 휩싸였다.

　깊은 남빛 물속에서 천만 개의 등불이 춤추고 있었다. 황록색 불빛이 흔들거리며 저 멀리서 화살처럼 휙 다가오나 싶더니, 옆구리를 스치고 빛의 꼬리를 끌며 지나쳐간다. 반딧불의 난무와도 같은 등불의 난무.

　'물의 백성 요나로가이….'

　그리움이 밀려왔다. 나유그의 물의 백성들이 모여서 뛰어오르면서 즐겁게 춤추고 있었다. 높게 떨리는 듯한 노랫소리가 들려왔다. 가녀린 손가락으로 가슴을 문질러 실을 자아내는 듯한 노랫소리. 어디까지든 끌려가버릴 것 같은 노랫소리….

어슴푸레한 바다 밑에서부터 갖가지 노랫소리가 솟아올라, 반짝반짝 빛나는 수많은 실이 되어 떠다니다가 이쪽으로 온다.

저것은 바다 밑으로 이끄는 실…. 높은 낭떠러지 위에서 정신이 아뜩해질 정도로 아름다운 수면을 내려다볼 때와도 같은 흥분이 온몸으로 퍼져갔다.

저 어슴푸레한 바다 밑은 더할 나위 없이 아름다울 것이다. 유혹에 이끌려 따라가버리고 싶은 마음이 들었다. 그러나 뭔가가 그 마음을 끈질기게 억누르고 있었다.

챠그무는 자신의 손을 내려다봤다. 가운뎃손가락에 끼고 있는 황태자 반지가 눈에 들어온 순간, 노랫소리가 슬그머니 멀어지며 남빛 파도가 옅어지더니 어느 틈엔가 완전히 사라져버리고 말았다.

챠그무는 축축하고 차가운 창턱에 손을 얹은 채 거친 숨을 내뱉으면서 지그시 자신의 손을 응시하고 있었다. 심장이 아플 정도로 고동치고 있었다. 무슨 일이 일어난 걸까? 방금 정말로 나유그의 바닷속에 있었던 걸까?

'여기는 나유그에서는 바닷속인지도 모르겠구나.'

이 세상 사그와 겹쳐 있는 또 하나의 세상 나유그. 이쪽 세계의 육지가 나유그에서는 바닷속일 수도 있다는 사실을 챠그무는 알고 있었다.

하지만 이렇게 간단히 나유그에 갈 수가 있을까? 주술사조차도 특별한 주술을 쓰지 않으면 나유그를 볼 수도 없다고 했는데.

나유그의 정령을 가슴에 품고 있을 때는 두 세계가 겹쳐 있는 모습을 극히 자연스럽게 볼 수 있었던 것이 확실하다. 하지만 정령의 알이 몸을 떠난 후에 자신과 나유그 사이에는 아무런 관련도 없지 않았던가?

문득 어떤 광경이 마음속에 떠올랐다.

나유그와 사그, 두 세계에서 부는 바람에 흔들리던 자그마한 시그사루아 꽃.

'어쩌면….'

가슴속에서부터 한기가 올라왔다. 어쩌면 두 세계에 걸쳐 있는 존재는 시그사루아만이 아닐지도 모른다. 알아차리지 못했을 뿐이지, 자신도 어딘가에서 늘 나유그와 관련을 맺고 있었던 것은 아닐까…? 그렇기 때문에 그렇게 어린 나이에 정령의 알을 낳을 수 있었던 것이 아닐까?

챠그무는 발밑의 바닥이 흐물흐물 허물어져가는 듯한 불안감을 느꼈다. 새삼스럽게 자신의 가슴속을 깊이 들여다보니, 마음속 어딘가에서 뭔가가 문 같은 것을 누르고 있다는 느낌이 들었다. 그 문을 열면 언제든지 나유그로 갈 수 있다.

하지만 그렇게 생각한 순간 느끼는 이 불안감의 정체는 무엇일까?

챠그무는 숨을 죽이고서 그 불안감의 근원을 응시했다. 모래가 한쪽으로 술술 떨어져 내리는 듯한, 상실의 환영이 마침내 눈에 비쳤다.

만약 그 문을 완전히 열어젖히면 이쪽 세계의 자신은 사라져버릴지도 모른다. 소금을 양쪽 접시에 얹어놓은 천평칭의 막대기처럼, 두 세계 사이에 걸쳐 있는 존재일지라도 지금은 균형을 유지하고 있다. 하지만 만약 어느 쪽으로든 기울어져버리면, 그 순간 스르륵 한쪽으로 사라져버릴 것 같은 느낌이 든 것이다.

왜 그런 생각이 드는지는 알 수 없었다. 단지 그런 느낌이 들었을 따름이다. 그대로 나유그의 해저로 끌려가면 어떻게 되었을지 그건 알 수가 없다.

왜 세계는 이렇게 생겼으며 왜 자신은 이렇게 태어났는지… 그것은 너무나도 버거운 주제여서, 챠그무로서는 답을 구할 길이 없는 의문이었다.

딱 한 가지 알 수 있는 것은 여기가 나유그에서는 바닷속이며, 챠그무처럼 두 세계 사이에 있는 자에게는 나유그의 물의 백성이 부르는 소리가 아주 가까이 들리는 장소라는 사실이었다.

'그 소녀도 틀림없이 자신을 부르는 소리를 들었을 거야.'

그래서 가버린 것이다, 나유그의 물속으로. 챠그무는 부르르 몸을 떨었다.

'그 소녀의 혼은 못 돌아올지도 몰라.'

나유그는 아름답다. 하지만 사람의 생각이나, 심지어는 목숨조차도, 나유그에서는 모래알 정도의 의미밖에 갖지 않는다.

정령의 알이 자신을 지배하고 있을 때 얼마나 무자비하고 몰인정했던가를 생각하면 잘 알 수 있다. 오로지 세상 밖으로 나오기 위해서 챠그무를 이용한 그 무자비함. 악의가 있었던 것은 아니다. 태아가 태어날 때와 마찬가지로, 그 알은 생명의 흐름을 따랐을 따름이다.

하지만 챠그무는 죽을 뻔했다. 아니, 누군가가 구해주지 않았다면 분명히 죽었다. 그것도 요괴에게 몸을 갈기갈기 찢겨 처참하게 죽었을 것이다.

나유그의 아득한 물밑, 그 아름답고 장대한 세계. 그러나 끌려서 그 세계로 뛰어든다면 한없이 깊은 바다로 떨어지는 돌멩이와 같은 존재가 되고 만다.

자신 같으면 소녀를 쫓아서 그 세계로 갈 수 있다고 챠그무는 생각했다. 하지만 다시 한 번 마음의 문을 열어 시도해

볼 생각은 도저히 들지 않았다. 쫓아갈 수는 있다. 하지만 돌아올 수 있으리라고 확신할 수는 없었기 때문이다.

⁂

타르산 역시 잠들지 못하는 밤을 보내고 있었다.

조개 반지를 만들어주었을 때 웃던 에샤나의 얼굴이 떠올라서 잠이 오지 않았다. 형님이나, 매형인 그 거만한 섬지기가 타르산의 심정을 알면 틀림없이 냉소를 지으리라. 왕자라는 자가 한갓 어부의 딸에게 그토록 마음 쓸 필요는 없다고 하며.

'형님은 그렇게 살면 돼.'

타르산은 생각했다. 호화로운 침실 천장에 박힌 야광조개가 별처럼 은은히 빛나고 있었다. 타르산은 배의 갑판에서 뒹굴며 바라보던, 별이 쏟아질 것 같던 밤하늘을 떠올렸다.

배 위에서 선장의 명령은 왕의 명령만큼이나 힘이 세다. 아무리 왕자라도 경험이 풍부한 선장의 명령에는 당연히 즉각 따라야만 한다.

끝없이 펼쳐지는 드넓은 바다 위, 그리고 아득한 하늘 아래에서 나무토막처럼 흔들리는 배에서 지내다 보면, 함께 탄 사람들 모두의 사이에 생사를 함께하는 가족과도 같은 유대감이 자리 잡는다. 신분을 초월한 그 감정을 왕이 될 형은 아마도 평생 알 수 없을 것이다.

타르산은 바람이 세찬 자그마한 섬 카르슈에서 자랐다. 산갈 왕가의 발상지다. 해적이었다는 사실을 감춰봤자 소용없다. 누구나 알고 있는 사실이다. 하지만 산갈 왕가의 선조는 단순한 해적은 아니었다. 일방적으로 빼앗기만 하는 자를 사람들이 따를 리도 없다. 따르는 자가 많아지고 동료도 늘어감에 따라, 선조들은 서서히 배워서 현명한 통치자로 변해간 것이다.

'하지만 산갈 왕가가 번영해온 것은 바다의 백성으로서의 마음을 버리지 않았기 때문이야.'

타르산은 그렇게 생각하고 있다. 조상들은 그 점을 잘 알고 있었음에 틀림없다. 워낙에 독립심이 강한 바다의 백성들을 통솔하기 위해서는 대륙의 여러 나라 왕들처럼 백성과 멀리 떨어져 있는 존재여서는 안 된다는 사실을.

'아아, 유난 숙부님이 살아 계셨다면….'

타르산은 요즘 종종 그런 생각을 한다. 아버지의 동생으로서 산갈 왕국군을 이끌던 유난 숙부는 진정한 바다 사나이였다.

'왕'과 '백성'을 잇는 고리가 되어야 한다는 말을 타르산은 어릴 적부터 숙부한테서 들으며 자랐다. 백성의 마음을 민감하게 파악할 수 있는 마음을 갖춤으로써 백성에게 신뢰받으면 형의 훌륭한 조언자가 될 것이고, 그러면 나라가 올바른 길로 나아갈 수 있을 거라고.

왕자인 타르산이 어부들과 섞여서 놀며 물고기 잡는 법을 배우는 데 몰두해도 아무도 막지 않은 것도 그 때문이었다. 매형인 섬지기 아돌이, 햇볕에 새카맣게 탄 채 물고기 잡느라 정신이 없는 타르산에 대해 왕자보다는 어부로 태어난 편이 행복했을 거라고 뒤에서 말하고 다닌다는 사실을 잘 알고 있었지만, 타르산은 개의치 않았다.

오히려 섬지기인 아돌이야말로 섬사람들에게 좀 더 가까이 다가가야 한다. 왕가의 사위라는 권위와 어설픈 자존심을 내세울 뿐 섬사람의 마음을 모르고서야 어떻게 섬을 지킬 수 있겠는가?

섬을 지키는 병사도 왕가를 지키는 병사도 대부분 어민 출신이다. 타르산 직속의 위병들도 카르슈 섬이나 근처 섬들의 야르타시 슈리 출신이었다. 그들의 마음을 파악하지 못하고서 어떻게 그들을 지휘할 수가 있겠는가?

타르산은 자신에게 바다에서 사는 법을 가르쳐준 야르타시 슈리들의 햇볕에 그을린 거친 얼굴을 하나하나 떠올렸다. 그들은 겉으로는 섬지기나 왕족의 명령에 따르지만, 마음속으로는 바다 사나이로서의 역량을 가장 중시한다.

타르산은 그런 남자들 사이에서 자라, 왕자로서만이 아니라 어엿한 남자로서 그들에게 인정받아가고 있었다. 섬사람들이 잠수도 작살던지기도 잘하는 유능한 바다 사나이로서 자신을 인정해 경의를 표하기 시작한 것이 타르산은 무엇보다도 기뻤다. 특히 타르산 직속 위병으로 선발된 남자들은 하나같이 진심으로 타르산을 신뢰하고 기꺼이 명령에 따라주는 녀석들이었다.

카르슈 섬의 풍경과 함께 어린 소녀의 얼굴이 또다시 마음속에 떠올랐다.

'야타가 살아 있었다면 어떻게 했을까?'

에샤나의 아버지 야타는 타르산의 형 또래의 건장한 어부였다. 말이 없는 사내였지만, 야르타시 슈리들로부터 '나유 그루 라이타의 호흡을 타고났다'는 말을 들을 정도로 잠수의 달인이었다. 섬사람들은 걸음마를 시작하기도 전에 수영을 시작한다. 누구나 육지 백성은 믿을 수 없을 정도로 오래 숨을 멈추고 깊은 바닷속으로 잠수할 수 있다. 야타의 잠수는 그런 섬사람들조차도 감탄할 정도였다.

흰 잔거품을 궤적으로 남기며 쏜살같이 일직선으로 잠수하는 그의 모습에 타르산은 진심으로 매료되었다. 말수가 적었지만, 그가 웃으면 누구든 덩달아서 미소를 짓게 된다. 타르산은 그의 뒤를 따라다니며 많은 것을 배웠다.

마침내 타르산은 야타의 제자 중에서도 1, 2위를 다투는 잠수부가 되었다. 타르산이 아는 한 타르산보다 깊이 잠수할 수 있는 사람은 스리나라는 랏샤로 소녀뿐이었다.

스리나의 소질을 야타는 무척 칭찬하곤 했다. 어릴 적에는 타르산은 어린 여자 랏샤로 따위에게 지는 것이 분해서 견딜 수가 없었지만, 스리나는 성격 느긋한 착한 소녀여서 자신의 잠수 재능을 자만하는 일도 없었다. 타르산과 스리나는 함께 야타에게 잠수 고기잡이를 배우는 사이에 이윽고 좋은 친구가 되어갔다.

끝없는 바다의 깊고 푸른 물속을 잠수하다 보면, 타르산은 자신이 점점 무척 작아지는 것 같은 공포를 느낄 때가 있었다. 그런 때 옆에 있다가 눈이 마주치면 스리나는 미소를 지어주었다.

스리나와 타르산은 야타의 집에서 함께 밥을 먹고, 함께 어린 에샤나와 놀아주곤 했다. 에샤나는 야타를 무척 닮았다. 말은 별로 없지만 이따금 활짝 웃으면 티없이 밝은 얼굴이 된다. 그 모습이 무척 귀여웠다.

야타가 고기를 잡으러 나가서 돌아오지 않았던 1년 전의 폭풍 불던 날 밤, 타르산은 에샤나의 어머니 사샤를 비롯한 마을사람들과 간절한 마음으로 기도하며 긴 밤을 지새웠다. 잠수의 달인인 야타가 바다에서 죽는다는 건 믿을 수 없는 일이었지만, 폭풍이 몰아치는 바다는 다섯 명의 남자들과 함께 건장한 야타의 목숨도 앗아가버렸다.

에샤나까지 빼앗겨 혼자 남은 사샤는 얼마나 슬퍼하고 있을까.

꾸벅꾸벅 얕게 잠들었던 타르산은 깜짝 놀라서 벌떡 일어났다. 에샤나의 울음소리가 귓전에 들려온 것 같았기 때문이다. 단순히 꿈이라고 하기에는 너무나도 생생한 울음소리여서 심장이 거세게 고동쳤다.

'에샤나의 침실이 어디더라?'

분명히 서쪽 깊숙이 있는 방일 거다. 타르산은 곧바로 마음을 정하고 침대에서 내려왔다.

침실 문 앞에는 타르산의 호위를 맡은 불침번이 서 있다. 문을 열고 복도로 나가면 분명 그들이 따라올 것이다. 타르산은 소리 내지 않도록 조심하며 조심스럽게 창문으로 나가 중정으로 내려섰다.

달이 슬슬 저물 시각이어서 중정에는 이슬이 내렸고 어둠이 짙게 깔려 있었다. 눈이 어둠에 익숙해질 때까지 잠시 기다린 후에 타르산은 발소리를 죽이고 걷기 시작했다.

에샤나가 묵고 있는 방에는 시녀나 병사들도 있을 것이다. 타르산은 에샤나의 침실 안으로 들어갈 생각은 없었다. 단지 침실 창문 아래로 가서 에샤나가 울고 있는지 확인하고 싶었을 뿐이다. 만약 그 소리가 정말로 에샤나의 울음소리였다면, 그 아이는 깨어난 셈이 된다. 어쩌면 에샤나는 나유그루라이타의 눈이 되었던 것이 아니라 단순히 병을 앓았을 뿐인지도 모른다.

맨발이 풀에 맺힌 이슬로 젖었지만 개의치 않았다. 에샤나의 방 밖에 이르러 보니 창문이 뜻밖에도 활짝 열어젖혀져 있었다. 타르산은 벽에 귀를 대고서 살며시 방 안의 기척을 살폈다.

방은 고요했다. 울음소리는커녕 숨소리조차 들리지 않았다. 잠시 안의 기척에 귀 기울이고 있다가 타르산은 얼굴을 찌푸렸다. 병사나 시녀가 일어나 있다면 몸을 꿈틀거리는 기척 정도는 느낄 수 있을 것이다. 그런데 방 안에는 아무도 없는지 전혀 인기척이 느껴지지 않았다.

'여기가 아니던가?'

타르산은 창턱에 양손을 얹고 살금살금 몸을 들어올려서 안을 들여다봤다.

방 안의 광경이 눈에 들어온 순간 타르산은 섬뜩해졌다.

어두운 방 안에 눈가리개를 한 에샤나만이 덩그마니 서 있었다. 시녀와 병사들은 에샤나 주위의 바닥에 누워 있었다.

에샤나는 분명 아무것도 보지 못할 터였다. 그런데도 머리를 타르산 쪽으로 홱 돌리더니 눈 언저리를 손으로 누르고 울기 시작했다.

그 목소리가 너무나도 구슬퍼, 타르산은 저도 모르게 빨려들듯이 창턱을 기어올라 방으로 내려갔다. 그리고는 훌쩍이는 에샤나에게로 다가갔다.

"정신이 들었구나? 아아, 다행이다! 이제 괜찮아. 무서워하지 않아도 된다."

그렇게 말하면서 타르산이 에샤나의 손을 만진 순간, 찌릿하는 통증이 손에서 등으로, 그리고 머리로 흘러갔다. 이 순간을 마지막으로 타르산의 의식은 끊겼다.

타르산의 눈이 몽롱해졌다. 타르산은 마치 꼭두각시 인형처럼 에샤나의 자그마한 엄지손가락에 끼어 있는 반지를 빼더니 자신의 새끼손가락 끝으로 밀어 넣었다. 그 작은 반지는 새끼손가락의 첫 번째 관절에서 딱 걸렸다.

다음 날 아침 타르산은 자신의 침대에서 깨어났다. 간밤에 에샤나의 방을 몰래 찾아갔다는 사실은 완전히 잊고 있었다. 왠지 머리가 무겁고 안개가 끼어 있는 듯해서 제대로 생각할 수가 없었다.

　한숨을 쉬며 침대에서 내려선 타르산은 자신이 왼손을 꽉 쥐고 있다는 사실을 전혀 알아차리지 못했다.

제2장

주술

1
해저의 축제

   별이 총총히 박힌 하늘 아래에서 스리나는 혼자서 외로이 집배를 젓고 있었다.

   평소 같으면 한참 전에 얕은 여울에 닻을 내리고 잠들었을 시간이다. 하지만 스리나는 달빛과 별빛 속에서 거뭇거뭇 떠 있는 자그마한 무인도들의 형체를 지그시 바라보면서 집배를 조종하고 있었다. 마음이 급해서 정박지를 찾을 생각이 들지 않는 것이다.

   바다 위에는 눈에 보이는 길은 없다. 헤매지 않고 목적지에 제대로 도착하려면 별자리나 태양의 방향, 그리고 항로상에 있는 섬의 형태로 위치를 파악하는 수밖에 없다.

   육지에 길이 있듯이, 바다에는 조류라고 하는 길이 있다.

다만 이 길은 일방통행로다. 요령껏 흐름을 타면 무척 빨리 배를 전진시킬 수 있지만, 흐름을 거스르려고 하면 성인 남자 몇 명이 들러붙어서 필사적으로 저어도 좀처럼 앞으로 나아갈 수가 없다.

어디에 어떤 조류가 흐르고 있을까? 어딘가로 가기 위해서는 어떤 조류를 피하고 어떤 조류를 타고 가는 게 좋을까? 바다 위의 지도는 육지의 지도보다도 복잡할지도 모른다.

스리나는 물론 조류에 대해 잘 알고는 있었다. 그렇지만 지금까지는 항상 아버지가 곁에 있어서 훨씬 마음이 편했다. 지금은 혼자서 항로를 찾아야만 한다. 항로의 단서를 놓치지 않으려고, 실수하지 않으려고, 스리나는 온몸의 신경이 곤두설 정도로 긴장하고 있었다.

게다가 평소처럼 느긋하게 배를 저어갈 수도 없었다. 최대한 빨리 도읍에 도착할 수 있는 항로를, 해류와 바람의 길을 선택해서 달려가야만 한다. 집배는 커다란 배보다 속도는 느리지만, 커다란 배는 지나갈 수 없는 얕은 여울도 빠져나갈 수 있다. 지름길을 얼마든지 찾아낼 수 있는 것이다.

스리나는 바로 이틀 전에 가족들과 함께 지나왔던 항로를 거슬러 올라가고 있었다.

고맙게도 며칠 전과 마찬가지로, 조류가 만나는 곳을 향해서 순풍이 불고 있었다. 이 바람을 계속 타고 갈 수 있으면 이틀 걸린 거리를 하룻밤에 달려갈 수 있을지도 모른다.

은모래를 뿌린 것처럼 별이 총총한 하늘….

작은 배가 물을 가르며 내는 파도소리와 돛이 펄럭이는 소리만이 끝없는 하늘과 어둠이 깔린 드넓은 바다 사이를 메웠다. 한밤중을 넘기자 스리나의 몸에서도 서서히 긴장이 풀렸다.

현기증이 날 정도로 광대한 밤이 스리나를 뒤덮고 있었다. 하늘에 빼곡한 별 아래를 나뭇잎처럼 작은 배로 달리고 있으려니, 한없이 작아지며 꿈속으로 녹아들 것 같은 느낌이 들었다.

어쩌면 어딘가에서 정말로 꿈속으로 미끄러져 들어온 것인지도 모른다.

거뭇하던 바다 빛이 스르르 맑아지며 남빛으로 바뀌는 광경이 스리나의 눈에 들어왔다.

정신을 차리고 보니 남빛 물이 스리나의 온몸을 뒤덮고 있었다. 올려다보니 저 위에 있는 돛보다도 더 높은 곳까지 물이 들어차 있었다. 무섭다는 생각은 들지 않았다. 이 물속에서는 숨이 막히지도 않았다.

투명한 남빛 물속을 자그마한 집배가 앞으로 나아간다.

돛을 밀고 있는 것은 바람이 아니라 남빛 물의 흐름이었다.

'이 이상한 바다의 조류가 바람 구실을 하는구나.'

스리나는 멍하니 생각했다. 꿈인지 생시인지도 모르는 채로 스리나는 날이 밝을 때까지 남빛 바닷속을 미끄러지듯이 나아갔다.

얼마나 그렇게 달렸을까? 희미하게 무슨 소리가 들리는 것 같았다. 소리를 따라 바다 밑으로 눈을 돌리던 스리나는 문득 숨을 멈췄다. 깊은 남빛의 물속 저 멀리서 자그마한 빛들이 무수히 흔들리고 있었다.

마치 수많은 등불이 스르르 빛의 꼬리를 끌며 헤엄쳐 다니는 듯한 광경이었다. 작은 빛이 고동치듯 강하게 빛날 때마다 수많은 방울을 흔드는 듯한 섬세한 소리가 울려 퍼졌다. 방울소리는 서서히 높아졌다가 다시 슬그머니 낮아지더니, 밀려왔다가는 돌아가는 파도처럼 스리나를 흔들었다.

곧이어 맑고 투명한 노랫소리가 방울소리와 비슷한 울림을 타고 들려왔다.

스리나의 살갗에 소름이 돋았다.

'전에 언제 이 노래를 들은 적이 있는데….'

두려움 같은 감각이 그 기억과 함께 떠올랐다.

이 노래를 들어서는 안 된다, 누군가가 그렇게 말하며 따뜻한 손으로 귀를 막던 기억….

남빛 물속에서 어느새 해수면이 동틀 녘의 검푸른 빛으로 물들고 있었다. 바닷새도 날카로운 소리로 지저귀면서 남빛 물속을 날기 시작했다.

멀리 띄엄띄엄 보이기 시작한 검은 점이 랏샤로의 집배라고 깨달은 순간, 주위를 뒤덮고 있던 남빛 물이 자취를 감췄다. 스리나는 큼큼 새벽녘의 바다 냄새를 맡았다. 평소와 전혀 다를 바 없는 동틀 녘의 바다가 눈앞에 펼쳐져 있었다.

조류가 만나는 곳에 여섯 척의 집배가 모여 있었다. 아직 어슴푸레한 빛 속에서 사람들이 바다에 뭔가를 뿌리고 있었다. 집배에 부딪치는 파도가 갑자기 초록빛을 띤 푸른빛으로 깜빡이며 빛나기 시작했다. 배가 일으키는 파도 줄기를 따라서 녹청색 빛이 소용돌이치며 흐르다가 사라졌다.

'야광 지렁이구나.'

스리나는 속으로 중얼거렸다. 야광 지렁이로 밤낚시하는 장면을 카르슈 섬 남쪽의 카나크 제도에서 전에 본 적이 있다. 야광 지렁이는 카나크 제도의 바닷가에 많이 사는 벌레다. 모양은 모래알 비슷하고, 썰물 때는 모래 속에 잠들어 있지만 밀물이 되면 바다로 나가 반짝반짝 빛나며 떠다닌다.

밤에 이 벌레가 떠다니는 바다에서 헤엄치면, 사람도 물고기도 녹청색 띠를 두른 것처럼 아름답게 빛난다. 카나크의 어부들은 밤에 해류를 읽기 위해서, 또는 빛에 이끌려 오는 물고기를 낚기 위해서 야광 지렁이를 이용한다. 저 랏샤로 무리는 카나크 제도에서 온 사람들일까?

나흘 전에 비하면 바닷새도 적었고, 바닷속에 우글거릴 정도로 많던 쟈고의 모습도 거의 안 보였다. 저 랏샤로들은 야광 지렁이를 써서 조류를 읽어, 쟈고가 간 방향을 찾으려는 중일 게다.

그들에게 타르슈 배에 대해 알려줘야겠다고 스리나는 생각했다. 자신들과 똑같은 일을 겪게 내버려둬서는 안 된다.

스리나가 다가가자, 랏샤로들은 혼자서 집배를 저어 오는 소녀를 어스레한 빛 속에서 의아한 표정으로 응시했다.

"아유샤스(좋은 바람이네요)!"

스리나가 큰 소리로 랏샤로의 인사말을 건네자, 여기저기서 똑같은 인사말이 돌아왔다.

"난야르가(동료의 우두머리)는 누구신가요?"

가슴이 답답할 정도로 긴장하고 있었지만, 스리나는 배에 힘을 주며 말했다. 서로 얼굴을 마주 보는 랏샤로들 사이에서 이윽고 어느 집배에 타고 있던 노인이 살짝 손을 흔들어 보였다. 난야르가였다. 스리나는 배의 방향을 그쪽으로 돌려 얼굴을 똑똑히 보며 이야기할 수 있는 거리까지 다가갔다.

스리나가 그 배를 향해 다가가자 다른 배들도 다가와서 스리
나와 난야르가의 배를 둘러쌌다.

난야르가는 멀리서는 노인으로 보였지만, 머리가 세었을
따름인 마흔대여섯 정도의 남자였다.

"저는 카르슈 섬에서 태어난 랏샤로로, 스리나라고 합니다."

자신을 소개하자 남자가 고개를 끄덕이며 무뚝뚝하게 말
했다.

"나는 타도다."

"고기 잡는 데 방해해서 죄송해요. 하지만 쟈고 떼는 이제
여기에는 없을 거예요."

스리나가 말하자 타도는 굵은 눈썹을 추켜올렸다.

"어떻게 아느냐?"

스리나는 입술을 축이고는 차근차근 이야기하기 시작했
다. 나흘 전에 여기서 엄청난 숫자의 쟈고 떼를 만난 것, 쟈
고 떼는 남서쪽으로 향하는 사라로 조류를 타고 갔다는 것.

이야기를 듣는 사이에 타도의 얼굴에서 차츰 경계의 빛이
사라졌지만, 스리나가 혼자인 것을 수상쩍어 하는 마음만은
여전히 얼굴에 남아 있었다.

스리나는 한 차례 숨을 들이쉬고 나서 자신이 왜 혼자가
되었는지를 이야기하기 시작했다.

랏샤로들 사이에 술렁임이 일었다.

"그게 정말이냐? 이런 곳까지 타르슈 제국군이 척후선을…?"

타도의 목소리에 다른 남자들이 불안한 듯이 떠드는 소리가 겹쳤다.

"정말이에요. 척후선은 라스 섬의 먼바다에 있는 무인도를 어제 낮에 출발해, 북서와 북동을 향하고 있어요. 그러니까 절대로 그쪽으로 가면 안 돼요. 마주쳤다가는 살해당할지도 몰라요."

공중을 가르며 죽음의 비처럼 쏟아지던 화살소리와 큰아버지들의 비명이 스리나의 뇌리에 생생하게 되살아났다. 라시의 울음소리, 아버지의 목소리, 그 어깨에 꽂힌 화살….

몸이 떨리기 시작해 스리나는 뱃전을 붙잡고 주저앉았다.

"얘야, 괜찮니?"

뒤쪽에서 목소리가 들렸지만 스리나는 대답할 수가 없었다. 머리가 차가워지며 지잉 하는 소리와 함께 눈앞이 캄캄해졌다.

정신을 차리자 처음 보는 중년 여자가 등을 어루만져주고 있었다.

"불쌍하게도…. 힘든 일을 겪었구나. 머리를 낮게 유지해

라. 금세 좋아질 거다."

바다에서 잠수를 계속해온 사람 특유의 갈라진 목소리와 따뜻한 손이 스리나의 몸을 따뜻하게 다독였다. 처음 눈을 떴을 때는 주위가 빙빙 돌았지만, 잠시 후 안정을 찾기 시작했다.

스리나를 지켜보고 있는 사람은 배로 올라와서 등을 쓰다듬는 여성만이 아니었다. 짐배를 옆으로 대고서 이쪽을 걱정스러운 듯이 살피는 얼굴이 여럿 보였다. 스리나는 눈물이 나올 것 같았지만 필사적으로 참았다. 지금 울기 시작하면 멈출 수 없을 거다. 갓난아이처럼 이 사람들에게 매달리게 된다.

"괴로웠겠구나. 잘 알려주었다. 네가 알려주지 않았으면 우리도 같은 일을 당할 뻔했다. 이제 걱정할 필요 없다. 우리와 함께 지내자. 우리는 카나크 제도 부근에서 살고 있다. 카르슈 섬까지는 그다지 멀지 않단다. 난이 있는 섬 근처로 타르슈 배가 오면, 카르슈 쪽으로 돌아가면 된다."

등을 문지르는 여자의 다정함이 가슴을 파고들었다. 스리나는 햇볕에 탄 여성의 주름투성이 얼굴을 올려다보며 진심으로 감사하다는 말을 했다.

"하지만 저는 카나크 제도 쪽으로는 갈 수가 없어요."

여자가 눈을 깜빡이며 스리나를 내려다봤다.

"왜?"

"저는 도읍으로 가야 해요. 타르슈 제국의 군단이 공격해 온 것을 알리러요."

랏샤로들은 당황한 듯이 입을 다물어버렸다.

"말도 안 되는 소리를."

난야르가인 타도가 어이없다는 얼굴로 콧방귀를 뀌었다.

"너 같은 어린 여자애가 나라와 나라의 싸움에 머리를 디밀겠다고? 그런 짓을 해봐라. 배와 배 사이에 낀 챠크(갯강구)가 찌부러지는 것처럼 살해당할 것이 뻔하다. 네 아버지도 나하고 똑같은 말을 할 게다."

타도는 타이르듯이 말했다.

"지금은 냉정하게 생각할 수 없을 거다. 하지만 마음을 가라앉히고 잘 들어라. 네 아버지 대신에 내가 랏샤로의 지혜라는 것을 가르쳐줄 테니까.

산갈도 타르슈도 우리하고는 관계가 없다. 어디의 누가 왕이 되어도 알 바 아니다. 그게 랏샤로다.

싸움은 폭풍과도 같은 것이다. 폭풍이 온다는 걸 알면 어떻게 하느냐? 대답은 간단하다. 폭풍이 불지 않는 곳으로 도망치는 것이지. 우리는 랏샤로다. '섬에 사는 백성' 탓카돌라가 아니다. 집배 하나로 어디서나 살아갈 수 있다. 바다는 넓다. 녀석들은 바다 위에 선을 그을 생각이겠지만, 우리하고는 상관없는 일이다."

그야말로 랏샤로다운 말이었다. 타도의 말대로 아마도 아버지도 똑같은 말을 할 것이다. 스리나도 가능하면 이대로 타도 일행과 도망쳐버리고 싶었다.

타도의 어조가 조금 부드러워졌다.

"너는 중요한 사실을 가르쳐주었다. 고맙구나. 우리의 은인이다. 아롸가 아까 말한 대로 우리와 함께 가자꾸나."

스리나는 타도를 올려다보며 천천히 고개를 저었다.

"하지만 약속을 지키지 않으면 아버지랑 동생들이 학대를 당할지도 모르니까…."

스리나가 띄엄띄엄 이유를 설명하자 타도는 얼굴을 찌푸렸다.

"그 도골이라는 녀석도 못됐군. 이렇게 어린 여자애한테 그런 약속을 하게 하다니. 그런 약속 지키지 못하는 게 당연하다. 그 녀석도 네가 성공하리라고는 생각하지 않을 게다. 도망쳐버려라. 네가 실패했다고 해서 아버지를 학대하거나 하지는 않을 테니."

그럴지도 모른다고 스리나도 생각했다. 하지만 도망칠 생각은 들지 않았다.

"고맙습니다. 하지만 역시 일단 가볼게요."

타도는 한숨을 내쉬었다.

"그럴래? 그럼 하는 수 없지. 행운을 비마."

아롸라는 이름인 것 같은 중년 여성이 일어서면서 다시 한 번 그러지 말고 함께 가자고 말해주었지만, 스리나는 미소 지으며 고개를 저었다.

아롸는 고개를 끄덕이고 자신의 집배로 옮겨 탔다. 그들의 배가 멀어지기 시작했을 때, 문득 떠오르는 생각이 있어서 스리나는 소리쳤다.

"아롸 아주머니!"

아롸가 돌아봤다.

"야광 지렁이를 조금 살 수 있을까요?"

아롸는 남편과 상의하더니 잠시 후에 야광 지렁이를 자그마한 항아리 한가득 나눠주었다. 돈은 한사코 받지 않았다.

"야광 지렁이는 조금만 있어도 꽤 많은 빛을 낸단다. 한번 써본 후에 분량을 조절하도록 해라."

스리나는 감사 인사를 하고는 야광 지렁이가 든 항아리를 받아들었다. 밝은 데서 보니 야광 지렁이는 모래로밖에 보이지 않았다. 오늘 밤도 어젯밤처럼 잠이 안 오면 이 야광 지렁이로 밤낚시를 해보자.

"조심해서 가거라. 마음이 바뀌거든 우리를 찾아라. 카나크의 난은 너를 언제든 받아들여줄 테니까."

가슴이 먹먹해졌다. 스리나는 아롸에게 깊숙이 고개를 숙였다.

아롸 일행의 집배는 돛을 올리더니 이윽고 경쾌하게 파도를 일으키며 멀어져갔다.

아침 햇살이 하얗게 춤추는 바다 위에서 스리나는 또다시 혼자가 되었다. 왠지 쓸쓸함이 어제보다도 더욱 몸에 사무치며 갑자기 피로가 몰려왔다. 그러고 보니 간밤에는 거의 못 잤다.

'그런데 신기한 꿈을 꾸었지. 잠든 채로 돛을 조종하고 있었나?'

점심때가 되기 조금 전에 스리나는 자그마한 무인도의 얕은 여울에 닻을 내렸다. 그리고는 차양 대신에 돛을 배에 뒤집어씌워놓고 그 밑으로 기어들어가 순식간에 잠으로 빠져들었다.

꿈에 죽은 어머니가 나왔다. 뭐라고 스리나에게 자꾸만 말을 걸고 있었지만 빗소리가 시끄러워서 어머니의 목소리가 안 들렸다.

안 들려, 하고 큰 소리로 외치자, 어머니는 손을 뻗어서 스리나의 귀에 손을 갖다 댔다….

눈을 떴을 때, 잠시 자신이 어디에 있는 건지 알 수가 없었다. 정말로 거센 빗소리가 들렸기 때문이다. 팽팽하게 펼친 가죽 위에다 콩을 뿌리는 것 같은 엄청난 소리였다.

돛을 살짝 들어 올려 밖을 내다보고서 스리나는 놀랐다. 이미 해가 저물어 있었다. 해 저문 황혼녘의 하늘에 이따금 번쩍 번개가 지나갔다. 스리나는 서둘러서 통이란 통은 전부 꺼내서 빗물을 받았다. 이걸로 한동안 식수는 충분할 것이다.

비를 가득 머금은 소나기구름이 지나가기를 기다렸다가 스리나는 닻을 올렸다.

"노그라 조류를 타고 토놀 섬까지 가서 거기서부터…."

입속으로 중얼거리면서 스리나는 집배를 조종하기 시작했다. 일단은 카르슈 섬에서 여기로 올 때 아버지가 이용한 해로를 도중까지 따라가자. 그 뒤에는 카르슈 섬으로 가지 말고 북쪽으로 진로를 잡자. 스리나는 지식을 총동원해서 도읍으로 가장 빨리 갈 수 있는 해로를 생각했다. 생각할 시간만은 충분했다.

잠시 호사를 누리기로 하고 꿀이 들어간 구운 과자를 베어물자, 입안 가득 향기로운 냄새와 걸쭉한 꿀의 달콤함이 퍼졌다. 머릿속에 남아 있던 피로가 스르르 가셨다. 그래도 꿈의 여운만은 사라지지 않았다. 어머니의 따뜻한 손이 닿았던 감촉이 아직도 생생하게 귀에 남아 있다.

돛이 바람을 품어 바람의 힘을 손바닥으로, 그리고 온몸으로 느꼈다. 배가 천천히 빨라지기 시작했다. 제대로 노그라 조류를 탄 것이다.

이제부터 한동안은 섬 그림자조차 볼 수 없는 망망대해가 이어질 터였다. 길고 고독한 여행이다. 머리카락을 흔드는 바람에서는 외해의 거친 냄새가 났다. 마을 옆 후미에 떠다니는 바람에는 연기 냄새나 생선 굽는 냄새가 살짝 섞여 있지만, 이 바람에는 사람의 기척이 없다. 연기 냄새가 그리웠다. 누군가와 이야기를 나누고 싶었다. 너무나도 쓸쓸한 나머지 스리나는 무릎을 가슴에 갖다 대고 한손으로 꽉 끌어안고는 흐느껴 울면서 돛을 조종했다.

얼마나 시간이 흘렀을까? 스리나는 바람 속에서 술렁이는 소리를 들은 것 같아 귀를 기울였다. 축제 날 저녁에 멀리서 들려오는 소리와 비슷한 떠들썩한 술렁임. 뱃전에 어깨를 맡기고서 바다를 들여다보다가 스리나는 숨을 멈췄다.

바다 밑에 꽃밭이 펼쳐져 있었다. 검푸른 바다 빛에 독특한 남빛의 맑은 물이 겹쳐서 보였다. 그 남빛 바닥에서 옅은 분홍색 빛이 흔들리고 있었다. 어디까지 펼쳐져 있는지 끝이 보이지 않을 정도로, 짙은 푸른빛 해조가 분홍빛 꽃봉오리를 달고서 흔들리고 있는 것이었다.

노랫소리는 그 꽃봉오리 뒤에서 들려왔다. 여기저기서 노랫소리가 울릴 때마다, 누가 간질이기라도 한 것처럼 분홍빛 꽃봉오리가 흔들렸다. 이따금 금빛 가루 같은 것이 바닷속에 확 떠오르더니 소용돌이치며 해수면을 뚫고서 하늘로 솟아오르는 모습도 보였다.

치치치, 치치치, 하고 수많은 작은 새들이 지저귀는 듯한 소리가 들렸다.

금빛 가루가 떠오를 때마다 은빛 등을 번쩍이는 작은 물고기 떼가 그 금빛의 연무 속으로 뛰어들었다. 금빛 가루를 좋아하는 물고기이리라. 스리나는 깜짝 놀랐다. 작은 새가 지저귀는 것 같은 소리는 그 작은 물고기들이 내는 소리였다. 물고기만이 아니었다. 흔들리는 해조도, 분홍빛 꽃봉오리도, 남빛 바닷속에 있는 모든 것이 제각기 노래를 부르고 있었다.

정신을 차리고 보니 스리나는 남빛 바닷속에 잠겨 있었다. 어젯밤과 같은 상황이었다.

어젯밤에는 멀리서 보이던 등불 같은 빛이 해조 뒤편에서 솟아오르더니 몇 개가 스르르 꼬리를 끌며 날아왔다. 바로 옆에서 흔들리던 불빛은 스리나의 몸을 살짝 어루만지고는 슬그머니 멀어져갔다. 부드럽게 뺨을 쓰다듬고 지나간 빛을 눈으로 쫓던 스리나는 그 불빛이 물고기 모습을 한 사람의 눈빛임을 깨달았다. 물고기 닮은 사람들 여럿이 수초 비슷한 머리카락을 흔들며 눈꺼풀이 없는 눈으로 스리나를 흘끗 보며 지나치고 있었다.

그들이 날아오를 때마다 흥겨운 노랫소리가 울려 퍼지며 스리나의 몸을 흔들었다. 가슴속에서 외로움이 거품처럼 스러지며 따뜻한 기운이 서서히 피어났다.

스리나는 그들의 노래에 맞춰 몸을 흔들며 콧노래를 부르기 시작했다. 머릿속은 기분 좋게 마비되고 소름이 돋을 정도로 흥겨운 노랫소리만이 온몸을 가득 채웠다.

그때 바닷속의 분홍빛 꽃봉오리 뒤에서 노래하고 있는 소녀를 보지 못했다면, 스리나의 혼은 그대로 기이한 바다 아래로 빨려 들어가고 말았을 것이다.

흥에 겨워 노래 부르는 소녀의 얼굴을 본 순간 스리나의 마음에는 차가운 전율이 흘렀다.

"에샤나!"

스리나는 저도 모르게 소리쳤다.

"에샤나! 에샤나!"

스리나의 목소리는 흰 거품이 되어 남빛 물속으로 내려가, 무심히 노래하는 소녀의 머리카락을 어루만졌다. 소녀는 떨떠름한 표정으로 천천히 눈을 들었다. 스리나와 소녀의 눈이 마주쳤다.

순간 소녀의 눈에 희미하게 빛이 떠올랐다. 그러나 그 빛은 너무 약했다. 물고기 닮은 물의 백성의 노랫소리가 소녀를 잡아 끌자 빛은 순식간에 흐릿해졌다.

스리나는 소녀의 눈에 떠오른 빛을 꺼트리지 않으려고 필사적으로 이름을 계속 불러댔다. 스리나는 이제 확실히 기억할 수 있었다. 예전에 이 노래를 들은 적이 있다. 여섯 살 무렵이었을까? 밤바다를 항해하고 있을 때, 바다에서 들려오는 이 노래를 분명히 들었다.

그때 어머니의 따뜻한 손이 얼른 스리나의 귀를 막았다.

"너 들리는구나? 들어선 안 된다. 저건 나유그루 라이타가 유혹하는 노래니까. 저 노래에 끌리게 되면 혼을 빼앗겨서 바닷속에서 영원히 노래해야 한다더구나…"

그 기억이 되살아난 순간, 스리나의 눈에는 다시 두 세계가 겹쳐 보이기 시작했다. 드넓고 검푸른 바다가 남빛 바닷속에 펼쳐져 있었다. 그리고 그 거뭇한 바다 위에 스리나의 집배가 떠 있었다.

몸을 묶어두기라도 하듯이 뱃전을 꽉 잡은 채 스리나는 있는 힘껏 소리쳤다.

"에샤나! 스리나야, 알겠니? 어머니가 기다리고 있단다! 눈을 떠라!"

배가 천천히 에샤나가 있는 꽃밭에서 멀어지기 시작했다. 얼굴을 들어 미간을 찌푸리는 에샤나의 모습이 스리나의 눈에 들어왔다. 스리나는 나유그루 라이타의 노래를 지워버리고자 필사적으로 계속 소리쳤다.

"에샤나, 에샤나! 이쪽으로 와! 거기 있으면 죽는단 말이야!"

에샤나의 눈 속에서 또다시 뭔가가 천천히 움직이는 듯했다. 마침내 에샤나가 스리나를 똑바로 쳐다봤다.

에샤나의 입이 '스리나?' 하는 모양으로 움직였다. 그 순간 에샤나의 이마에 갑자기 하얀빛이 돋아나더니, 잠시 후에 하얗게 빛나는 실로 바뀌었다.

에샤나의 혼과 몸을 잇는 생명의 실이었다. 물론 에샤나도 스리나도 전혀 알아채지 못했지만.

실에 이끌리듯이 남빛 물을 차며 에샤나가 날아올랐다.

2
공포의 작살

축하 의식 나흘째의 조식은 보물관 연회실에서 제공되었다. 음식을 물린 후에 왕과 카르난 왕자는 내빈들에게 벽면을 가득 메운 보물의 유래를 설명했다. 왕가의 역사를 이야기한다는 취지였다.

아직 한낮도 되지 않았는데 벌써 후끈했다. 보물관에는 창문이 적었다. 보안 때문이다. 벽에 붙어서 늘어선 하인들이 커다란 부채로 바람을 일으키려 애쓰고 있었다. 그러나 부채질은 미지근한 공기를 뒤섞는 데서 그칠 따름이었다.

그래도 내빈들은 더위를 참고 작은 소리로 서로 얘기를 나누면서 보물을 보고 있었다. 해운으로 번창한 산갈 왕가의 보물인지라 진기한 물품이 많았기 때문이다.

손님들이 가장 관심을 보인 품목은 아름다운 보석류가 아니라 다양한 작살이었다. 벽에 죽 늘어선 작살 중에는 보석으로 호화롭게 장식된 것이 있는가 하면, 자루 부분에까지 가시처럼 날카로운 미늘이 붙어 있어 사용법을 짐작할 수 없는 것도 있었다.

"거칠고 투박한 보물입니다만, 이 작살들이야말로 우리 왕가의 살아 있는 역사지요. 아시다시피 우리의 위대한 선조들은 원래 매우 용감한… 해적이었으니까요."

산갈 왕이 미소를 머금은 목소리로 말하자, 손님들 사이에서 와 하고 웃음이 터져나왔다.

챠그무도 웃으면서 흘끗 왕 옆에 우두커니 서 있는 타르산 왕자를 곁눈질했다. 그러나 타르산 왕자의 얼굴에서는 미소라고는 전혀 찾아볼 수 없었다. 미소는커녕 미간을 잔뜩 찌푸린 표정이었다.

어젯밤과는 너무나도 다른 타르산의 모습에 챠그무는 불안을 느꼈다.

또 한 가지, 챠그무는 연회실 중앙쯤에 앉아 있는, 눈가리개를 두른 소녀의 '시선'이 신경 쓰여 견딜 수가 없었다. 눈을 가린 상태이니 보일 리가 없는데, 그런데도 자신을 뚫어지게 쳐다보고 있다는 느낌이 들었던 것이다. 나유그의 물

냄새에 정신을 팔려 있던 어젯밤과는 달리 오늘 아침에는 눈
가리개 너머의 시선이 유난히 거슬렸다.

타르산은 치밀어 오르는 화를 억제하지 못하고 있었다. 덥
기도 하고, 부왕의 목소리도 형님의 목소리도 귀에 거슬렸
다. 빨리 여기서 나가서 헤엄이라도 치면 기분이 좋아질지도
모른다. 아버지는 뭘 저렇게 장황하게 설명하고 있는 걸까?
젠장, 빨리 이야기를 끝내지….

벌이 윙윙거리는 듯한 소리가 오늘 아침부터 계속 귓속에
서 울렸다. 곧 폭발할 듯 끓어오르는 짜증을 타르산은 필사
적으로 참고 있었다.

손님 하나가 연회실 건너편의 벽을 손가락으로 가리켰다.

"전부 실제로 사용한 거라고 하셨는데, 저렇게 큰 작살도
실전용이었다는 건가요?"

손님들이 돌아봤다. 아아, 하고 감탄하는 목소리가 여기저
기서 새어 나왔다.

어른 키 정도 길이에다 굵기도 어린애 팔뚝 정도 되는 작
살이 벽 앞에 서 있었다. 전체를 쇠로 만든 작살이었다.

"물론, 물론입니다."

산갈 왕이 호쾌하게 웃었다.

"잘 질문해주셨습니다. 저것은 산갈 왕가 역사상 가장 건장하고 용맹했던 사달 왕자의 작살이지요. '공포의 작살'이라는 이름이 붙은 저 작살에 맞으면 뱃전에 커다란 구멍이 뚫렸다고 합니다."

손님들은 기품 있게 고개를 끄덕였지만, 산갈 왕은 미심쩍어 하는 손님들의 분위기를 간파하고서 빙긋이 웃었다.

"의심스러우시군요. 무리도 아닙니다. 평범한 남자라면 들어서 거머쥐기도 버거울 테니까요. 던지려들다간 어깨가 빠져버릴 겁니다. 그런데 사실은 저 작살을 잡는 데도 던지는 데도 다 요령이 있습니다…. 타르산,"

갑자기 이름을 불려, 타르산이 고개를 들었다.

"손님들께 보여드리도록 해라. 산갈식 작살 사용법을."

손님들이 술렁였다. 아무리 건장하다고 해도 타르산 왕자는 아직 열네 살, 저런 작살을 들 수 있으리라고는 생각할 수 없었기 때문이다.

손님들이 수군대는 소리를 들으며 타르산의 가슴에는 분노가 끓어올랐다.

'이 바보들이. 내가 저 작살을 못 들 거라고 생각하다니.'

타르산은 고개도 까딱하지 않고 자리에서 일어서더니, 작살을 향해서 뚜벅뚜벅 걷기 시작했다.

챠그무 옆에서 그 모습을 보고 있던 사르나는 얼굴을 찌푸렸다. 타르산의 얼굴은 무표정했다. 그러나 뭔가에 무척 화가 나 있는 상태라는 사실, 억지로 화를 참고 있는 중이라는 사실을 사르나는 알 수 있었다. 왜 저러는 걸까, 사르나는 생각했다. 그래도 아직까지는 희미하게 불안을 느끼는 정도였다.

타르산은 양손으로 들어야 하는 '공포의 작살'을 태연한 얼굴로 한손으로 잡았다. 작살은 생각한 것보다 훨씬 무거웠다. 한순간 쓰러질 듯 휘청한 타르산은 당황해서 온몸으로 버텼다.

그때 등 뒤에서 피식 실소하는 소리가 났다. 실제로 웃은 사람은 아무도 없었다. 그런데도 타르산의 귀에는 형 카르난 왕자가 비웃는 소리가 분명하게 들린 것이다.

그 순간 타르산의 머리로 피가 확 솟구쳤다. 무시무시한 분노가 온몸을 휘감았다. 타르산은 눈앞이 새하얘지는 것을 느꼈다.

타르산은 양손으로 공포의 작살을 고쳐 잡더니 어깨에 들쳐 메고서 뒤돌아보았다. 동시에 고함을 내지르며 온몸을 꺾었다. 형을 향해 작살을 던진 것이다.

무슨 일이 일어난 건지 아무도 파악하지 못하고 있는 사이에, 무거운 작살은 신음소리를 내며 연회실을 가로질렀다.

그러고는 카르난 왕자의 왼쪽 어깨를 찌른 뒤 벽에 깊숙이 꽂혔다.

사방으로 튄 카르난 왕자의 핏방울이 산갈 왕의 뺨에도 떨어졌다. 카르난 왕자가 쓰러졌다. 왕도 손님들도 그 모습을 지켜보기만 할 뿐 꼼짝할 수 없었다. 너무 놀란 나머지 얼어붙어버린 것이다.

다음 순간 벌집을 쑤신 것 같은 소동이 일었다. 그 소란 속에서 시간이 멈춘 것처럼 움직이지 않는 사람이 단 둘 있었다. 무거운 작살을 던지느라 오른쪽 어깨를 다쳐 바닥에 쓰러진 타르산 왕자와, 연회실 중앙에 우두커니 서 있는 나유그루 라이타의 눈이었다.

─◈─

"카르난 왕자는 좀 어떠신지요?"

점심을 대접하기 위해 나타난 사르나에게 챠그무가 물었다. 사르나는 평정을 유지하고자 애썼지만 챠그무에게는 그 노력이 애처롭게 느껴졌다.

"죄송합니다, 심려를 끼쳐드려서…. 덕분에 목숨에는 지장이 없을 듯하옵니다만… 아직 확실한 것은….'

떨리는 입술을 사르나는 이를 꽉 깨물며 진정시켰다.

"산갈에도 명의가 많겠지만, 괜찮으시다면 슈가가 도움을 드리고 싶다고 합니다. 성독박사는 의술에도 조예가 깊으니까요."

챠그무의 말을 듣고 사르나는 챠그무 옆에 서 있는 장신의 청년을 올려다봤다. 청년이 가볍게 인사했다. 눈만 보아도 그의 능력을 짐작할 만했다.

"그렇게 말씀해주시니 그럼 점심 식사 후에라도…."

사르나가 그렇게 말했을 때, 샤그라무가 울리며 산갈 왕이 모습을 드러냈다. 웅성거리던 사람들이 조용해지며 왕을 쳐다봤다. 왕은 손님들에게 깊숙이 고개를 숙였다.

"우선은 여러분께 진심으로 사죄의 말씀을 올립니다. 멀리서 와주셨는데 이런 모습을 보여드려 어떻게 사죄를 드려야 할지 모르겠습니다."

왕의 목소리는 침착했다. 다만 평소와 같은 웃음기는 찾아볼 수 없었다.

"다행히 카르난의 부상은 치명적이지는 않습니다. 팔을 잃는 일도 없을 거라고 합니다."

참으로 다행이라는 목소리가 여기저기서 들려왔다. 왕이 또다시 고개를 숙였다.

"대단히 고맙습니다. 다만, 이해해주시리라고 믿습니다만 신왕 즉위식은 치를 수 없는 상황이 되고 말았습니다."

신왕이 즉위하는 건 고사하고, 만약 상태가 악화되면 산갈 왕가는 차기 왕을 잃게 된다. 그뿐만이 아니다. 형을 살해하려는 대죄를 범한 타르산 왕자도 당연히 처형당할 것이다. 산갈 왕가는 왕위를 이을 아들을 모두 잃을지도 모르는 위기에 처해 있었다.

지금 당당히 서서 사죄의 말을 하고 있는 왕의 가슴속은 실의에 가득 차 있음에 틀림없다. 그러나 역시 왕답게, 내심을 조금도 드러내지 않았다. 헛걸음 시켜 죄송하다며 손님들에게 사죄하고, 사죄의 표시라며 무척 값비싼 산호를 산갈 왕가의 이름으로 손님들에게 선물했을 따름이다.

부디 내키는 만큼 며칠이든 머물러달라고 왕은 말했지만, 의식이 중단된 마당에 남의 나라에 멍하니 눌러앉아 있을 수는 없는 노릇이다. 그렇다고 산갈 왕가의 중대사가 어떤 결말을 맞이할지 가까이서 정보를 얻을 기회를 놓치는 것도 현명한 행동은 아니다. 점심 식사가 시작되었다. 손님들은 언제쯤 귀국하는 게 좋을지 여전히 작은 목소리로 의견을 나누고 있었다.

"타르산 왕자는 지금 어디 계시죠?"

망설인 끝에 챠그무가 작은 소리로 묻자 사르나가 조용히 대답했다.

"지금은 치료실에 있습니다. 다친 오른쪽 어깨를 치료하기 위해서죠. 처치가 끝나는 대로 감옥으로 옮겨갈 겁니다."

"아무래도 믿을 수가 없군요."

챠그무는 자신도 모르게 강한 어조로 말했다.

"타르산 왕자가 혈기 왕성한 분인 것은 분명합니다. 하지만 그런 행동을 하다니 도저히 납득할 수 없습니다. 뭔가 이상해요."

사르나는 챠그무를 응시했다. 뺨에 혈색이 조금 돌아왔고, 눈에 감정이 드러났다.

"고맙습니다…. 저도 그렇게 생각합니다."

다른 사람에게 들릴까 저어하는지 사르나는 목소리를 낮췄다.

"챠그무 황태자 전하께 난폭한 행동을 한 것처럼, 발끈하면 어리석은 짓을 저지르는 유치한 면이 그 아이에게 있는 것은 사실입니다. 하지만 아무리 그래도 형에게 작살을 던지는 그런…."

둑이 터진 듯이 사르나가 말을 이었다.

"그런 짓을 하다니 너무나도 이상합니다. 오늘은 아침부터 타르산이 넋이 빠져 있어서 계속 신경이 쓰였거든요."

"그건 저도 느꼈습니다. 어젯밤과는 전혀 달라 보였기에 어디 몸이라도 안 좋은가 생각했지요."

사르나의 눈이 갑자기 반짝였다.

"정말이세요? 다행이다. 저만 이상하다고 생각한 게 아니었군요."

하지만 그 눈에 반짝이던 빛은 이내 사라져버렸다.

"그렇다 해도… 어떤 이유가 있든 형에게 작살을 던졌다는 사실은 바꿀 수가 없어요."

사르나는 사실은 크게 소리 내어 울고 싶었다. 동생을 기다리고 있을 운명을 생각하면 가슴이 찢어질 것만 같았다. 하지만 사람들 앞에 그런 모습을 드러내 보일 수는 없다.

챠그무는 약하게 떨고 있는 사르나를 손이라도 잡고 위로해주고 싶었다. 하지만 그것 역시 사람들 앞에서 해도 좋을 행동이 아니었다.

카르난 왕자의 치료는 한밤중까지 계속되었다. 공포의 작살은 카르난 왕자의 왼쪽 어깨뼈를 스치며 근육을 깊숙이 파열시켰다. 왕자는 충격과 극심한 통증으로 의식을 잃었다. 하지만 다행스럽게도 작살이 굵직한 혈관을 건드리지는 않았다. 어떻게든 목숨은 부지할 수 있을 것 같았다.

슈가는 챠그무 황태자의 명을 받아서 점심 식사 후부터 계속 카르난 왕자의 치료를 도왔다. 산갈의 의술이 상당히 뛰어나 슈가에게는 흥미진진한 시간이었다. 순식간에 시간이 지나갔다. 다만 약 종류는 신요고 황국이 산갈보다 훨씬 많았다. 슈가가 제공한 통증 완화용 약초의 효과에 산갈 의술가들은 깜짝 놀랐다.

필사적인 치료가 계속되는 실내 사방 구석에서는 '바다의 어머니'를 모시는 성당 사제들이 낮은 목소리로 기도를 올리고 있었다. 밀물 때가 되자 사제들의 기도소리가 특히 높아졌다. 왕자의 혼이 바다로 끌려가지 않도록 막으려는 노력이었다.

한밤중을 훌쩍 지나서야 마침내 카르난 왕자의 상태가 안정되었다. 슈가는 산갈 의술가들의 감사 인사를 받으면서 치료실을 떠났다.

안내하는 하인을 따라 복도로 나와 손님용 숙소로 향하려던 때였다. 앞쪽에 있는 방에서 누군가의 신음소리가 들려왔다. 하인이 흠칫하며 몸을 떨었다.

"저건…?"

슈가가 산갈어로 묻자, 하인은 얼굴을 찌푸리며 슈가를 올려다봤다.

"타르산 왕자가 계시는 치료실입니다."

'아아, 그렇구나. 그렇게 무거운 작살을 그런 식으로 던졌으니 어깨를 다치는 게 당연하지. 그런데 아직 통증도 다스려주지 않았나? 아무리 대죄인이라 해도 그건 너무 가혹한데….'

그러나 슈가는 더 이상 산갈 왕가의 문제에 끼어들 생각은 없었다. 챠그무 황태자는 타르산 왕자를 염려하고 있었지만, 그렇기에 더더욱 깊숙이 개입하지 않도록 말려야만 한다. 왕이 될 형을 죽이려고 한 왕자와 얽혀봤자 챠그무 황태자에게는 아무런 이익도 안 될 테니까.

슈가가 타르산 왕자의 병실 앞에 이르렀을 때, 덜컹 소리를 내며 방문이 열리더니 안에서 병사 하나가 뛰쳐나와 사라졌다. 열어젖혀진 문 안쪽을 들여다보고서 슈가는 화들짝 놀랐다. 병사 네 명이 타르산 왕자의 몸에 달라붙어 있었다. 그런데도 마구 날뛰는 타르산을 막을 수가 없어 질질 끌려다니는 중이었다. 뛰쳐나간 병사는 지원을 요청하러 간 것이리라.

타르산은 마치 악귀 같은 모습으로 거품을 뿜으며 날뛰고 있었다. 붕대를 감아놓은 어깨의 통증조차 못 느끼는 모양이었다. 병사 중 한 명이라도 당해버리면 타르산을 붙잡아둘 수 없을 것이다. 이 방을 뛰쳐나가면 타르산은 무슨 짓을 할지 모른다.

말려들지 않으리라 마음 먹었던 슈가도 그런 광경을 보고 잠자코 지나쳐버릴 수는 없었다.

　주술사 토로가이에게 배운, 주술에 걸려 발광하는 자를 진정시키는 술법이 떠올랐다. 슈가는 입속으로 주문을 외우며 의식을 집중시키더니 가득 차오르는 힘을 오른쪽 손바닥에 모았다. 곧이어 병사들에게 다가가 도우려는 시늉을 했다. 그러고는 실수인 척 타르산의 이마를 오른손으로 꽉 눌렀다.

　그 순간 타르산은 마치 실이 끊긴 인형처럼 그 자리에 털썩 주저앉았다. 슈가도 오른손에 뜻밖의 극심한 통증을 느끼며 자기도 모르게 펄쩍 뛰어올랐다. 마치 눈에 보이지 않는 가시에 손을 찔린 것 같은 통증이었다. 동시에 고약한 탄내가 콧속으로 스몄다.

　당황한 슈가는 자신의 혼에 악취가 배지 않도록 주문을 외웠다.

　'아니, 도르가 뿌리를 태운 냄새가 아닌가!'

　슈가는 깜짝 놀라 타르산을 응시했다. 딱 한 번 맡아본 적 있는 냄새다. 주술에 걸린 자의 혼에서는 이런 냄새가 난다며 토로가이가 알려주었던 것이다.

　비양심적인 주술사는 돈을 받고 사람에게 저주를 거는 경우가 있다. 그럴 때 도르가 뿌리를 태운다고 한다. 주술에 걸린 자는 주술사의 뜻대로 움직이다가, 결국은 실성해서 야수처럼 날뛰게 된다.

'틀림없다. 타르산 왕자는 누군가의 주술에 걸린 것이다.'

전신에 소름이 돋았다. 어제까지 왕자는 극히 정상이었다. 도대체 언제 어떻게 해서 주술에 걸린 것일까?

병사들이 땀을 닦으면서 바닥에 쓰러진 타르산 왕자를 내려다보고는, 무슨 일이 일어난 건지 묻는 표정으로 슈가를 돌아봤다. 슈가는 자신도 잘 모르겠다는 듯이 고개를 갸웃해 보이며 산갈어로 말했다.

"너무 흥분해서 정신을 잃은 걸까요? 여하튼 침대로 옮깁시다."

조금 전에 뛰쳐나간 병사가 곧 지원병을 데리고 돌아올 것이다. 지금 해야 할 일이 무엇인지 슈가는 머릿속으로 재빨리 생각했다. 타르산 왕자가 저주에 걸렸다 해도 산갈 왕가 내부의 음모라면 끼어들어서는 안 된다. 병사들이 우왕좌왕하고 있는 사이에 자리를 떠야만 한다.

하지만 주술에 도르가 뿌리를 썼다는 사실이 마음에 걸렸다.

토로가이는 이 술법을 가르쳐주면서 이렇게 말했다.

"도르가 뿌리로 주술을 거는 술법은 본래는 우리 방식이 아니다. 너희 요고인이 이 나요로 반도로 건너올 때 따라온 술법이다."

그 말을 듣고 슈가는 웃었다.

"아니, 설마…. 우리 요고인은 주술 같은 건 모릅니다. 요고인은 제가 배우고 있는 '천도'를 믿지 주술 같은 건 모릅니다. 뭔가 착각하셨나보지요."

그러자 토로가이는 평소와 달리 진지한 얼굴로 고개를 저었다.

"아니다. 너희들은 잊어버렸을지도 모르지. 아주 먼 옛날, 너희 요고인이 남쪽 대륙에서 이 땅으로 건너왔을 때 그중에는 분명히 주술사가 있었다고 들었다. 언젠가부터 우리 야쿠의 주술사와 섞이며 차츰 눈에 띄지 않게 되었지만."

'도르가 뿌리를 써서 거는 주술이 산갈에도 있는 걸까?'

만약 요고에만 있는 술법이라면, 도대체 누가 어떻게 주술을 건 것일까? 이 왕궁 안에서 지금 무슨 일이 일어나고 있는 걸까…?

슈가는 침대 밑에서 독사가 기어 나오는 것을 본 듯한 불안감을 느꼈다. 음모의 창끝은 산갈 왕가를 향하고 있음이 분명하다. 그렇다고 해서 안심할 수만은 없다. 사람을 주술로 조종하면서까지 음모를 꾸미는 자가 있는 이상, 여기 있는 누구도 안전하다고 할 수 없다. 타르산 다음에 누구를 조종해서 어떤 음모를 꾸밀지 모를 일이니까.

무슨 일이 일어나고 있는지 알아내야만 한다. 그러나 산갈 측에 알려져서 쓸데없는 오해를 사는 일은 피해야만 한다. 슈가는 침대로 다가가더니 타르산의 상태를 살피는 척하며 땀방울이 잔뜩 맺힌 타르산의 이마 위를 양손으로 가렸다.

그리고 토로가이의 가르침을 떠올리며 필사적으로 '주술의 뿌리'를 찾았다. 주술을 걸어 누군가를 조종하려면 신체에 주술을 뿌리 내리게 만들어야 한다. 그런 뿌리를 통해야만 주술사의 명령을 전할 수 있다고 토로가이가 말했었다.

병사들이 수상히 여기기 전에 어떻게든 주술의 뿌리를 찾아내야만 한다. 슈가는 타르산의 어깨에서 팔로 재빨리 손을 움직였다. 배 쪽으로 손을 움직여감에 따라서 도르가 뿌리타는 역겨운 냄새가 점점 강해졌다.

슈가는 갑자기 눈을 크게 떴다. 자그마한 조개 반지에 시선이 묶였다. 타르산 왕자가 굵은 새끼손가락 끝에 끼고 있는 자그마한 반지.

'이거다. 이것이 주술의 뿌리다.'

등 뒤가 소란스러워졌다. 아까 나간 병사가 지원군을 데리고 돌아온 것이다. 옆에 있는 병사들이 뒤를 돌아보는 짧은 틈을 이용해, 슈가는 입속으로 주문을 외우면서 얼른 조개 반지를 빼냈다. 그 순간 슈가는 어둠 속에서 누군가와 눈을 마주친 듯한 느낌을 받았다. 하지만 그 눈은 정체를 파악할 틈도 없이 사라져버렸다. 그리고 조개 반지에서도 주력이 사라졌다.

'지금까지 계속 보고 있었던 것이다. 이 주술의 뿌리를 통해서…'

어둠 저편으로 사라진 주술사의 눈을 생각하며, 슈가는 흠칫 몸을 떨었다. 그 시선에는 억울하게 죽어가는 사람조차도 풍경처럼 치부할 수 있는 잔혹함이 있었다. 슈가는 갑자기 자신감을 잃었다. 자신이 너무 초라하게 느껴졌다. 토로가이의 지도를 받았다고 해도 주술에 대한 자신의 지식은 아직 갓 태어난 햇병아리 수준에 불과하다. 이런 술법을 쓰는 자를 대적할 수 있을 리가 없다.

⋗※⋖

챠그무는 침실 건너편의 대기실 문이 열리는 희미한 소리에 얕은 잠에서 깨어났다. 동이 트려면 아직 멀었는지 캄캄했다.

슈가가 돌아왔음을 알아차리고, 챠그무는 얇은 이불을 젖히고 몸을 일으켰다. 그리고 종을 울려 슈가를 불렀다. 곧바로 침실 문이 열리고 슈가가 들어왔다.

"송구하옵니다. 저 때문에 잠에서 깨셨군요."

"괜찮아. 어차피 잠이 잘 안 왔다. 불을 켜주지 않겠느냐?"

조개등에 밝힌 불빛으로 슈가의 얼굴이 드러났다. 평온을 가장하고 있었지만, 숨길 수 없는 피로가 눈 주위에 쌓여 있었다.

"카르난 왕자의 상태는 안정되었습니다. 이대로라면 생명에 지장은 없을 거라고 생각하옵니다."

"그래? 고생했구나. 보고는 나중에 들을 테니까 물러가서 조금 자는 게 좋겠다."

"감사하옵니다."

인사를 했지만 슈가는 물러나려고 하지 않았다.

슈가의 눈에 떠오른 불안한 빛을 발견하고 챠그무는 살짝 미간을 찌푸렸다.

"무슨 일이 있었느냐, 슈가?"

슈가는 잠시 챠그무를 응시하더니 잠시 후에 눈을 깜빡였다.

"전하, 타르산 왕자가 주술에 걸려 있사옵니다."

"뭐라고? 주술이라고?"

슈가는 타르산 왕자에게 걸려 있는 주술과, 그 사실이 의미하는 가능성을 챠그무에게 차근차근 설명했다. 챠그무는 빨려들듯이 슈가를 응시하며 이야기를 듣고 있더니, 이야기가 끝나자 얼른 침대에서 내려섰다. 시종도 부르지 않고 직접 잠옷을 벗기 시작한 챠그무를 보며 슈가는 어안이 벙벙해졌다.

"전하, 뭘 하시려는 겁니까?"

"해야 할 일을 하러 가려는 것이다. 주술에 대한 네 불안은 잘 알았다. 너는 내 신변을 염려하고 있을 것이다. 그 마음은 진심으로 기쁘게 생각한다."

챠그무가 반짝이는 눈으로 슈가를 응시했다.

"하지만 두 왕자가 표적이 되고 있는데 잠자코 못 본 척하고만 있을 수는 없다."

"그것은… 하지만 도르가 뿌리는….'"

챠그무는 초조한 듯이 말을 끊었다.

"그것도 생각해서 한 말이다. 도르가라는 것을 쓰는 주술이 요고만의 주술인지, 아니면 산갈에도 있는 주술인지를 모르는 채로 진상을 알 수는 없다. 여기서 이런저런 생각만 하고 있느니, 달리 할 수 있는 일이 있을 것이다."

"전하, 산갈 왕에게 이 사실을 알리러 가시려는 것이온지요?"

"그렇다. 네가 반대할 거라고는 충분히 예상하고 있다. 만약 도르가 뿌리를 쓰는 주술이 산갈에 없다면, 어떤 형태로든 요고인이 개입하고 있을 테니까.

하지만 무엇보다 중요한 일은 사건의 진상을 밝히는 것이다. 그렇지 않느냐? 타르산 왕자가 왜, 어떻게 해서 주술에 걸렸는지 밝혀내지 못하면 어둠 속에 숨어 있는 독사의 이빨이 무엇을 노리고 있는지 알 수 없지 않느냐?"

빠르고 강한 어조로 쉴 틈 없이 말하는 챠그무를 슈가가 막았다.

"전하. 말씀은 잘 알겠습니다. 그러나 주술 이야기는 그야말로 어둠 속에 숨어 있는, 미끈미끈해서 붙잡을 방법이 없는 독사와도 같은 것이옵니다. 누구나 의심할 여지가 없는, 눈으로 확인할 수 있는 증거가 없습니다. 예를 들어 이 반지가 주술의 뿌리라고 말씀드렸습니다만,"

슈가는 손바닥에 얹어놓은 조개 반지를 굴려 보였다.

"이것조차도 지금은 평범한 조개 반지에 불과합니다. 모든 사람이 확실히 인정할 만한 것은 타르산 왕자가 카르난 왕자에게 작살을 던졌다는 사실뿐입니다."

슈가는 챠그무를 응시하며 조용한 어조로 말했다.

"산갈 왕가는 지금 엄청난 궁지에 몰려 있습니다. 왕자가 왕자를 죽이려 했다는 엄연한 사실을 뒤집을 만한 어떤 근거를 발견하면 물론 무척 기뻐하겠지요. 어쩌면 타르산 왕자는 용서받을지도 모릅니다. 하지만 전하, 전하가 말씀하시는 것처럼 산갈 왕이 주술의 진상을 파헤치려고 들지 어떨지는 모르는 일이옵니다."

챠그무는 미간을 찌푸렸다.

"무슨 말이냐?"

"아무 문제도 없는 순결한 가문이라고 증명할 수 있다면, 아마도 산갈 왕은 어떤 지저분한 일도 태연스럽게 해치울 겁니다. 어떻게든 해석할 수 있는, 진상을 파헤칠 단서가 없는 주술 이야기, 이거야말로 절망의 늪을 헤매고 있는 그에게는 하늘에서 내려준 선물이 되지 않겠사옵니까…. 마침맞게 나타난 우리에게 죄를 뒤집어씌울 겁니다."

역겨운 냄새라도 맡은 듯한 기분이었다. 얼굴을 찌푸리며 슈가한테서 눈을 돌린 챠그무는 조개등을 뚫어지게 쳐다봤다. 잠시 후 슈가에게로 천천히 시선을 되돌리며 챠그무는 말했다.

"알았다. 지금 왕에게 말하는 것은 참기로 하지."

슈가는 안심하며 몸에서 힘을 뺐다. 그러나 오래가지 못했다. 슈가는 금세 등을 곧추세웠다.

챠그무가 바싹 다가와서 진지한 눈빛으로 슈가를 응시했기 때문이다.

"슈가, 부탁할 일이 하나 있다.

앞으로도 네가 어떤 음모를 알아차렸을 때, 나를 위해서 그 진상을 감추거나 하는 일은 절대로 하지 않겠다고 약속해라. 음모가 벌어지고 있다는 걸 알면서도 누군가가 죽게 놔두거나 하는 일을, 내가 절대로 하지 않도록 도와다오."

슈가는 번뜩이는 단검의 칼날이 목에 들어온 것 같은 섬뜩함을 느꼈다.

정치는 사람의 정마저도 도구로 사용한다. 지금껏 슈가는 그게 당연하다고 여겨왔다.

하지만 이 황태자의 몸 안에는 반짝이는 구슬처럼 맑은 것이 있었다. 그 반짝임을 더럽히면서까지 지켜야 할 게 무엇이냐고 챠그무 황태자가 물어온 것이다.

"맹세하겠습니다, 전하."

결국 슈가는 그렇게 대답했다.

3
조종하는 자, 조종당하는 자

어둑어둑한 바위집 안에 웅크리고 있던 남자가 몸을 꿈틀거렸다. 체온을 유지하기 위해 두른 천 사이로 얼굴이 드러났다. 카르슈 섬에서 섬지기와 담소를 나누던 손님이었다.

그의 이름은 야토노이 라스그라고 한다. 상인을 가장하고 있었지만 실제로는 오랜 전란을 통해 남쪽 대륙에서 세력을 키워온 타르슈 제국의 밀사였다. 그런 연유로 산갈 왕국의 섬지기들과 접촉해온 것이다.

그는 우선 섬지기들과 신뢰 관계를 구축하는 데 주력했다. 거의 2년에 걸친 교역으로 짭짤한 수익을 얻게 만들어준 것이다. 그토록 오랜 시간 공을 들인 이유는 산갈 왕가와 직접 이어지는 섬지기의 아내들 때문이었다. 그 영리한 부인들의 눈을 피해 관계를 맺으려니 조금도 긴장을 늦출 수 없었다.

라스그는 섬지기들에게 풍요로운 타르슈 제국의 자치령으로 복속하라고 설득해왔다.

"북쪽 대륙에 접해 있는 산갈 왕국이 더 이상 발전하기는 어렵다. 남쪽 타르슈 제국의 자치령이 된다는 건 곧 저 드넓은 남쪽 대륙 여러 나라와의 사이에 교역로를 확보한다는 뜻이다. 계속 산갈 왕가의 후원에 의지하느니 그렇게 해서 훨씬 부자가 되는 길을 선택하지 않겠는가."

실제로 산갈 사람들은 남쪽의 풍요로움을 잘 알고 있었다. 그 강력한 군사력을 두려워하고 있기도 했다. 다만 이제까지는 침공당할 위험이 별로 없었다. 남쪽 대륙의 여러 나라끼리 서로 패권을 다투느라 북쪽으로 눈을 돌릴 여유가 없었기 때문이다. 그런데 최근에 이 힘의 균형이 무너졌다.

타르슈 제국이 독보적으로 강대해진 것이다. 그렇게 되자 주변의 여러 왕국들이 잇달아서 타르슈 제국에 투항하기 시작했다. 혹시라도 전쟁이라는 해일에 휩쓸리지는 않을까 하는 두려움 때문이었다.

남쪽 대륙에 가까운 섬의 섬지기들은 산갈 왕국보다 훨씬 강대한 타르슈 제국의 그림자에 특히 위협을 느끼지 않을 수 없었다. 그런 와중에 라스그가, 무력으로 정복하는 대신 자치령으로 편입시켜주겠다고 제안해온 것이다.

타르슈 제국은 군사력을 아껴두면서 산갈 왕국을 손아귀에 넣을 속셈이었다. 타르슈 제국에서 북쪽 대륙으로 가는 가장 가까운 길은 야르타시 해를 종단하는 항로다. 그런데 이 항로상의 섬은 전부 산갈 왕국에 속해 있다. 산갈 왕국을 무너뜨리면 북쪽 대륙을 공격하기에 아주 유리해진다.

산갈 왕가를 무너뜨리기 위해서 넘어야만 할 장벽이 바로 야르타시 해의 섬들이었다. 그런데 만약 그 섬들을 자기편으로 만들 수 있다면, 타르슈로서는 오히려 유용한 다리를 손에 넣는 셈이 된다. 이 섬들을 지배해서 단숨에 북쪽 대륙에 있는 산갈 왕국의 심장부를 공격하는 편이, 머나먼 남쪽 대륙으로부터 자국의 배를 보내서 싸우는 것보다 훨씬 효과적이다.

사정이 이렇다 보니 산갈 왕의 동생 유난 대장군이 병으로 사망했다는 소식에 타르슈 제국은 쾌재를 부르지 않을 도리가 없었다. 인망이 두터운 유난을 왕국군만이 아니라 섬지기 휘하의 병사들에 이르기까지 모두가 존경했다. 말하자면 그는 느슨한 유대관계로 묶인 섬들이 하나로 뭉치도록 유도하는, 국방의 핵심적인 인물이었다. 그런 유난 장군이 사망하자 섬들 간 군사적인 결속력은 약화되기 시작했다.

타르슈 제국은 섬지기 중 누군가를 우두머리로 삼아 은밀히 그들을 통합한 다음 산갈 왕가에 대항하게 만들 생각이었다. 다른 나라를 침략할 때 타르슈 제국은, 내부의 불만 세력을 이용해서 중추부를 쓰러뜨리는 수법을 종종 써먹었다.

그래서 유난이 죽자 곧바로 라스그를 파견한 것이다. 섬지기들의 내부로 들어가, 누구를 우두머리로 세울 것이며 어떻게 통합하는 것이 좋을지 정탐하는 일이 라스그의 임무였다.

하지만 섬지기들을 관찰하는 사이에, 라스그는 차츰 그 계획에 문제가 있는 게 아닐까 회의하기 시작했다. 그들은 독립심이 너무 강해서 다른 섬지기를 신용하지 않았다. 게다가 그들은 산갈 왕가의 지금과 같은 지배 방식에 별로 불만을 품고 있지 않았다. 어떻게 해야 상거래를 통해 더욱 부유해질 수 있을까 하는 게 섬지기들의 가장 큰 관심사였다. 산갈 왕가의 지배에서 벗어나는 문제 따위에는 아예 관심도 없었던 것이다.

딱 한 사람, 카르슈 섬의 섬지기 아돌만이 부추기면 포섭당할 만한 야심 찬 사내였다. 그러나 다른 섬지기들을 통합할 정도의 기량이 없었다. 휘하의 병사들로부터 인망을 얻고 있는지도 별로 확실하지 않았다. 카르슈 섬 출신 병사들은 오히려 아직 소년인 타르산 왕자를 신뢰하고 있다는 사실을 라스그는 예리하게 파악했다. 병사들에게 유난 장군을 떠올리게 하는 성품 덕분에 타르산 왕자는 이미 상당한 인망을 얻고 있었던 것이다.

게다가 아돌의 처는 산갈 왕의 장녀 카리나 공주다. 아돌보다 훨씬 영리한 이 공주가 남편의 음모를 눈치챌 위험이 있었다. 슬슬 이 계획을 단념할까 생각하던 참이다. 뜻밖의 기회가 찾아왔다.

'나유그루 라이타의 눈이라고? 천운이란 바로 이런 것이로구나.'

어디로 혼을 날려 보냈는지 텅 빈 그릇처럼 되어버린 소녀. 덕분에 자유롭게 그 몸을 이용할 수 있었다. 게다가 언젠가 바다에 가라앉혀 죽인다고 하니까, 어떤 수작을 부려도 뒤탈은 없을 것이다.

라스그는 눈을 감은 채로 입술에 희미한 미소를 띠었다.

아직까지는 거의 그의 뜻대로 계획이 진행되고 있다. 작살이 빗나간 것은 유감스러웠지만, 그 정도까지 상처를 입혔으면 나머지는 어떻게든 될 것이다. 뜻밖의 행운이었다. 단숨에 왕가의 심장에 손을 댈 기회를 얻다니.

라스그는 나유그루 라이타의 눈에게 주술의 씨앗을 뿌리면서 동시에, 타르슈 제국의 해군에 전령 비둘기를 날려 보냈다. 척후선은 이미 산갈 왕국의 항로를 탐색하고 있을 테고, 제국 해군의 주력 부대도 전열을 갖추고서 산갈 왕국 최남단의 사간 제도 부근에 대기하고 있을 것이다.

카르난 왕자를 죽이고 타르산 왕자를 처형시킴과 동시에, 섬지기들이 들고 일어나게 만들어 단숨에 산갈 왕국을 멸망시켜야 한다. 물론 섬지기 모두를 포섭하지는 못할 것이다. 그래도 왕자들이 죽어서 왕국의 명령 체계가 혼란스러워지면, 야르타시에 있는 섬들은 고립된 작은 섬에 불과하다.

방어 태세를 제대로 갖추기 전에 타르슈 제국의 해군이 공격해 하나씩 무너뜨린다면, 이재에 밝은 산갈인들은 형세의 불리함을 깨닫고 자진해서 머리 숙여 복종해올 것이다.

'아들이 둘밖에 없다는 것이 불운이로구나, 산갈 왕이여…. 물론 많으면 또 많은 대로 내분이 끊이지 않겠지만.'

라스그는 머나먼 남쪽의, 지금은 사라진 조국을 생각했다. 아주 역사가 오래된 나라였지만, 황자들 사이에 분쟁이 끊이지 않다가 결국 타르슈 제국에게 먹히고 만 요고 황국을.

'얄궂은 일이로다. 머나먼 옛날에 조국을 버리고 도망친 녀석들이 이런 변방의 땅에 뿌리를 내리고 아직도 황국을 유지하고 있다니.'

라스그는 아까 아주 잠시 눈이 마주친 젊은이의 얼굴을 생각하며 마음속으로 중얼거렸다. 젊은이의 단정한 얼굴에는 확실히 요고인의 용모가 깃들어 있었다. 물론 오랜 역사를 지나오는 동안 다른 민족과 피가 섞이기도 했으리라. 그 젊은이의 풍모에는 라스그를 비롯한 본래의 요고인과는 조금 다른 분위기가 있었다.

'그 젊은이에 비하면 황태자 쪽은 역시 완벽한 요고 황족의 얼굴이었어.'

주술의 뿌리를 통해서 본 챠그무 황태자의 얼굴을 라스그는 떠올렸다.

오랜 세월 동안 그 피를 지켜서 전해왔다는 생각을 하자 요고 황족의 끈질긴 근성에 구역질이 났다.

'포근한 보금자리 속에서 다른 사람에게 보호받아야만 살 수 있는 파르께한 벌레들.'

결국은 자신의 욕망을 위해 나라를 멸망시켜버린 황족의 후예.

요고에서는 주술사를 경멸했다. 사람에게 저주를 걸어 돈을 받는 더러운 족속이라는 이유였다.

요고인은 모든 사물과 현상을 '깨끗한 것'과 '더러운 것'으로 나눈다. 황제는 이 세상에서 가장 깨끗한, '성스러운 존재'다. 황제와 같은 피가 흐르는 요고 황가도 마찬가지다. 귀족에서 평민으로 신분이 내려감에 따라 점점 더러운 존재로 격하된다. 평민은 황족을 보면 눈이 먼다고들 믿을 정도다.

그리고 주술사는 '소외된 자'였다. 죽음에 깊숙이 관여하기에 가장 더러운 자이지만, 죽음의 늪으로부터 혼을 꺼내올 위대한 힘을 가진 자. 말하자면 주술사는 신분을 초월한 존재였다. 돈벌이로 사람에게 저주를 거는 더러운 자라며 두려워하고 싫어하다가도, 한편으로는 의술가도 포기한 사람이 마지막에 의지하는 대상은 주술사였다.

황족과 성독박사들이 성스러운 힘을 대표하며 항상 빛 속에 살고 있었던 것과 정반대로, 주술사는 더러운 존재라는 오명을 쓴 채 어둠 속에서 살 수밖에 없었다. 아무리 사람을 구해도 대우는 달라지지 않았다.

그에 비해서 타르슈 제국 사람들의 사고는 매우 분명했다. 도움이 되느냐 안 되느냐, 중요한 문제는 그것뿐이었다. 라스그는 고국이 타르슈 제국의 지배를 받게 된 후에 오히려 충분히 재능을 발휘하며 폭넓게 활동할 수 있었다. 타르슈 제국에 대해 별로 충성심을 느끼지는 않았지만, 능력을 제대로 평가받는 것은 기분 좋은 일이다.

산갈에서 그려오던 그림에서 그의 계획대로 피가 흐르기 시작했다. 피는 반드시 피를 부르게 마련이다. 일단 피가 흐르면, 마치 늘어서 있던 말이 줄지어 쓰러지듯이 잇달아 싸움이 일어나며 사람이 죽어가게 마련이다. 음모를 성공시키기 위해서는 그런 혼란보다 더 이상 바람직한 일이 없다.

주술을 간파당한 것은 예상치 못한 실수였다. 그래도 치명적일 정도는 아니다. 나유그루 라이타의 눈이 된 소녀의 몸은 아직 그의 뜻대로 사용할 수 있는 그릇이었다.

라스그는 자신의 계획에 아무런 불안도 느끼지 않았다. 주술을 간파한 젊은이는 주술을 어느 정도는 알고 있는 듯하지만, 주술의 뿌리를 손에 넣고도 보복할 능력조차 없었다. 그런 햇병아리 따위는 상대도 되지 않는다.

라스그의 혼은 자신의 몸을 유지하기 위해 잠깐씩 돌아오는 최소한의 시간 외에는 계속 나유그루 라이타의 눈 안에 머물러 있었다. 자신이 계획한 음모의 진행 상황을 지켜보기 위해서다. 나유그루 라이타의 눈에게서 떠날 때는 다른 혼이 들어가지 못하도록 철저하게 방어막을 치는 것도 잊지 않았다.

라스그는 암벽에 몸을 기대고서 미소 지으며, 혼을 또다시 나유그루 라이타의 눈 속으로 날려 보냈다.

❧※❧

타르산은 공포의 작살을 던진 뒤로 이틀 동안 계속 죽은 듯이 잠만 잤다. 사제들은 부상 때문에 타르산이 잠에 빠져 있는 것은 아니라고 왕에게 말했다. 흔들어도 때려도 깨어날 기미 없이 계속 잔다는 건 정상적인 일이 아니다. 그런데 도무지 원인을 알 수가 없다고 사제들은 밝혔다. 타르산이 왜 그런 상태에 빠져 있는지 아는 사람은 슈가뿐이었다.

챠그무의 걱정을 알아차리고 슈가는 말했다.

"몸의 상처를 치유하는 데 시간이 걸리듯이, 사악한 의지에 사로잡혔던 타르산 전하의 혼이 시간을 들여 상처를 치유하고 있을 겁니다."

각국의 왕족들은 아직 왕궁에 머물러 있었다. 닷새 후 보름날 밤에 송별을 위한 대연회를 개최할 테니, 그 자리에서 모든 불운을 떨쳐낸 후에 돌아가시기 바란다고 산갈 왕이 제안했기 때문이다. 닷새 후는 나유그루 라이타의 눈을 바다로 돌려보내는 의식을 거행하는 날이기도 하다.

닷새란 미묘한 기간이었다. '사흘의 법'이 적용된다면 타르산 왕자는 가장 무거운 형벌을 받게 될 것이다. '사흘의 법'이란 왕족 살해를 시도한 자는 이유 막론하고 형 선고 후 사흘 이내에 처형한다는 산갈의 법이다.

타르산 왕자가 깨어나서 사흘의 법에 따라 심판받게 될지 어떨지, 카르난 왕자의 용태는 또 어떻게 될지, 산갈 왕가의 권력 구도를 크게 뒤흔들 이 대이변의 결말이 빠르면 닷새

안에 드러날지도 모른다. 내빈들은 타르산 왕자가 깨어나기를 이제나저제나 하고 기다리고 있었다.

그리고 공포의 작살을 던진 날로부터 사흘째 되는 날 아침에 타르산이 드디어 깨어났다.

눈을 뜬 타르산은 자신이 침대에 묶여 있다는 사실을 알고서 경악했다.

"이게 무슨 짓이냐?"

굵은 가죽줄을 흔들려고 한 순간, 오른쪽 어깨에 통증을 느끼며 타르산이 신음했다. 부상을 입은 것 같았다. 어깨에는 붕대를 단단히 감아놓은 것 같았다.

얼굴을 옆으로 돌려 살폈다. 병사들이 마치 죄인을 감사하고 있는 듯한 태도로 벽 가장자리에 서 있었다. 뭐가 뭔지 도통 알 수가 없었다. 악몽이라도 꾸고 있는 것일까?

"여봐라, 이걸 풀어라! 왜 그렇게 멍하니 서 있는 것이냐?"

그러나 병사들은 불쾌하다는 표정으로 서로 얼굴을 쳐다볼 따름이었다.

어째서 이런 처지에 놓였을까, 타르산은 필사적으로 생각했다. 간밤의 연회에서 술을 조금 과음한 것은 사실이다. 그후에 뭔가 난폭한 행동이라도 한 걸까? 아니, 그럴 리가 없다. 분명히 방으로 돌아간 기억이 있다. 에샤나를 생각했던 기억이 희미하게 떠올랐다. 하지만 그 이후의 일은 전혀 기억나지 않았다.

방에서 잠든 다음 깨어나보니 부상을 입고 묶여 있는 것이다.

"누군가 설명해봐라! 왜 내가 이런 곳에 묶여 있는 것이냐?"

병사들이 작은 소리로 뭔가 상의하더니 잠시 후에 한 명이 방 밖으로 나갔다.

꽤 긴 시간이 흐르고, 여러 사람의 발소리가 복도에서 울렸다. 머리 위에서 문이 열리는 소리가 나더니 사람들이 들어오는 기척이 났다.

아바마마, 누님들, 숙모님들, 그리고 그들의 남편인 섬지기들이 한 명 한 명 침대 옆에 늘어섰다. 마지막으로 재판 내용을 기록하러 들어온 서기들의 모습을 확인하고, 타르산은 가슴이 꽉 죄어오는 듯한 불안감을 느꼈다. 하나같이 엄격한 표정으로 자신을 바라보는 사람들…. 긴장한 나머지 타르산의 귓속이 웅웅 울렸다.

'이건 꿈이야. 빨리 깨어나야 할 텐데. 이 무슨 해괴한 꿈….'

"타르산."

왕이 입을 열었다. 얼음 같은 목소리였다. 평소의 밝고 호쾌한 어조는 흔적도 없었다.

"이제부터 네가 하는 말은 전부 판결의 근거가 된다. 신중하게 말하는 게 좋을 거다."

"아바마마, 잠시 기다려주십시오."

타르산이 소리쳤다.

"우선 무슨 일이 일어났는지, 왜 제가 이런 처지가 되었는지 말씀해주시옵소서!"

모두가 어이없다는 표정을 지었다.

"뭐가 뭔지 도통 모르겠습니다. 깨어나고 보니 이런 곳에 있고, 그리고…."

"입 다물어라, 타르산."

왕이 냉엄하게 말했다. 믿을 수 없다는 빛이 잠시 왕의 눈에 떠올랐다가 서서히 경멸의 빛으로 바뀌어갔다.

"무슨 짓을 했는지 기억이 안 난다고 말하려는 게냐?"

그 냉담한 어조에 타르산은 위가 쪼그라드는 것 같은 기분이었다.

"예…. 제가 무슨 짓을 한 겁니까? 취해서 누군가를 다치게 만들기라도 했는지요?"

웅성거리는 소리가 누나들의 입에서 새어 나왔다. 왕의 얼굴이 분노로 창백해졌다.

"네가 이 정도로 비겁한 사내인 줄은 몰랐구나.

네가 우리를 기다리고 있을 거라고 생각했다. 네 죄를 부끄럽게 여겨 자진해서 깨끗이 벌을 받으려고 말이다. 취해서 다치게 했냐고? 네 죄가 기억나지 않는다고 잡아뗄 참이냐!"

이 정도로 격노한 아버지는 처음 본다.

"너는 기억을 못 할 정도로 취해서 형에게 작살을 던진 것이냐!"

벼락 같은 충격이 덮쳤다. 타르산은 휘둥그레진 눈으로 아버지의 얼굴을 응시했다.

'지금 아바마마가 뭐라고 하셨지…? 내가 형님에게 작살을 던졌다고?'

그러고 보니 카르난의 모습이 보이지 않았다. 가슴이 조여와 타르산은 숨을 헐떡였다.

"제, 제가, 형님에게, 작살을 던졌다고요?"

왕은 부들부들 떨면서 간신히 쥐어짜는 듯한 목소리로 말했다.

"너는 카르난에게 공포의 작살을 던졌다! 우리와 내빈들 모두가 보는 앞에서! 작살이 벽에 너무 깊이 박혀 아직까지도 뽑아내지 못할 정도인 걸 보면 죽일 작정이었음이 분명하다."

우웅, 다시 귓속이 울리기 시작했다.

"혀, 형님을, 죽이려고 했다고요? 제, 제가요?"

몸이 싸늘해져갔다. 둥, 둥, 둥, 심장이 거세게 고동치며 눈 앞이 캄캄해지고 주위가 빙빙 돌기 시작했다. 타르산은 필사적으로 숨을 가다듬었다.

"너는, 끝까지 기억이 안 난다고 말하려는 게냐?"

어찌나 화가 났는지 왕의 목소리가 갈라져 나왔다.

"그런 짓을 한 이유를 들으려고 왔는데 헛걸음을 한 것 같구나."

타르산은 아버지의 얼굴과 누나들의 얼굴을 둘러봤다. 진심으로 타르산을 염려하는 표정을 짓고 있는 사람은 오로지 사르나뿐이었다.

"믿어주십시오, 아바마마! 비겁한 마음에서 발뺌하는 것이 아닙니다. 정말로 저는 아무것도 기억나지 않습니다!"

왕은 천천히 고개를 저었다.

"참으로 한심한 사내로구나."

사르나는 입 밖으로 나오려는 말을 꾸욱 삼켰다. 그럴 리가 없다고 말해주고 싶었다. 타르산은 성미가 급한 편이지만, 자신이 저지른 죄를 잊었다고 우겨대며 회피할 소년은 아니다. 이 모습으로 봐서는 정말로 기억이 안 나는 건지도 모른다. 타르산이 저런 표정이며 감정을 짐짓 꾸며 보일 수 있을 리 없다. 그러나 사르나는 결국 진심으로 당황해서 매달리듯이 자신을 바라보는 타르산으로부터 눈을 돌려 외면했다.

"이래서는 사정을 참작해줄 수가 없구나. 손님들 앞에서 벌어진, 너무나도 명백히 차기 왕을 겨냥한 폭행…. 역시 '사흘의 법'을 적용하지 않을 수 없다. 형에 대한 동생의 반역을 제대로 심판하지 않으면 화근을 남길 테니까."

아버지의 말에 심장을 쥐어뜯기기라도 한 것만 같아 사르나는 신음했다.

왕이 이 정도로 단호하게 판결을 내리자 동석한 사람 모두가 할 말을 잃었다. 타르산의 눈이 갑자기 불이 꺼진 것처럼 흐려졌다.

"반역자를 일으켜 세워라. 연병장으로 끌고 가서 우선 타르산의 위병들에게 재판 결과를 알리겠다."

위병들이 침대에서 일으켜 세워 손을 뒤로 돌려 묶는 동안, 타르산은 얼굴에 아무런 표정도 드러내지 않았다. 어둑어둑한 긴 복도를 빠져나가서 왕궁의 광장으로 끌려가는 동안에도, 마치 빈껍데기라도 된 것처럼 위병들이 끄는 대로 움직일 따름이었다.

'이건 꿈이야.'

타르산은 흔들리는 걸음으로 출구를 향해 가면서 멍하니 생각했다. 출구 너머에서 광장이 하얗게 빛나고 있었다. 꿈이라고 생각할 밖에 달리 도리가 없었다.

광장에는 이미 타르산 휘하의 위병들이 전원 모여 있었다.

왕의 근위병에게 둘러싸인 채 불안한 표정으로 서 있던 병사들은, 왕을 선두로 한 행렬이 왕궁에서 나오는 모습을 보더니 입을 다물며 차렷 자세로 섰다.

왕은 광장에 마련된 단상에 올라서더니 타르산을 끌어올리라고 위병들에게 명령했다. 손을 뒤로 돌려서 묶인 왕자의 모습을 목격하고는, 타르산 휘하의 위병들은 끝내 참지 못하고 술렁이기 시작했다.

모두가 타르산과 함께 자랐거나 또는 타르산을 바다 사나이로 키운 타르산의 야르타시 슈리들이다. 호쾌하고 올곧은 타르산에게 모두가 마음 깊이 충성심을 느끼고 있었다.

"타르산의 위병들이여, 타르산이 무슨 짓을 했는지는 이미 너희들도 들었을 거라고 생각한다. 이 자는 예전에 나의 사랑스러운 아들이었다. 나는 아들이 군대를 통솔할 날을 즐거운 마음으로 기다려왔다. 그러나 놀랍게도 이 자는 분노로 이성을 잃고 형에게 작살을 던져 큰 상처를 입혔다. 심지어 취해서 자신이 저지른 대죄를 기억 못 한다고 말하고 있다!"

타르산의 위병들 사이에서 웅성거리는 소리가 났다.

타르산의 성격을 잘 아는 만큼, 타르산이 카르난에게 작살을 던졌다는 말을 들었을 때 병사들은 도무지 납득할 수 없었다. 그래서 엄청나게 자존심 상하는 일을 당한 모양이라고 수군거리던 참이다. 그런데 작살을 던진 것은 그렇다 치고, 취기를 핑계로 죄를 모면하려 하다니 전혀 타르산답지 않은 행동이다. 성마르기는 하지만 비겁한 짓을 무엇보다도 싫어하는 타르산의 성격을 병사들은 잘 알고 있었다.

분노에 가득 찬 왕의 굵은 목소리가 광장에 우렁차게 울려 퍼졌다.

"앞으로 이 자의 죄를 뒤집어엎을 새로운 사실이 드러나지 않는 한, 왕위 계승자에 대한 반역자이자 비겁하게도 자신의 죄를 인정하지 않는 이 자한테서, 내 아들이라는 지위와 산갈 왕국 신민으로서의 모든 권리를 박탈한다. 동시에 '사흘의 법'에 따라 처형할 것을 선고한다!"

숨죽이고 있던 위병들 사이에서 곧바로 우렁찬 아우성소리가 터져 나왔다.

"우리 타르산 왕자님은 그런 비열한 남자가 아닙니다!"

"왕이시여, 부디 재판 결과를 재고하시기를….."

위병들은 중구난방으로 외쳐댔다.

동료들의 목소리에 타르산은 비로소 정신을 차렸다. 백일 몽처럼 부옇던 눈앞이 갑자기 선명해졌다. 자기 휘하의 위병들이 이쪽으로 몰려들려는 참이었다. 찬물을 뒤집어쓴 것처럼 타르산의 온몸에 오싹 소름이 돋았다.

여기서 타르산을 구하려는 행동은 곧 왕에 대한 반역 행위가 되고 만다. 위병들도 처벌받게 되는 것이다. 타르산은 숨을 들이쉰 후 목구멍이 터질 정도로 큰 소리로 외쳤다.

"다르가나(정지하라)!"

사방에서 외쳐대던 소리가 갑자기 멎었다. 위병들이 입을 다물고 움직임을 멈춘 것이다.

'다르가나'라는 명령은 어떤 경우에도 즉각 따라야만 하는 명령이었다. 훈련이 몸에 배어 있는 위병들은 생각하기에 앞서 본능적으로 타르산의 명령에 따른 것이다.

"우리 야르타시 슈리들이여."

타르산은 자신의 목소리가 이상하게 멀리서 들린다고 느끼면서 말을 이었다.

"나는 비겁하게 아바마마께 거짓말한 것은 아니다. 정말로 기억이 나지 않는 것이다.

그러나 아바마마를 비롯해서 누님들 모두가 봤다고 한다면… 나로서는 어찌 된 일인지 모르겠지만 믿는 수밖에 없다.

나는 아버지이신 산갈 왕께 충성을 맹세한 자, 산갈 왕께
서 내린 결정에 따르겠다."

'이건 꿈이야.'

그런 생각이 또다시 떠올랐다. 한낮의 눈부신 햇빛을 받으
며, 잠잠해진 병사들의 머리를 바라보면서, 타르산은 이 꿈
에서 언제 깨어날 수 있을까 하고 멍하니 생각했다.

❧※❧

타르산에게 형이 선고된 날 밤, 카르슈 섬의 섬지기 아돌
은 혼자 침실에서 술을 마시고 있었다. 아내 카리나 공주는
밤이 깊어도 돌아오지 않았다. 아마도 아직 꽃의 정자에 있
을 것이다. 남자들을 따돌리고서 여자들끼리만 실컷 수다를
떨고 있음에 틀림없다.

손에 든 차가운 술잔을 응시하면서, 아돌은 카리나의 세련
되고 오기 있어 보이는 얼굴을 생각했다. 둘 사이에 서로를
생각하는 마음이 있는 것은 분명하다. 왕가와 카르슈 섬 영
주와의 유대를 유지하기 위해 맺어진 부부이기는 하다. 그러
나 아돌은 두 사람의 관계가 정략적이고 형식적인 부부 사이
에서 그치지는 않는다고 믿었다. 카리나가 자신을 사랑한다
고도 느끼고 있었다.

하지만 결혼하고 이미 상당한 시간이 흘렀는데도, 두 사람

사이에는 절대로 메울 수 없는 틈이 있었다. 정을 붙이기를 거부하는 냉담한 틈이.

이상했다. 그토록 현명한 여자인데 왜 모르는 걸까? 이런 틈을 만드는 것이 왕국에 얼마나 위험한 일인지를. 남편보다 산갈 왕가를 소중히 여김으로 해서 잃는 것이 있다는 사실을 왜 모르는 걸까?

이제까지는 아내들이 산갈 왕가를 더 중시한다 해도 별로 문제가 되지 않았다. 산갈 왕가와 섬지기들의 이해관계가 일치했기 때문이다. 자그마한 섬들이 하나의 나라로 뭉친 한가운데에 산갈 왕가가 있었다. 왕가는 산갈이라는 나라를 안정시켜주는 중심축 역할을 해온 것이다.

'하지만 지금은 다르다.'

남쪽 대륙에 전란이 계속되더니 거대한 제국이 소나기구름처럼 피어올랐다. 그 구름이 이제 이쪽으로 몰려오고 있다. 머지않아 타르슈 제국이 야르타시 해를 넘어서 북쪽 대륙으로 눈을 돌릴 것은 불 보듯 뻔하다.

그렇게 되었을 때 남과 북의 대륙 사이에 떠 있는 산갈의 섬들은 어떻게 될까?

'불어오는 바람의 방향이 바뀌었는데, 현명한 네가 왜 못 알아차리는 거지?'

교역하러 찾아오는 상인들의 이야기를 통해 아돌은 풍요롭고 강성한 남쪽에서 닥쳐올 무시무시한 폭풍의 기운을 죽 느껴왔다. 돛의 방향을 잘못 잡았다가는 산갈의 자그마한 섬들은 바다의 물귀신이 되고 만다.

그렇게 되지 않으려면 산갈 왕국이라는 선단을 해체하고, 타르슈 제국이라는 좀 더 큰 선단에 가담하는 수밖에 없다.

타르슈하고는 언어도, 믿는 신도 다르다. 하지만 타르슈는 도움이 되느냐 안 되느냐를 기준으로 모든 일을 판단한다. 사고방식이 매우 명쾌한 나라라는 것이다. 그런 나라로 소속을 바꾼다 해서 산갈 왕국의 일부인 지금보다 나빠질 일은 없지 않을까?

그런 생각을 하다가 아돌은 문득 깨달았다. 자신이 산갈이라는 나라에 별로 애정을 느끼지 않는다는 사실을.

아마도 다른 섬지기들도 그렇지 않을까? 자신의 섬에 대해서는 물론 강한 애정을 품고 있다. 이 애정은 마음속 깊숙이 뿌리를 단단히 내리고 있어 평생 변함 없을 것이다. 그에 비하면 산갈 왕국의 신민이라는 소속감은 상당히 미약했다.

카리나는 그 사실을 모르고 있다.

카리나는 산갈 왕국이 이 야르타시에 떠 있는 섬들에게 없어서는 안 될 존재라고 믿었다. 그 믿음이 현명한 카리나의 눈을 가리고 있었다.

섬들로서는 지배자가 산갈 왕가가 아니어도 상관없을지도 모른다는 생각을, 카리나가 꿈에라도 떠올릴 수 있을 리 없다. 산갈 왕가의 여자들은 왕가의 존속을 위해 태어나, 오로지 그 목적을 위해서만 교육받고 성장하기 때문이다. 왕가의 필요성을 부인한다는 것은 자신의 존재 자체를 부정하는 일이 된다.

언젠가 타르슈 제국이 산갈 왕국을 집어삼킬 때, 카리나는 어떻게 할까? 남편인 아돌이 배반한 사실을 알면….

'현명한 카리나. 너는 산갈 왕가가 사라지면 어떻게 할까? 내 결정이 배반이 아니라 우리의 삶을 지키기 위한 최선의 선택이었다는 사실을 알아줄까?'

술을 마시다가 어느 틈엔가 꾸벅꾸벅 졸기 시작한 아돌은 누군가가 부르는 목소리에 눈을 번쩍 떴다. 방에는 아무도 없었다. 단지 열어놓은 창문으로 밤바람이 솔솔 들어오고 있을 따름이었다.

잘못 들었나 하고 눈을 감으려는데 또다시 목소리가 들렸다.

"아돌 님…."

창 쪽에서 들리는 소리였다. 아돌은 일어서서 책상 위에서 단검을 집어 들고 살며시 창 쪽으로 다가갔다.

창밖을 내다본 아돌은 흠칫 놀랐다.

병사 하나가 서 있었다. 아돌을 향한 눈빛이 몽롱했다. 마치 아무것도 보이지 않는 듯했다. 아돌은 발견하지 못했지만 병사의 손가락에는 머리카락 한 올이 감겨 있었다.

"누구냐, 너는?"

"아돌 님. 접니다. 야토노이 라스그입니다."

아돌의 눈이 휘둥그레졌다. 무슨 말도 안 되는 소리냐고 말하고 싶었지만 병사의 어조는 남쪽에서 온 손님, 타르슈 제국의 밀사의 어조가 분명했다.

"이 병사의 몸을 빌려서 당신에게 중요한 이야기를 하러 왔습니다."

아돌은 침을 꿀꺽 삼켰다. 야토노이 라스그가 주술에 정통하다는 말은 들었지만, 이런 식으로 실제로 사람을 조종하는 상황은 처음 목격한다.

"부인이 돌아오시기 전에 간단히 말씀드리지요. 저희 타르슈 제국의 정예 선단은 이미 사간 제도의 먼바다에 도착해 있습니다."

"뭐… 뭐라고요?"

"섬지기들에게 전해주시기 바랍니다. 마음을 결정하라고. 때가 왔습니다. 왕자가 왕자에게 치명적인 중상을 입혀 산갈 왕가가 동요하고 있는 지금이야말로 최고의 기회이지요. 더구나 섬지기들도 도읍에 모두 모여 있지 않습니까. 우리에 대한 당신들의 충성을 보여주시기 바랍니다.

우리의 군사력은 강력합니다. 사간 제도는 사흘 후면 함락될 겁니다. 피를 흘린 후 노예가 될지, 우리에게 충성을 증명하고 지금보다도 훨씬 큰 풍요로움과 권력을 누릴지, 선택하십시오."

아돌은 파랗게 질렸다.

"기… 기다려주시오."

병사는 표정을 바꾸지 않고 라스그의 어투로 말을 이었다.

"충성의 표시로 카르난 왕자와 산갈 왕을 죽이십시오. 지금 당장 죽이라는 것은 아닙니다. 산갈 법에 따르면 왕족을 살해하려 한 자는 사흘 이내에 처형된다면서요. 타르산 왕자가 처형되면 둘을 죽이는 겁니다.

두 사람의 목이 당신들의 권리를 보장하는 징표가 되는 셈이지요."

아돌은 입술을 달싹였지만 목소리가 제대로 나오지 않았다.

"본인들의 목숨인가 아니면 카르난 왕자와 산갈 왕의 목숨인가, 어느 쪽을 택할지 고민할 필요도 없을 거라고 생각하는데요."

병사는 비꼬는 기미가 전혀 없는 담담한 목소리로 말했다.

"나는 당신들을 지켜보고 있습니다. 이 병사의 눈으로만 보는 것은 아닙니다. 생각지도 못할 다른 눈으로도 당신들을 계속 보고 있지요. 그 점을 잊지 마시기 바랍니다."

병사는 세 손가락을 가슴 언저리에 갖다 대어 타르슈 제국식으로 경례하고서 발뒤꿈치를 돌려 사라졌다.

아돌은 이마에 식은땀을 흘리며 창가에 우두커니 서서, 꽃향기가 가라앉아 있는 어둠을 응시하고 있었다.

아직 멀리 있을 거라고 생각한 폭풍에 순식간에 휩쓸려버렸다.

왕을 죽이라니⋯ 앞으로 며칠 사이에. 머릿속이 마비된 채, 창틀을 붙잡은 손이 걷잡을 수 없이 떨리기 시작했다.

4
목숨을 책임질 때

타르산 왕자를 가둬놓은 바위 감옥의 보초들은 동틀 녘이 가까운 시각에 돌계단을 내려오는 발소리가 들리자 경계 자세를 취했다.

잠시 후에 횃불을 든 병사 뒤를 따라 사르나 공주가 모습을 드러냈다.

"폐하께서 형 집행 전에 한 번만 더 은밀히 타르산 왕자의 이야기를 듣고 싶다고 하십니다. 우리가 연행할 터이니 타르산 왕자를 끌어내시오."

보초들은 서로 얼굴을 마주 보며 망설였다. 그러나 사르나 공주의 말을 거역할 수도 없는 일이다. 보초들은 검을 거머쥐고서 바위 감옥으로 들어가더니 타르산 왕자의 양손을 등 뒤로 돌려서 가죽 수갑을 채웠다.

타르산 왕자의 허리에도 밧줄을 감은 다음 바위 감옥에서 끌어낸 보초들은, 사르나 공주가 데리고 온 병사들에게 밧줄 끝자락을 건넸다.

병사들이 가슴에 달고 있는 문장을 보고서 보초들은 수상히 여겼다. 그 문장은 사르나 공주 직속 위병의 문장이지 왕의 근위병 문장이 아니었기 때문이다. 하지만 위병들이 신속한 동작으로 타르산 왕자를 데리고 걷기 시작해, 말 붙여볼 새도 없었다.

지하 감옥에서 나와 중정으로 들어서니 푸르스름한 어둠 속에 아침 안개가 내려 있었다. 일행은 침묵한 채로 새벽에 피는 라크슈르의 강렬한 꽃향기를 맡으면서 넓은 정원을 가로질러 갔다.

타르산은 앞서 가는 누나의 등을 응시하고 있었다. 말을 걸고 싶었다. 이번이 사르나와 대화할 수 있는 마지막 기회일지도 모른다. 모두가 비난하는 자신의 대죄에 대해 아무것도 기억하지 못한다는 사실이 타르산은 견딜 수 없었다.

도대체 자신의 몸에 무슨 일이 일어났던 건지 필사적으로 생각했지만 끝끝내 알 수가 없었다. 시간이 한 자락 어딘가로 날아가버린 것만 같았다. 자신은 정말로 형에게 작살을 던져 다치게 한 걸까? 그렇다면 왜 그런 기억이 전혀 없는 걸까?

은밀히 이야기를 들어주겠다는 아바마마의 배려는 기뻤지만 기억하지 못하는 일은 변명할 방법도 없다.

머릿속을 떠도는 생각 때문에, 자신들이 왕의 처소와는 전혀 다른 방향을 향해 걷고 있다는 사실을 타르산이 깨닫기까지는 상당한 시간이 걸렸다.

왕의 처소는 육각형의 광대한 중정 북쪽이다. 그런데 지금 그들은 동쪽을 향해서 걷고 있었다. 엉겁결에 타르산은 빠른 걸음으로 앞서 걷는 누나에게 말을 걸었다.

"누님."

사르나가 뒤돌아보며 쉿 하고 손가락을 세웠다. 손님들이 묵고 있는 관사 뒤편의 낡고 큰 창고 부근에 이른 참이었다.

사르나는 주위에 인기척은 없는지 확인한 다음 위병들에게 작은 소리로 말했다.

"라살, 노슈, 가놀, 산돌. 정말로 고맙구나. 이제 가도 좋다."

사르나 직속의 위병들은 경애하는 공주를 염려스러운 듯이 응시했다.

"공주마마, 다시 생각해보실 수 없을까요?"

산돌이라고 불린 젊은이가 작은 소리로 말했다.

"우리는 공주마마의 위병입니다. 지옥까지라도 함께하겠습니다. 같은 뜻을 품은 병사가 많을 테고, 타르산 왕자 전하의 위병들도 같은 심정일 겁니다. 우리가 배를 빼앗아서…."

사르나는 미소 지으며 고개를 저었다.

"고맙다. 하지만 안 된다. 그러면 왕가의 결속력을 무너뜨리는 꼴이 된다. 나는 반역하려는 것이 아니라 사라지려는 거다. 왕국의 법을 어기고 살려면 이 방법밖에 없다."

사르나는 네 위병의 손을 한 사람 한 사람 번갈아 잡으며 감사 인사와 함께 작별을 고했다. 자기 계획을 도와준 그들을 문책하지 말아달라고 간청하는 편지를 언니들에게 남겨두고 왔다. 사르나의 위병이 사르나의 명령에 따랐다 해서 처벌해서는 안 되는 것 아니냐는 내용이었다.

수갑을 풀어주었지만 타르산은 멍하니 누나를 쳐다보고만 있었다.

"누님, 안 돼."

타르산이 짜내는 듯한 목소리로 말했다.

"나 때문에 누님을 희생시킬 수는 없어."

"이미 늦었다."

사르나가 단호하게 말했다.

"내가 너를 데리고 나온 것은 돌이킬 수 없는 사실이니까.

나도 너도 이제 돌아갈 수 없다. 자, 가자."

타르산은 담쟁이덩굴로 뒤덮인 낡은 창고를 올려다보며
얼굴을 찌푸렸다.

"어디로?"

사르나는 위병들에게 살며시 손을 흔들더니 담쟁이덩굴
로 뒤덮인 창고의 문을 열었다. 그러더니 동생의 손을 잡고
서 퀴퀴한 냄새가 나는 어둠 속으로 사라졌다.

❧

타르산이 주술에 걸린 사실을 안 이후로, 슈가는 챠그무도
혹시 같은 일을 당하지나 않을까 신경을 곤두세웠다. 밤에도
챠그무의 허락을 받아 챠그무 침실의 문 옆에서 잠을 청하고
는 했다. 주술을 어떤 형태로 쓸지는 아무도 알 수 없다. 아
무리 경계해도 지나칠 것은 없다.

슈가는 얕은 잠에서 깨어났다. 무엇 때문에 눈을 뜨게 된
걸까. 슈가는 어스름 속에서 시선을 한 곳에 집중시키며 칼
을 끌어당겼다. 분명히 무슨 소린가를 들었다. 문 밖에 서 있
는 병사를 부르려는 순간에, 챠그무가 침대에서 몸을 일으키
며 칼을 잡는 기척이 났다.

"슈가."

"예. 병사를 부르겠습니다."

그때 안쪽 벽 한 귀퉁이가 떨어져나가며, 사람의 형체 두 개가 안에서 굴러나왔다. 슈가는 병사를 부르려다가 그 직전에 그 형체의 정체를 파악하고 멈췄다.

"사르나 공주님!"

어안이 벙벙한 채로 챠그무는 손을 마주 잡고서 숨을 헐떡이고 있는 사르나와 타르산을 응시했다.

"챠그무 황태자 전하, 도와주세요."

챠그무가 입을 열 틈도 주지 않고, 사르나는 얼른 바닥에 엎드려 머리를 조아렸다. 뒤에 있던 타르산도 바닥에 무릎을 꿇었지만 고개를 숙이는 동작에서 망설이는 빛이 느껴졌다.

"부탁드립니다. 부디 우리의 목숨을 살려주시기 바랍니다."

챠그무는 잠시 멍하니 사르나와 타르산을 바라보다가, 이윽고 무릎을 꿇고서 사르나의 어깨에 살며시 손을 댔다. 놀라울 정도로 차가운 사르나의 어깨는 가늘게 떨리고 있었다.

"얼굴을 드십시오, 사르나 공주님. 여하튼 얼굴을 들고 사정을 설명해주시지요."

사르나가 얼굴을 들어 똑바로 챠그무를 응시했다.

"참으로 감사하옵니다. 전하께 크나큰 폐를 끼치는 점에 대해 진심으로 송구하게 생각합니다. 하지만 이것 말고는 살아남을 길을 생각할 수가 없었습니다."

사르나는 속삭이는 듯한 목소리로 말을 이었다.

"아시는 바와 같이 아바마마께서는 타르산을 사흘의 법에 따라 처결하셨습니다. 왕족을 죽이거나 다치게 한 자는 사흘 이내에 처형한다는 산갈의 법이지요. 저는 타르산을 구명하기 위해 한밤중까지 언니들에게 탄원했으나 결국 언니들은 제 말을 들어주지 않았습니다.

저도 타르산이 정말로 오라버니를 죽이거나 다치게 할 작정으로 작살을 던진 것이라면 사형도 어쩔 수 없다고 생각합니다. 하지만 타르산은 자신이 한 일을 전혀 기억 못 한다고 합니다."

챠그무는 흘끗 슈가와 눈을 마주쳤다.

의심의 눈길이라고 생각한 사르나는 필사적인 심정으로 말을 이었다. 어떻게든 설득해야만 한다.

"못 믿으시리라는 것은 잘 압니다. 못 믿으시는 것이 당연하지요. 하지만 저는 제 동생을 태어났을 때부터 지켜봐서 잘 압니다. 성미가 급하고 어린애 같은 면이 있긴 하지만, 자신이 한 일을 잊었다며 피하려는 비겁한 짓은 절대 하지 않을 사내이지요. 제 동생은 비겁한 짓을 할 바에는 스스로 죽음을 택할 위인이라는 사실을 저는 잘 압니다.

그렇기 때문에 저는 동생을 믿기로 했습니다. 왜 그런 일이 일어났는지는 모릅니다. 하지만 기억에도 없는 일로 동생이 재판받고 처형당하는 것을 보고만 있을 수는 없었습니다."

고개를 숙이고 듣고 있는 타르산의 어깨가 떨리고 있었다.

"저와 동생은 이제까지의 모든 것을 버리려고 합니다. 목숨 이외의 모든 것을 버리고 살아남고자 합니다. 부디 저희를 짐 속에 숨겨주시기 바랍니다. 그리고 국경을 넘은 후에 도망칠 수 있도록 도와주셨으면 합니다.

챠그무 황태자 전하는 소중한 동맹국의 황위 계승자입니다. 손님인 황태자 전하를 의심해서 짐을 조사하거나 하는 일은 산갈 왕가로서는 절대로 못 하겠지요.

잠깐 동안이었지만 황태자 전하와 대화를 나누다 보니, 이분이라면 의지할 수 있겠다고 생각했습니다. 부디… 부디 살려주소서."

슈가가 다가와서 낮지만 날카로운 목소리로 말했다.

"사르나 공주님, 두 나라 사이에 불신의 씨앗을 뿌리실 작정입니까?"

"슈가…."

뭔가 말하려는 챠그무를 슈가는 빤히 쳐다봤다.

"실례를 무릅쓰고 아룁니다. 분명히 사르나 공주님이 말씀하시는 대로 산갈 왕께서는 우리 짐은 절대로 조사하지 않을 겁니다. 그러나 왕가의 다른 분들이 눈치 못 채실 리가 없습니다. 사르나 공주님이나 타르산 왕자님이 가장 친하게 지낸 손님이 누군지 누구나 알고 있으니까요.

결국 챠그무 황태자 전하는 산갈 왕가의 신뢰를 배반해야만 하고, 산갈 왕가 분들은 그걸 알면서도 발설할 수는 없는 상황이 벌어지게 되는 겁니다.

게다가 타르산 왕자님의 죄목은 새로운 왕에 대한 반역죄, 타르산 왕자님을 도와드리면 챠그무 황태자 전하께서 새로운 왕에 대한 반역을 지지하는 셈이 되고 맙니다."

"슈가!"

공중을 철썩 때리듯이 챠그무의 목소리가 날카롭게 울렸다.

"나는 지금 목숨을 맡아달라는 부탁을 받은 것이다!"

강렬한 빛을 깊숙이 감춘 눈으로 챠그무는 슈가를 바라봤다.

"약속하지 않았느냐, 음모를 알면서도 사람이 죽도록 내버려두는 그런 일을 절대로 나에게 시키지 않겠다고. 눈을 감고 위험에서 도망치는 것은 어리석은 자나 할 행동이다. 네 말대로 산갈 왕은 의심하겠지. 하지만 증거가 없으니 드러내서 표현할 수 없는 정도의 의심일 따름이다. 그 정도의 불신은 나라들 사이에는 늘 있게 마련이다. 그런 일로 양국 관계를 어색하게 만들 정도로 나는 무능하지 않다!"

슈가는 잠자코 챠그무 황태자를 응시했다.

마침내 슈가는 후 하고 숨을 내쉬었다. 무슨 말을 해도 챠그무는 절대로 마음을 바꾸지 않을 것이다. 얼른 한 발짝 물러서며 슈가는 고개를 숙였다.

"알았습니다. 전하의 판단에 따르겠습니다."

사르나는 챠그무의 의외의 박력에 놀랐다. 온화하고 사려 깊은 소년으로만 생각했는데, 그런 겉모습 아래에 이런 격렬한 면모가 있었던가 하고. 챠그무가 슈가한테서 시선을 옮겨 자신을 똑바로 바라봐서, 사르나는 가슴이 철렁했다.

"신뢰해주신 것을 기쁘게 생각합니다. 두 분을 구하기 위해 최선을 다하겠습니다."

"감사합니다…. 정말로 감사합니다."

사르나의 눈에서 눈물이 쏟아져 나왔다. 그때까지 잠자코 있던 타르산이 얼굴을 들었다.

"챠그무 황태자 전하, 진심으로 감사드립니다. 부디 누님을 무사히 도망치게 도와주십시오."

"타르산?"

사르나는 놀라서 동생을 돌아봤다. 타르산은 지그시 챠그무를 응시했다.

"저는 도망칠 생각이 없습니다. 형님을 죽이려다가 실패해

서 도망친 자라는 오명을 쓰고 살 바에는 차라리 죽는 편이
낫습니다."

당황해서 입을 열려는 사르나를 타르산이 돌아봤다.

"누님, 이해해줬으면 해."

사르나는 동생을 응시하며 고개를 흔들고는 무거운 목소
리로 말했다.

"내려진 형에 복종한다는 것은 오명을 인정하는 셈이다.
전혀 기억에도 없는 죄를 뒤집어쓰고 죽을 생각이니?"

타르산의 눈동자가 흔들렸다.

"도망쳤다는 오명을 두려워하기보다는 살아남아서 언젠
가 오명을 씻어낼 궁리를 해라."

타르산은 누나의 굳은 얼굴을 응시하고 있다가 잠시 후에
이를 꽉 깨물었다.

그리고 크게 숨을 들이쉬고는 눈을 감았다.

"게다가 살아남지 않으면 챠그무 황태자 전하께 은혜를 갚
을 수도 없게 된다."

사르나는 창백한 얼굴을 챠그무 쪽으로 향하며 어떻게든
미소를 지으려고 했지만 뜻대로 되지 않았다. 챠그무는 고개
를 저었다.

"아니, 저에게 은혜를 입었다는 생각을 하실 필요는 없습

니다. 두 분은 희생자이니까요. 누군가가 타르산 왕자님께 주술을 걸었습니다."

어리둥절해하며 고개를 든 두 사람에게 챠그무는 주술 의혹에 대해 차근차근히 설명했다. 가슴속에 감추고 있던 일을 두 사람에게 밝힐 수 있는 기회가 찾아온 것에 감사하면서.

"그러나 주술이라는 사실을 증명할 방법이 없어서 전혀 손을 쓰지 못하고 있었던 겁니다."

의외의 이야기에 넋이 빠져 있던 사르나는 사건의 전모를 파악하자 바닥이 꺼지는 듯한 두려움을 느꼈다.

"타르산이 주술에 걸려 있었다니…."

타르산은 챠그무와 슈가 쪽으로 몸을 내밀고 다그치듯이 물었다.

"주술에 걸리면 자신이 무슨 짓을 했는지 기억을 못 하게 되나요?"

그 질문에는 슈가가 대답했다.

"아마도 그럴 겁니다. 저도 아직 미숙해서 확실히는 모릅니다만."

그때까지 거의 넋이 빠져 있는 것 같던 타르산의 얼굴이 금세 새빨개졌다.

타르산은 갑자기 주먹으로 바닥을 내리쳤다.

"빌어먹을! 도대체 누가 어떻게 해서 나에게 주술 따위를…!"

그러고 나서 얼굴을 슈가 쪽으로 홱 돌렸다.

"참, 아까 조개 반지라고 했지요?"

슈가는 고개를 끄덕이며 자그마한 조개 반지를 꺼냈다. 그 반지를 들여다보는 타르산의 눈이 반짝 빛났다.

"틀림없어. 이건 에샤나의 반지야. 어떻게 해서 이 반지가 내 손가락에….."

"에샤나라면?"

챠그무가 묻자 사르나가 나지막이 말했다.

"나유그루 라이타의 눈이 된 소녀의 이름입니다. 카르슈 섬 어부의 딸로, 타르산이 동생처럼 귀여워하던 아이지요."

"아아, 그렇군, 그렇구나."

잘생긴 눈썹을 찌푸리는 슈가를 챠그무는 초조한 듯이 쳐다봤다.

"무엇이 그렇다는 것이냐?"

"어디까지나 하나의 가능성입니다만, 어쩌면 그 소녀는 모두의 생각과는 달리 나유그루 라이타의 눈이 아닐지도 모릅니다. 오히려 타르산 왕자에게 주술을 걸기 위해 누군가가 보낸 일종의 꼭두각시 인형이 아닐까 싶습니다."

"꼭두각시 인형이라고?"

"예. 유능한 주술사라면 사람의 혼을 조종할 수 있다고 합니다. 물론 조종할 수 있는 사람과 조종할 수 없는 사람이 있습니다만, 어린 소녀라면 쉽게 조종할 수 있지 않을까요?"

챠그무가 고개를 끄덕였다.

"그렇구나. 그렇게 혼을 빼낸 소녀를 나유그류 라이타의 눈이라고 속이면 의심받지 않고 왕궁에까지 들여보낼 수 있겠지. 게다가 타르산 왕자와 친밀한 소녀라면….."

거기까지 말하고서 챠그무는 미간을 찌푸렸다.

"아니, 그건 아닌 것 같다. 나는 그 소녀한테서 분명히 나유그의 물 냄새를 맡았다."

"아, 그러셨지요."

사르나와 타르산은 황태자와 슈가 사이에 오가는 대화를 어안이 벙벙한 채 듣고 있었다. 더 이상 참을 수가 없어진 타르산이 대화에 끼어들었다.

"저기, 나유그의 물 냄새라는 것이 무엇인지요?"

챠그무는 눈을 깜빡이며 타르산을 돌아봤다.

"저는 다른 세계의 물 냄새를 맡은 적이 있습니다. 이 세계의 물이 풍기는 냄새보다 훨씬 뚜렷하고 강렬한 냄새였습니다. 나유그루 라이타의 눈이라는 소녀와 처음 가까이서 마주쳤을 때, 저는 한순간이지만 틀림없이 그 물 냄새를 맡았습니다."

사르나가 챠그무와 슈가를 번갈아 보면서 중얼거렸다.

"하지만 타르산에게 주술을 건 도구가 에샤나의 조개 반지였던 것을 보면, 역시 그 소녀가 어떤 형태로든 주술에 연루되어 있다는 뜻이 아닐까요?"

챠그무와 슈가가 고개를 끄덕였다. 챠그무는 슈가를 쳐다봤다.

"주술의 진상을 파헤치려면 역시 그 소녀의 혼에 접촉해보는 수밖에 없지 않겠느냐?"

슈가는 한숨을 내쉬며 고개를 저었다.

"전하, 솔직하게 말씀드리겠습니다. 그것은 제 능력에 넘치는 일입니다. 누군지 모릅니다만, 상대는 저 같은 사람보다 능력도 지식도 훨씬 뛰어난 주술사입니다. 그 소녀는 일종의 함정일지도 모릅니다. 접촉하는 자를 주술로 끌어들이기 위한 함정 말입니다."

희미하게 무슨 소리가 들려왔다. 정신을 차리고 보니 이미 날이 거의 밝아 있었다. 잠을 깬 사람들이 움직이기 시작한 기척이 조용한 가운데 전해져왔다.

슈가는 사르나와 타르산에게로 눈을 돌렸다.

"주술의 진상을 파악하려는 생각은 포기할 수밖에 없다고 생각합니다. 다행히 카르난 왕자님도 상태가 안정되었고, 거기에다 만약 타르산 왕자님도 목숨을 부지하게 되면, 주술의 의도는 실패한 셈이 됩니다. 산갈 왕가에 대한 음모는 불안하지만, 그 부분은 사르나 공주님이 글로 써서 국경을 넘은 후에 신뢰할 수 있는 분에게 보내는 수밖에 없다고 생각합니다.

지금은 여하튼 두 분이 목숨을 부지할 수 있도록 최선을 다할 때가 아닐까요?"

사르나와 타르산은 잠시 서로의 눈을 마주 보더니, 이윽고 고개를 끄덕였다.

왜 타르산이 카르난 왕자에게 작살을 던졌을까? 왜 그 사실을 기억 못 하는 걸까? 이 두 가지의 커다란 수수께끼는 풀렸지만, 자신들의 일상과 전혀 무관했던 주술이라는 장벽에 부딪혀 어떻게 대처해야 좋을지 갈피를 잡을 수가 없었다.

주술 이야기에 정신이 팔려 있는 동안은 잊고 있었던 현실이 두 사람의 마음속에 되살아났다.

목숨은 부지할지도 모른다. 하지만 왕족이라는 신분은 물론이고, 가족도 친구도 고향도 전부 버려야만 한다. 이제부터 두 사람 앞에 기다리고 있을 일을 생각하니, 따뜻한 둥지에서 땅바닥으로 내팽개쳐진 병아리와 같은 불안감이 두 사람의 가슴을 옥죄었다.

그런 두 사람의 얼굴을 보며, 챠그무는 애써 밝은 어조로 말했다.

"그건 그렇고 아까는 무척 놀랐습니다. 설마 벽에 그런 장치가 있을 줄이야.

산갈 왕가도 무시무시한데요. 마음만 먹으면 얼마든지 손님을 암살할 수 있겠군요."

사르나가 창백해진 얼굴에 희미하게 미소를 지었다.

"저것은… 그런 피비린내 나는 목적을 위한 것이 아닙니다. 왕가의 남자들은 모르는 장치죠."

미소가 은근해졌다.

"산갈 왕가의 여자들은 남자들보다 더 무서운 사람들이에요. 살해하는 것보다 훨씬 더 효과적인 수단을 알고 있으니까요. 저 안에 있는 건 저희가 자기편으로 끌어들이고 싶은 손님이 있을 때 은밀히 친교를 나누기 위한 비밀 통로랍니다."

챠그무는 잠시 눈을 깜빡이더니 곧이어 얼굴을 붉혔다.

"아아, 그렇군요."

그런 챠그무의 표정을 보며 사르나는 싸늘하게 식어 있던 몸에 비로소 천천히 피가 흐르기 시작하는 느낌을 받았다. 사르나는 동생을 돌아보며 미소를 던졌다.

"타르산은 저 길을 이용한 최초의 남자죠."

타르산은 어떤 표정을 지어야 좋을지 모르겠다는 얼굴로 누나와 챠그무를 번갈아 쳐다봤다.

동생을 바라보는 사르나의 자연스러운 미소가 챠그무의 가슴에 사무쳤다.

"공주님은 강한 분이시군요. 두 분이라면 신분 따위에 의지하지 않고 살아갈 수 있을 겁니다."

"그러면 좋겠습니다."

사르나는 챠그무를 응시했다.

"배를 탈 때마다 귀에 못이 박히도록 들은 말이 있습니다. 난파당할 위기에 처하면 뭔가를 들고 가려고 하지 마라, 오로지 목숨을 건질 생각만을 해라, 목숨만 있으면 반드시 새로운 길이 열릴 테니까, 그런 말이죠."

챠그무의 가슴에 몇 사람의 얼굴이 떠올랐다. 어린 그를 비슷한 말로 격려하며 살아 있을 수 있도록 도와준 사람들의 얼굴이. 맡겨진 목숨, 최선을 다해서 지키자. 그렇게 생각했을 때, 챠그무는 자신의 가슴속에 따뜻한 등불이 켜진 것 같은 느낌이 들었다.

5
운명의 수레바퀴

스리나는 온몸의 힘을 쥐어짜서 모래사장으로 집배를 밀어 올렸다. 커다란 배들이 북적이는 항구를 피해서, 로고 강하구의 동쪽에 펼쳐진 한적한 바닷가에 배를 댄 것이다.

스리나는 땀을 닦으며 하구의 양 기슭에 늘어선 수많은 창고, 강과 항구 사이를 오가는 형형색색의 화물 운반용 거룻배들을 바라봤다.

홀로 외해를 건너는 기나긴 항해 끝에 마침내 도읍에 이르렀다.

하지만 아직 여정이 끝난 것은 아니다. 타르산 왕자를 만나야 한다는 엄청난 난관이 기다리고 있으니까. 스리나가 가장 먼저 할 일은 타르산 왕자 휘하의 위병을 만나는 일이었다. 타르산 왕자 휘하의 위병들은 카르슈 섬 출신이라서 얼굴과 이름을 아는 사람이 세 명 정도 있다. 도움이 될지는 모르겠지만, 아는 사람이 전혀 없는 것보다는 나았다.

도읍은 처음이었지만, 우선 시장으로 가자고 스리나는 생각했다. 어떤 섬에서나 시장에 가면 웬만한 정보는 입수하게 마련이다. 타르산 왕자 휘하 위병의 숙소가 어디 있는지 아는 사람을 만날 수 있을지도 모른다. 여하튼 돌아다니며 묻는 수밖에 없었다.

한낮의 하얀빛 속에 떠 있는 듯한 동네로 들어서자, 스리나는 마치 꿈속을 걷고 있는 것 같은 기분이었다. 벽 높은 집들이 어디까지고 이어져 있었다. 노점 차양의 다양한 색깔이 흰 벽에 너무나도 선명하게 반사되고 있었다. 바라보고 있자니 현기증이 났다. 보이는 모든 것이 흔들리고 있는 것 같았다. 아직 육지에 적응 못 한 탓도 있겠지만.

그리고 사람, 사람, 사람. 오가는 사람이 너무 많아 가슴이 짓눌리는 듯한 고통을 느꼈다.

강렬한 향신료 냄새가 몇 가지나 서로 섞이고, 거기에 사람의 체취까지 섞여 숨이 막힐 것 같았다. 바람이 불어주면 좋을 텐데, 스리나는 멍한 얼굴로 생각했다. 이 후끈한 열기를 단숨에 날려 보내줄 그런 바람이.

이리저리 헤매다가 문득 뻥 뚫린 공간으로 나온 순간 산들바람이 살갗을 스쳤다. 섬에 있는 광장의 열 배는 될 것 같은 광장에 장이 서 있었다. 스리나는 벽 가장자리에 서서 안도의 숨을 쉬었다.

섬의 시장과는 비교도 할 수 없는 거대한 시장이었지만, 그래도 친숙한 냄새와 소리로 스리나를 맞았다. 스리나는 티 나지 않게 경계하면서 우선 과자 파는 가게로 걸어갔다. 품고 있는, 돈이 잔뜩 든 주머니를 소매치기당하기라도 하면 큰일이다.

"타르산 왕자 위병의 숙사가 어디 있냐고?"

스리나의 질문을 중년 여자가 되물었다. 기름으로 바삭하게 튀긴 과자에 흑설탕을 듬뿍 뿌리면서 여자는 스리나를 빤히 쳐다봤다.

"위병의 숙소는 전부 왕궁의 곳 동쪽에 있지만, 왜 묻는 거냐?"

"아는 사람한테서 전갈을 부탁받아서요. 도읍으로 가면 들러서 전해달라며."

미리 생각해둔 핑계를 말하자, 여자가 어깨를 으쓱했다.

"그건 무리다. 타르산 왕자 위병의 숙사는 지금 출입 금지거든."

"예? 왜요?"

되물었지만, 아이를 동반한 손님이 와서 스리나는 무시당하고 말았다.

누군가가 옷자락을 잡아 끌었다. 놀라서 돌아보니 거지가 히죽히죽 웃으며 서 있었다. 얼굴이 때로 새카맣게 뒤덮인 노인이었다. 입안에는 이가 거의 보이지 않았다.

"조금만 도와다오. 출입 금지인 이유를 가르쳐줄 테니까."

스리나는 방금 과자를 사고 받은 거스름돈을 손톱이 길게 자란 손에 건네주었다. 거지는 어깨를 흔들었다.

"출입 금지가 된 건 말이다, 타르산 왕자가 도망쳤기 때문이다."

그 말만 하고서, 거지는 빙긋이 웃으며 또 손을 내밀었다.

타르산 왕자가 도망쳤다고? 무슨 일이 일어났는지 묻고 싶어 견딜 수 없었지만 꾹 참으며 고개를 저었다.

"그냥 이야기해주는 사람도 있겠죠. 아버지가 종종 말했거든요. 돈으로 사는 말에는 거짓도 있지만, 친절에서 우러나온 말에는 거짓이 없다고. 안녕히 가세요."

등을 돌리자 거지가 당황해서 뒤쫓아왔다.

"5챠르면 된다. 5챠르만 주면 내가 알고 있는 것을 전부 가르쳐주지."

스리나는 종종걸음으로 계속 걸었다.

"기다리라니까. 그럼 5챠르 주면 알고 있는 것을 가르쳐줄 뿐만 아니라 위병에게 말을 전할 수 있는 사람도 만나게 해주지. 카르슈 섬 출신으로 병사들과 친분이 있는 남자다."

스리나는 발을 멈췄다.

"그게 누군데요?"

거지는 먹잇감이 걸려들었다는 얼굴로 스리나를 쳐다봤다.

"라코라라는 녀석이다. 외팔이지."

'라코라 아저씨…!'

스리나는 거지를 빤히 쳐다봤다. 라코라 아저씨라면 잘 안다. 아버지가 어릴 적에 종종 같이 놀았다던가 해서, 아저씨가 카르슈 섬에 돌아왔을 때 아버지와 술을 사들고 찾아가서 도읍 이야기를 들은 적이 있다.

아저씨가 꽤 오랫동안 카르슈 섬으로 돌아오지 않아 완전히 잊고 있었다. 그러고 보니 팔 부상으로 퇴역해 도읍에서 장사한다는 말을 언젠가 아버지한테서 들은 기억이 있다.

스리나는 거지에게 등을 돌리고 5챠르를 꺼내더니 잠시만 보여주고 나서 손에 꽉 쥐었다. 거지는 어깨를 으쓱하고는 웃었다.

"조심성이 많은 애로구나. 뭐, 좋다. 약속은 지키마. 라코라의 가게로 데리고 가주겠다. 라코라는 좋은 사람이니까 자세한 이야기를 들려줄 거다."

걸음을 옮기기 시작한 거지의 뒤를 따라서 스리나도 걷기 시작했다. 골목으로 들어갔다가 대로를 빠져나가, 또다시 골목으로 들어갔다. 속여서 위험한 곳으로 데려가려는 것은 아닌가 싶은 생각이 들어 스리나는 불안해졌다. 술집이 늘어선 골목에 이르렀을 때는 해가 저물고 있었다.

거지는 꽤나 그럴 듯한 술집 앞에 멈춰 서더니 손을 내밀었다.

"여기가 라코라의 가게다. 돈을 내놔라."

가게는 아직 영업을 시작하지 않아서 덧문이 닫혀 있었다. 스리나는 거지에게는 대꾸도 안 하고 뒷문으로 돌아가서 어둑어둑한 가게 안을 들여다봤다. 인기척이 나기에 말을 걸었다.

"라코라 아저씨?"

어어, 하는 목소리가 들리고, 허리감개만 두른 뚱뚱한 남자가 나왔다. 머리숱이 꽤나 줄어 있긴 했지만 분명히 라코라 아저씨였다.

기쁨과 안도감으로 울음을 터뜨릴 것만 같아서 스리나는 당황하며 이를 악물었다. 그리고 뒤에 버티고 서 있는 거지에게 5챠르를 건넸다. 거지는 돈을 받자마자 아무 말도 없이 사라졌다.

"네가… 누구냐?"

라코라 아저씨는 기억이 날듯 말듯하다는 표정으로 스리나를 건너다봤다. 무리도 아니다. 마지막으로 만났을 때 스리나는 아직 열 살 정도였으니까.

"아저씨, 저, 스리나에요. 랏샤로인."

라코라 아저씨의 눈이 휘둥그레졌다.

"뭐라고? 아아, 스리나로구나! 라나야의 딸."

스리나는 고개를 끄덕였다.

"어쩐 일이냐, 혼자서! 용케도 찾아왔구나. 라나야도 나중에 오는 거냐?"

"아버지는…. 아저씨, 중요한 이야기가…."

목소리가 떨리더니 끊겼다. 아는 사람의 얼굴을 본 순간, 팽팽하게 당겨놓은 실 같던 긴장이 스르륵 풀린 것이다. 갑자기 서 있을 수 없을 정도로 몸이 싸늘하게 식어버렸다.

"아니, 너, 얼굴이 창백하구나."

라코라 아저씨는 당황하며 스리나의 팔꿈치를 붙잡아 부축하더니 가게 옆에 있는 자기 집으로 천천히 데리고 갔다. 라코라의 집은 카르슈 섬의 집보다 훨씬 좋았다. 도읍에서는 흔히 볼 수 있는 집이지만, 뒷마당에 면한 방은 무척 넓었다. 바닥에는 랏카 야자 잎을 겯어서 깔아놓았다. 그걸 보니 카르슈 섬의 집이 떠올랐다.

라코라는 해가 져서 선선한 바람이 들어오는 방에 스리나를 눕혔다.

　"오늘은 우리 집에 묵도록 해라. 조금 있으면 집사람이 돌아올 테니까 밥을 먹으면서 이야기하자. 그때까지 쉬고 있어라. 슬슬 가게를 열어야 하는 시간이라서 나는 우선 할 일을 지시해놓고 돌아올 테니까."

　마음은 급했지만 몸이 말을 듣지 않았다. 눈을 감자 주위의 소리가 멀어져갔다.

　라코라의 가게는 장사가 아주 잘 돼서 밤에는 바쁠 수밖에 없었다. 아내가 돌아와 종업원들과 가게를 열고 나서도 한참이 지나도록까지 라코라는 돌아오지 못했다. 스리나는 저녁식사가 준비되었다는 말에 깨어나 라코라의 아내와 인사를 나누었다. 랏카 야자 잎을 결어놓은 방바닥에 생선구이랑 과일 등을 담은 접시가 죽 놓여 있었다.

　라코라는 부지런히 입을 움직이며 스리나의 이야기를 듣고 있었다. 이야기가 진행됨에 따라서 생선구이를 집는 손이 느려지더니, 이윽고 식욕이 없어졌는지 먹기를 멈췄다. 식사가 끝난 뒤에도 라코라는 일어서지 않았다. 아내에게 가게 일을 부탁하더니 계속해서 스리나의 이야기에 귀를 기울인 것이다.

"이게 무슨 일이냐."

라코라는 커다란 오른손으로 얼굴을 훔쳤다.

"스리나, 너, 엄청난 이야기를 갖고 왔구나. 그것도 하필 이런 때에."

스리나는 문득 생각이 났다.

"참, 아저씨. 타르산 왕자님이 도망쳤다던데 어떻게 된 거예요?"

라코라는 한숨을 쉬고는 타르산 왕자가 카르난 왕자에게 공포의 작살을 던진 일과, 형이 집행되기 전에 사르나 공주가 타르산 왕자를 데리고 둘이서 도망친 일을 이야기해주었다.

"물론 이 이야기는 아직 비밀이다. 특히 사르나 공주님이 왕자님을 데리고 도망쳤다는 이야기는 도읍에서도 아는 사람이 거의 없을 거다. 나는 딸이 얘기해주거든."

라코라의 딸 쓰라는 사르나 공주 밑에서 잡일을 하고 있다고 한다. 라코라가 팔을 다쳐 퇴역하게 되었다는 말을 들은 사르나 공주가 라코라의 딸을 고용해준 것이다. 카르슈 섬에서 지낼 때 라코라의 여동생이 사르나 공주의 하녀였던 덕분이다.

쓰라는 무척 민첩한 처녀여서 사르나 공주의 마음에 들었다. 얼마 후에 라코라가 술집을 시작했을 때도 궁중의 하인들이 마실 술을 왕궁에 납품할 권리를 얻었기에, 라코라의 장사는 쉽게 궤도에 오를 수 있었다.

"쓰라는 아직 왕궁에 있다. 사르나 공주를 모시는 다른 하녀들과 함께 주방 쪽에서 일하게 되었지. 그나저나 엄청난 일이 벌어지고 말았구나."

뜻밖의 소식에 눈앞이 캄캄해졌다. 그렇게 오랫동안 바다를 헤치고서 간신히 여기까지 왔는데. 믿었던 타르산 왕자가 그런 처지가 되었다니….

"자, 어떻게 하면 좋을까. 유난 장군님이 살아 계셨다면 당장에 말씀드리러 가겠지만…. 너에게 정보를 전해준 그 랏샤로의 말이 옳다. 나도 선대 섬지기님은 그렇지 않았는데, 지금의 섬지기 아돌 님은 아무래도 도무지 신용할 수가 없구나. 엉뚱한 사람에게 이 이야기를 전했다가는 우리의 목숨까지 위험할지도 모른다."

나지막이 말하며 라코라는 턱을 문질렀다.

"하룻밤 생각할 시간을 다오. 내일 납품하러 왕궁에 가면 쓰라와 상의해볼 테니까."

라코라는 크게 한숨을 쉬고서 무릎에 손을 짚으며 일어섰다.

"큰 파도는 연달아 온다더니, 카르슈 섬에 나쁜 바람이라도 불고 있는 것이 아닐까? 야타의 딸이 나유그루 라이타의 눈이 되었다기에 놀랐는데 타르산 님과 사르나 님이 그런 처지가 되고, 이번에는 또 이런 일이라니."

스리나는 고개를 번쩍 쳐들었다.

"참, 아저씨! 에샤나는 어떻게 되었어요?"

"아아, 참으로 불쌍하기도 하지. 다음 보름달이 뜨는 날에 혼을 돌려보내는 의식을 치른다는구나."

"예? 하지만 혼이 몸으로 돌아오면 의식은 중지되는 거죠?"

라코라가 별 이상한 말을 한다는 표정으로 스리나를 쳐다봤다.

"그런 말을 듣긴 했지만 가엾게도 아직 혼이 돌아왔다는 이야기는 못 들었다."

스리나는 입을 열려다가 그만두었다. 그때 분명히 나유그루의 바다에서 에샤나의 혼이 날아올라서 도읍 쪽으로 유성처럼 날아갔는데. 그건 꿈이었던 걸까?

가게 쪽으로 가는 라코라 아저씨의 등을 바라보면서, 스리나는 가슴속이 텅 빈 것 같은 허무감을 느꼈다.

이제부터 어떻게 하지? 바다 위를 혼자서 항해할 때보다도 더 자신이 작고 힘없는 존재로 느껴져서, 스리나는 눈가에 맺히는 눈물을 손가락으로 훔쳤다.

산갈 왕은 아침 식사 자리에서 사르나가 타르산과 함께 도망친 사실을 손님들에게 알렸다. 거듭되는 자식들의 배반에 역시나 평소의 호쾌하고 밝은 모습은 찾아볼 수 없었다.

"실례하겠습니다."

조용한 목소리와 함께, 사르나와 무척 닮은 키 큰 여성이 챠그무 옆에 나타났다. 그녀는 챠그무의 눈을 쳐다본 다음 깊숙이 절했다.

"카리나 공주님."

챠그무도 일어서서 인사했다.

"챠그무 황태자 전하, 사죄드리러 왔습니다. 시중을 맡았던 사르나가 그런 짓을 벌여서."

입으로는 죄송하다고 말하는 카르나가 눈에 탐색하는 빛을 띠고 있다는 사실을 챠그무는 감지했다. 사죄보다는 사르나의 행방을 알아내는 게 목적이리라.

"이렇게 신경을 써주셔서 대단히 고맙습니다."

챠그무는 차분한 어조로 대답했다.

"카르난 왕자님은 좀 어떠신지요?"

"염려해주신 덕분에 안정된 듯합니다. 대단히 고맙습니다. 귀국의 귀중한 약을 주셔서 정말로 큰 도움이 되었습니다.

왕가의 여자들은 모두 챠그무 황태자 전하와 슈가 님께 감사하고 있습니다. 아직 젊으신 황태자 전하께서는 깊은 지성과 넓은 마음을 겸비하고 계십니다. 신요고 황국이 부럽다고 모두들 말하고 있지요."

그렇게 말하며 카리나는 씁쓸한 미소를 입가에 지었다.

"산갈 왕가는 참으로 부끄러운 모습을 보이고 말았습니다. 사르나는 좀 더 사려 깊은 아이라고 생각했는데…."

챠그무가 고개를 저었다.

"사르나 공주님이 하신 일은 용서받을 일은 아닙니다만, 타르산 왕자님을 깊이 사랑하셨기에 그러신 거겠지요.

저는 오히려 산갈 왕가를 진심으로 부러워했습니다. 자신의 몸을 버리면서까지 동생을 구하려들 정도로 깊이 가족을 사랑하는 왕족을 처음 만났거든요. 이런 끈끈한 애정이야말로 무엇보다도 소중한 보물일 겁니다."

카리나는 젊은 황태자를 응시했다.

"사르나는 행복하겠네요. 이런 식으로 생각해주시니."

조금 수줍은 듯한 얼굴로 미소 짓는 챠그무 황태자를 보며 카리나는 부드럽게 미소 지었다. 위엄 있는 군주는 차고 넘친다. 하지만 이렇게 짧은 만남으로도 이토록 사람을 끌어들이는 군주는 좀처럼 없다.

식사가 시작되어 술렁이는 소리가 높아졌을 때, 카리나는 작은 소리로 속삭였다.

"챠그무 황태자 전하. 사르나가 도망쳐서 갈 수 있는 곳은 한정되어 있습니다. 만약 혹시라도 사르나를 보시면 부디 전해주시기 바랍니다. 마음을 바꿀 생각이 들거든 꽃의 정자로 오라고 말입니다. 타르산은 구할 수 없지만 사르나의 목숨만은 구할 수 있도록 최선을 다할 생각이니까요."

챠그무는 카리나를 응시하며 고개를 끄덕였다.

"그 말을 전할 기회가 저에게 오기를 빌고 있겠습니다."

⁂

사르나와 타르산은 천천히 흘러가는 하루하루를 챠그무 황태자의 옷방에 숨어서 지냈다. 침구를 갈고 방을 청소하러 시녀들이 들어오면 비밀 통로의 벽 뒤쪽에 숨어서 숨을 죽인 채 시녀들이 나가기를 기다려야만 했다.

비밀 문에 난 약간의 틈새로 새어 들어오는 빛이 통로 바닥에 흰 선을 만들었다. 사르나는 문득 그 빛을 받아 뭔가가 번쩍이는 것을 발견하고서 얼른 몸을 수그렸다. 다음 순간 몸이 얼어붙는 것을 느끼며 눈만 크게 떴다.

금에 진주를 박은 가슴장식이 떨어져 있었다. 큰언니 카리나의 물건임을 사르나는 한눈에 알 수 있었다. 그게 왜 여기

떨어져 있는지도.

카리나는 사르나와 타르산이 여기 있다는 사실을 알고 있었다. 언제 두 사람의 흔적을 더듬어 뒤쫓았는지는 알 수 없다. 어쨌든 아침 일찍 은밀히 찾아와서 통로 바닥의 먼지에 뚜렷이 남아 있는 사르나와 타르산의 발자국을 발견한 게 확실하다. 그래서 이 장식품을 두고 돌아간 것이다.

'너희가 여기 있다는 사실을 여자들은 모두 알고 있다.'

가슴장식에서 들리는 말이었다. 사르나는 장식품에 손대지 않았다. 어쩌면 언니는 사르나를 은밀히 도와줄 생각으로 고가의 장식품을 두고 간 건지도 모른다. 이건 꽤 비싼 물건이다. 판다면 타르산과 둘이서 살아가는 데 큰 도움이 될 것이다.

하지만 사르나는 산갈 왕가의 딸이다. 모든 일에 숨은 이면까지 생각하고 나서 행동하라는 교육을 받으며 자랐다. 그렇기 때문에 이 가슴장식이 함정일 가능성을 배제할 수 없었다. 이 정도로 고급스런 물건이라면 살 능력이 있는 자는 제한되어 있다. 이것을 판다는 것은 곧 자신의 거처를 카리나에게 알려주는 일이 될지도 모른다.

시녀들이 청소를 마치고 나간 후에, 사르나는 침실의 커다란 옷장 뒤에 앉아서 비밀 통로에서 가슴장식을 발견한 일을 타르산에게 말했다.

타르산은 가슴장식에는 신경도 쓰지 않는 채로 잠자코 자신의 주먹을 응시하고 있었다.

"아직도 꿈을 꾸고 있는 것 같아. 어떤 적과 마주쳐도 내힘으로 이겨낼 수 있다고 믿었어. 그런데 이런 식으로 이용당해 형님을 다치게 하다니."

그 말을 입에 담은 순간 또다시 분한 마음이 부글부글 끓어 올라왔다.

"더러운 수법을 쓰다니."

타르산은 이를 악물었다. 그래도 참을 수가 없었는지 눈물이 볼을 타고 흘렀다.

"내가 이대로 꼬리 내리고 도망칠 거라고 생각했다면 크나큰 오산이지. 형님을 더러운 음모로 죽이려고 한 녀석을 찾아내서 반드시 이 손으로 죽이고야 말겠어."

사르나는 허공을 응시하며 무슨 생각엔가 잠겨 있더니, 잠시 후에 동생을 쳐다보며 말했다.

"난 계속 생각했었다. 주술 이야기를 들었을 때부터. 주술의 흑막이 누구일까? 너와 오라버니를 죽여서, 산갈 왕가를 무너뜨려서 가장 득을 보는 것은 과연 누구일까?"

사르나의 눈은 타르산을 향하고 있었지만, 그 너머의 누군가를 보고 있는 것 같은 아득한 빛을 띠고 있었다.

"우선 산갈인이 주술 같은 방법을 생각해낼 리가 없어. 도르가 뿌리를 사용한 주술 같은 건 모든 술수를 철저하게 배워온 왕가의 딸인 나조차도 들은 적이 없거든."

"도르가 뿌리를 사용하는 것은 요고인의 주술법이라고 챠그무 황태자가 말했었지? 챠그무 황태자를 의심하고 싶지는 않지만, 설마 신요고 황국이 음모를 꾸몄고 이렇게 우리를 숨겨주는 것도 함정일 가능성은…."

사르나가 고개를 저었다.

"그럴 가능성은 없어. 만약 그렇다면 주술 이야기를 했을 리가 없지. 게다가 신요고 황국 쪽에서 보면 산갈 왕국은 남쪽의 침략을 막아주는 방패…."

갑자기 사르나의 시선이 흔들렸다. 말을 하다 말고 사르나는 얼굴을 굳힌 채 허공을 응시했다.

"언니?"

사르나의 뇌리에 갑자기 어떤 생각이 떠올랐다. 그동안 일어난 일들을 머릿속에서 맞추어보았다. 여러 조각의 아귀가 서로 맞아들어갔다.

며칠 전에 꽃의 정자에서 언니 카리나가, 섬지기들이 의심스럽다는 말을 했지. 남쪽 대륙의 타르슈 제국과 은밀히 관계를 맺고 있는 것이 아닐까 하고. 그때 들은 암호 종이 이야기와 종종 아돌을 찾아온다는 요고인 상인 이야기, 그리고 이번에는 요고인의 수법이라는 주술. 그런데 그 주술에 에샤나의 조개 반지를 이용했다.

"요고인은 다른 곳에도 있어."

사르나는 천천히 동생을 돌아봤다.

"신요고 황국은 남쪽 대륙의 요고 황국에서 갈라진 나라야. 요고인은 원래 남쪽 대륙의 백성이지."

"하지만 요고 황국은 타르슈 제국에게 정복당했잖아. 산갈을 상대로 계략을 꾸밀 힘이 있을 리가 없어."

"나라가 망했다고 사람도 없어지는 건 아니니까. 타르슈인의 사고방식은 합리적이라고 들었어. 정복한 나라의 백성이라도 쓸 가치가 있다고 생각하면 중책을 맡기는 나라라던데."

타르산의 얼굴에 납득하는 표정이 떠올랐다. 그러나 아직도 석연치 않은 부분이 남아 있었다.

"타르슈 제국이 요고인을 시켜서 벌인 일이라는 거지? 나한테 주술을 걸어 형님을 암살하려고? 하지만 요고인이 어떻게 에샤나에 대해 알았을까? 난 계속 이상했거든. 주술에 그 반지를 이용했다는 것은 그 반지가 나하고 어떤 관계가 있는지를 알고 있었다는 거잖아?"

"틀림없이 아돌이 이야기했을 거야."

"아돌?"

타르산은 놀라서 누나를 응시했다. 큰누나 카리나의 남편이자 카르슈 섬의 섬지기인 아돌하고는 별로 뜻이 맞지는 않았지만, 그렇다 해도 아돌이 타르산을 이용해 형을 죽이려는 냉혹한 음모를 꾸몄다고는 믿을 수가 없었다.

사르나는 카리나의 의혹을 타르산에게 이야기했다. 사르나의 마음속에서는 이미 의심스럽다는 정도에서 그치지 않게 된 혐의에 대해서. 형부 아돌, 머리는 좋지만 오만한 그가 자존심을 부추기며 접근해오는 유혹에 쉽사리 넘어가는 모습을 사르나는 쉽게 떠올릴 수가 있었다.

'어떤 이익을 약속 받고 왕가를 판 걸까?'

그렇게 생각한 순간, 사르나는 가슴속이 싸늘해지는 듯한 불안을 느꼈다. 지금 섬지기들은 모두 이 왕궁에 모여 있다. 만약 타르슈 제국과 손잡고 산갈 왕가를 멸망시킬 음모를 꾸몄다면, 카르난 왕자가 중상을 입고 타르산이 도망친 이 좋은 기회를 놓칠 리가 없다.

⟨⟩

라코라에게 무거운 짐을 건네고 나자 스리나는 텅 빈 껍질이 된 것만 같았다. 이제부터 어떻게 될지, 어떻게 하면 좋을지 전혀 알 수가 없었다. 스리나는 라코라의 집에 머문 날 밤부터 열이 나서, 다음 날 아침 라코라가 납품할 술을 갖고 왕궁으로 향한 것조차 모르는 채 정신없이 계속 잤다.

운명의 수레바퀴는 가끔 작은 돌멩이만 한 크기로 구르기 시작해서 순식간에 거대한 눈덩이만큼 커져버리는 때가 있다. 단 한 명의 랏샤로 소녀가 고독한 항해 끝에 날라온 정보가 바로 그런 식으로 구르는 운명의 수레바퀴였다.

스리나가 잠든 사이에 산갈 궁중은 분주해졌다. 라코라가 딸 쓰라에게, 그리고 현명한 쓰라가 믿을 수 있는 사람이라고 보증한 카리나 공주의 시녀에게, 그리고 그날 중에 카리나 공주에게까지, 스리나가 날라온 정보가 전달된 것이다.

사실 왕을 위시하여 카리나를 비롯한 왕가의 여성들, 그리고 산갈 왕국군의 장군들은, 타르슈 제국 해군이 사간 제도에 접근했다는 정보를 이미 입수한 상태이기는 했다. 인근 무인도에 은밀히 배치해두었던 왕가 직속 감시병들이 전령 비둘기 몇 마리를 날려 보냈기 때문이다. 사간 섬에서는 아무런 전갈도 없었다.

그렇다 해도 랏샤로 도골이 말한 대로였다. 스리나가 가져온 정보는 산갈 왕가에게는 금이 가득 든 궤짝보다도 가치 있는 것이었다. 타르슈 제국 해군이 병력을 어떻게 배치해놓았는지, 어떤 해로로 공격하려고 하는지를 상세히 알 수 있는 정보였기 때문이다. 비둘기가 날라온 정보와는 비교할 바가 못됐다.

곧바로 왕가의 핵심 인물과 장군들, 그리고 섬지기들이 전부 모여 회의를 열었다. 이 정보가 믿을 만한가 하는 문제가 제기되었다. 랏샤로 소녀가 이런 정보를 갖고 왔다는 사실은 장군들의 의혹을 살 만했다. 타르슈 제국의 함정일 가능성도 생각해야 한다, 그러니 본인을 출두시켜 신뢰할 만한 정보인지 확인해야 한다는 데, 회의에 모인 사람들의 의견이 일치했다.

그래서 스리나는 그날 저녁 회의장으로 나가 증언하기 위해서 은밀히 왕궁으로 이끌려가게 되었다. 아직 열이 내리지 않아 잠에 취한 상태였다.

스리나는 마치 열에 들떠서 꿈을 꾸고 있는 것만 같았다.

회의실에 한 발짝 발을 들여놓은 순간 스리나는 그 넓이에 압도당해 숨을 멈췄다. 예전에 아버지와 함께 갔던 즈아이 섬의 커다란 동굴을 떠올렸을 정도다.

조개처럼 매끄러운 흰 벽과 정밀한 조각을 박아 넣은 거대한 둥근 기둥. 그 기둥들에 걸려 있는 등불과 천장에 매달린 거대한 등불로 벽이 은은히 빛났다.

스리나는 어쩐지 자신이 누더기를 걸치고 있는 듯한 느낌이 들었다. 왕궁으로 간다는 말을 듣고 라코라의 아내가 황급히 입혀준 옷이다. 그때는 무척 훌륭한 옷이라 생각했는데.

스리나는 시녀에게 팔을 붙잡힌 채 회의실 중앙에 놓인 커다란 책상 쪽으로 끌려갔다. 카리나 공주와 세 명의 장군이 책상을 둘러싸고 스리나를 응시하고 있었다. 소녀의 증언을 듣고 진위를 가리도록 왕에게 위임받은 것이다. 권하는 대로 의자에 앉고 난 후에야 스리나는 자신이 인사도 하지 않았다는 사실을 깨달았다. 마치 멀찌감치 떨어진 곳에서 스스로를 바라보고 있는 것 같은 기분이 들었다.

키가 큰 아름다운 여성이 스리나를 응시하며 미소 지었다.

"그대가 스리나로군요?"

"예."

대답하는 자신의 목소리가 들려왔다. 아름다운 여성이 고개를 끄덕였다.

"나는 카리나 공주예요. 이쪽은 산갈 왕국군을 이끄는 장군들이고."

세 장군들이 고개를 까딱했다. 카리나 공주라고 밝힌 여성은 우선 정보를 전해주어 고맙다며 스리나에게 치하했다. 그 말마저도 스리나에게는 꿈속처럼 현실감 없이 들려 감동을 느낄 수 없었다.

카리나 공주는 부드러운 목소리로 다정하게 질문했다. 스리나는 그 질문들에 솔직하게 대답했다.

장군들이 커다란 천을 펼쳐놓더니 스리나한테 들여다보라고 했다. 야르타시 해의 해도였지만 스리나에게는 이상한 무늬가 그려진 천으로밖에 보이지 않았다.

어떤 해로를 따라서 왔는지 가리켜보라는 장군들의 요구에 스리나는 난처해지고 말았다. 스리나가 아는 바닷길은 섬의 형태나 조류의 방향, 태양이나 별들의 위치로 느끼는 것이지, 이런 천쪼가리에 그릴 수 있는 것이 아니었기 때문이다.

고민한 끝에 스리나는 타고 온 조류의 이름과 거쳐온 섬의 이름을 노래하듯이 열거해갔다. 랏샤로식 손바닥 해도를 떠올리면서 방향을 기억해냈다.

당황한 장군들이 해도 위로 랏샤로 소녀가 노래하는 조류를 따라다녔다. 수없이 항해해온 그들조차 몰랐던 조류도 소녀는 가끔 입에 올렸다.

"마침 아화로(북풍)가 부는 계절이잖아요. 도중에 랏샤로나 섬의 어부들에게 조류를 물었어요. 모두가 가르쳐준 조류를 타고 여기까지 왔어요."

그렇게 말하는 소녀의 얼굴을 보며, 장군들은 이 정보가 타르슈의 함정이라 하더라도 적어도 이 소녀가 거짓말을 하고 있지는 않다고 느꼈다.

"랏샤로가 얼마나 바다를 꿰뚫고 있는지 지금 처음으로 알았네요."

카리나 공주가 살며시 손을 뻗어 스리나의 손을 쥐었다.

"앞으로 당신들을 업신여기는 일은 없을 거예요. 어떤 상을 받기를 원하나요?"

차갑고 부드러운 손이었다. 스리나는 공주를 올려다봤다.

"지금은 아무 생각도 떠오르지 않아요. 가족들을 빨리 만나고 싶을 뿐이에요."

카리나 공주가 고개를 끄덕였다.

"그렇군요. 그러면 내가 뭔가 생각해서 상을 주지요."

그윽한 광채가 나는 공주의 눈은 무척 아름다웠지만 왠지 조금 무서웠다.

포상금을 받은 스리나는 왕궁의 뒷문을 향해 걸어갔다. 광대한 미로와도 같은 왕궁 길을 시녀와 두 병사가 안내했다.

둥근 기둥이 늘어선 회랑에서 중정의 좁은 길로 내려오자 달을 보고 꽃을 피운다는 사라의 상큼한 향기가 사방에 가득 차 있었고, 보름달에 가까운 달빛이 하얀 꽃이 만발한 중정을 은은히 비추고 있었다.

멀리 바다에서 들리는 천둥 같은 소리에 섞여서 어디선가 화려한 피리와 현악기 소리가 파도소리처럼 들렸다. 노랫소리와 웃음소리, 손뼉 치는 소리도 들려오지만, 섬의 축제 때 들었던 소리하고는 또 다른 울림이었다. 조금 전에 회의실에서 본, 금실과 은실로 테두리를 두른 눈부시게 아름다운 직물 같은 느낌이라고 스리나는 생각했다.

걸으면서 멍하니 달을 올려다봤을 때였다. 곁에서 새가 날갯짓을 한 것 같은 기척을 느끼며 등줄기에 소름이 확 돋았다. 정신을 차리고 보니 중정이 온통 남빛 바닷물에 잠겨 있었다.

그리고 스리나는 봤다. 중정의 중천에 떠올라 은은히 빛나고 있는 사람의 형체를.

'에샤나!'

에샤나는 울고 있었다. 목소리는 들리지 않았다. 아무 소리도 들리지 않았다.

하지만 어릴 적에 종종 그랬듯이 에샤나가 스리나의 품으로 뛰어들었을 때, 스리나는 바닷속에서 물거품이 얼굴에 닿았을 때와도 같은 희미한 감촉을 느꼈다. 동시에 에샤나의 슬픔과 공포가 스리나의 마음속으로 밀려 들어왔다.

'돌아가고 싶어… 돌아갈 수가 없어. 살려줘.'

접촉은 한순간으로 끝났다. 에샤나는 곧바로 자신의 몸에서 뻗어 나온 실에 끌려서 관사 쪽으로 스윽 사라져갔다. 그 화려한 연회의 시끌벅적한 소리가 들려오는 관사 쪽으로. 등불에 이끌려가는 나방을 연상시키는 움직임이었다.

"왜 그러느냐?"

옆에서 말을 걸어오는 소리에 깜짝 놀라며 스리나는 시녀를 올려다봤다.

"저기, 저기는…?"

스리나가 어둠 속에서 손가락으로 가리킨 쪽을 지그시 쳐다보며 시녀가 미소 지었다.

"아아, 각국의 내빈들이 가곡의 연회를 즐기는 중이란다. 아름다운 음악이구나."

손님들을 위한 연회라는 말을 듣고서야 스리나는 생각났다.

"나유그루 라이타의 눈도 저기에 있나요?"

시녀의 미소 띤 얼굴이 흐려졌다.

"응. 불쌍하다고 생각하지만 솔직히 말해서 어쩐지 섬뜩한 기분이 들어서."

"섬뜩하다고요?"

시녀는 동의를 구하듯이 병사들을 돌아봤다.

"우리들 사이에서는 꽤나 소문이 떠돌고 있지. 나유그루라이타의 눈을 돌보는 역할을 맡고 있는 료나가 한 말인데, 그 소녀 옆에 있으면 이상하게 졸려오거나, 정신을 차려보면 다른 방에 있거나 하는 일이 자꾸 생긴다는 거야."

"아, 나도 비슷한 이야기를 들었지. 타론이라는 녀석이 말이야, 호위를 맡고 있는데 이따금 자신이 뭘 하고 있었는지 알 수가 없을 때가 있다는 거야. 너 잠들었구나, 하고 놀렸더니, 정색을 하고 화를 내는 거야. 결국에는 우리도 왠지 기분이 좀 이상해지고 말았지."

이야기하면서 걷기 시작한 그들을 따라서 스리나도 걷기 시작했지만, 관사에서 눈을 뗄 수가 없었다.

에샤나가 저기 있다. 혼도 있다. 그런데 왜…. 등불 주위를 몸을 태우며 날아다니는 나방처럼 자신의 몸 주위를 날고 있는 에샤나의 모습이 순간 뇌리를 스쳤다. 끌리고 있지만 하나가 될 수는 없다. 슬프면서도 섬뜩한 모습이었다.

제3장

의식의 밤

1
먹구름

　밤의 연회를 마치고 챠그무는 나른한 피로를 느끼며 중정을 걷고 있었다. 숙소인 별관으로 돌아가는 길이었다. 챠그무 바로 뒤에는 슈가가, 그 뒤로 경호를 맡은 병사와 종자들이 뒤따르고 있었다.

　천공에는 달이 괴괴히 빛났다. 강한 밤바람이 중정의 나무들을 흔들며 빠져나가더니, 순간 정적이 찾아들었다.

'비가 오려나?'

　챠그무는 문득 짙은 비 냄새를 맡은 것 같아 하늘을 올려다봤다. 하지만 밤하늘에는 비구름이라곤 전혀 없었다.

　그런데도 콧속에 물 냄새를, 그리고 살갗에도 차가운 물의 기척을 느꼈다.

챠그무는 누군가가 외치는 소리를 들었다. 새가 슬피 우는 듯한 소리.

문득 미간의 한 점에서부터 몸의 저 깊숙한 곳을 향해서 예리한 통증이 지나갔다. 온몸에 소름이 돋았다. 물 냄새가 온몸을 감싸며 압도하고, 도움을 청하는 목소리가 온몸을 흔들었다.

마침내 챠그무의 시야에 들어왔다. 중정의 꽃들 사이로 퍼지는 아름답고 투명한 물.

그 남빛 물속에서 어린 소녀 하나가 춤추듯 움직이고 있었다. 당황스럽고 불안한 눈빛이었다. 낯선 곳에서 깨어난 미아의 눈빛처럼.

소녀의 이마에서는 빛나는 실이 뻗어나와 왕궁의 어딘가로 이어져 있었다. 소녀는 한 가지 동작을 끝없이 반복했다. 이마에서 뻗어나온 실에 끌려갔다가 곧바로 화상이라도 입은 듯이 화들짝 돌아오는.

어디선가 역겨운 냄새가 났다. 실 끝자락을 보는 순간, 구역질이 날 것 같은 탄내가 풍겨와 챠그무는 당황하며 실에서 시선을 거뒀다.

그때 소녀와 눈이 마주쳤다. 순간 벼락이라도 맞은 듯한 충격이 챠그무를 꿰뚫고 지나갔다.

세계와 세계의 틈새에 끼어 어느 쪽으로도 갈 수 없는 자의 슬픔, 다른 세계에 몸을 적셔버린 자의 정체를 알 수 없는 불안감이 가슴에 스며들었다.

"전하!"

슈가의 목소리가 귀를 때렸다. 그 순간, 우웅 하는 소리와 함께 나유그의 풍경이 소용돌이치면서 멀어져갔다.

'안 돼. 쓰러져선 안 돼.'

챠그무는 의식을 유지하려고 필사적으로 애썼다. 눈앞이 캄캄해지고 머리가 지끈거렸다. 등 뒤에서 불안해하는 술렁임이 들려왔다. 챠그무는 이를 악물고 등을 폈다.

황태자는 쓰러져서는 안 된다. 황태자는 나라의 신성한 혼이다. 챠그무가 쓰러지면 종자들이 불안해져 겁을 먹게 된다. 크게 숨을 들이쉬고 차분히 눈을 떴다. 그리고 미소를 지으며 종자들을 뒤돌아봤다.

"괜찮다. 걱정하지 않아도 된다."

얇은 천 너머로지만 챠그무의 부드러운 미소를 느끼고 종자들은 긴장을 풀었다.

또다시 걷기 시작했을 때 슈가가 은밀히 속삭였다.

"전하, 정말로 괜찮으십니까?"

챠그무는 고개를 끄덕였지만 온갖 생각이 맴돌며 가슴을

뒤흔들었다.

"슈가, 이 중정에 지금 나유그루 라이타의 눈이 있다."

슈가는 깜짝 놀라서 주위의 기척을 살폈다. 챠그무가 살짝 고개를 저었다.

"혼이 있다는 것이다."

챠그무는 시선을 하늘로 추켜올려 두리번거리며 나지막이 말했다.

"나한테 도움을 청하더구나. 한순간 마치 번개처럼 생각이 전해져왔다. 그 소녀는 여기까지 돌아와 있는데도 자신의 몸으로 돌아가지 못해 울고 있었다."

슈가는 너무나도 놀란 나머지 멍하니 챠그무를 쳐다봤다.

"슈가, 네가 말한 도르가 뿌리 냄새를 나도 맡았다."

챠그무는 초조함이 담긴 눈으로 슈가를 보며 말했다.

"그 소녀의 몸을 모레 밤에 바다로 떨어뜨린다고 했지?"

"예. 하지만, 전하…."

"말하지 마라, 슈가. 알고 있다."

챠그무는 미간을 잔뜩 찌푸리고는 허공을 노려봤다.

"알고 있어."

'어떻게 하면 구해줄 수 있을까?'

도움을 청하는 목소리를 들으면서도 어떻게도 할 수 없다.

챠그무는 크게 숨을 들이쉬고는 이를 악물었다.

침실로 들어설 때까지도 챠그무는 나유그에 버려진 소녀를 생각하고 있었다. 그런 챠그무를 사르나가 뜻밖의 이야기로 맞이했다.

챠그무에게로 달려오는 사르나의 몸짓에는 애타게 기다리고 있었던 기색이 역력했다.

"챠그무 전하, 제 말을 들어주세요."

절박한 표정으로 사르나가 챠그무의 손을 잡았다. 평소 남의 손에 닿는 일에 익숙하지 않은 챠그무는 그 차가우면서도 부드러운 손의 감촉에 가슴이 철렁했다.

"전 알겠어요. 이 음모의 배후에 누가 있는지를…!"

사르나가 흥분해서 하는 모든 이야기를 챠그무도 슈가도, 그리고 사르나 뒤에 우두커니 서 있는 타르산도 잠자코 듣고 있었다.

듣는 동안 챠그무는 몸에 오싹 한기가 도는 것을 느꼈다.

바다 저편에서 시커먼 먹구름이 일어나 밀려온다. 그 먹구름은 산갈만이 아니라 언젠가는 신요고 황국에까지도 들이닥칠 거라는 예감이 챠그무를 사로잡았다.

지금까지는 '요고 황국'이라는 이름을 들어봤자 신화 속의 머나먼 땅이라는 인상밖에 받지 못했다. 전란으로 세월을 보내고 있다는 머나먼 남쪽의 조상들의 땅. 그 나라가 타르슈 제국에 정복당했다는 소식이 도착했을 때도 마치 옛날이야기를 듣는 것 같은 감회밖에 없었다.

하지만 타르슈 제국에 정복당한 요고인이 앞잡이로 나서서 북쪽 대륙으로 마수를 뻗치고 있다는 말을 지금 바다로 이어지는 이 왕국에서 듣고 보니, 챠그무의 마음은 불안으로 요동쳤다. 타르슈 제국이 산갈을 집어삼키면 대군이 바다를 건널 수 있는 '다리'가 생기고 만다. 그렇게 되면 타르슈는 신요고 황국으로도 공격해오지 않을까?

전쟁의 실상을 챠그무는 모른다. 상상하는 수밖에 없다. 그런 챠그무 앞에 머지 않아 전쟁이 현실이 될 가능성이 불쑥 등장한 것이다.

그렇게 되면 어떻게 할까? 어떻게 하면 좋을까?

황태자라는 지위 따위, 사람들과 따뜻하게 관계 맺으며 살지 못하도록 자신을 묶고 있는 차가운 쇠사슬로밖에 여기지 않는 챠그무였다. 신성한 나라의 혼이라는 번지르르한 주장도 애당초 무의미하다.

하지만 그 쇠사슬은 어쩔 수 없는 자신의 일부였다. 거기다 끄트머리에 사람들의 삶이라고 하는 엄청난 무게를 매달고 있기까지 했다.

챠그무가 비틀거리기만 해도 파랗게 질리는 종자들. 챠그무를 성스러운 황태자로 믿고 떠받드는 자들. 그들의 믿음 또한 챠그무를 얽어매는 무거운 쇠사슬이었다.

수많은 창백한 얼굴이, 매달리듯이 바라보는 눈길이 어둡고 무거운 구름처럼 부풀어 오르더니 챠그무의 뇌리를 뒤덮었다.

챠그무는 사르나를 쳐다보며 말했다.

"공주님의 이야기는 추측에 불과하지만 충분히 일리는 있습니다. 이대로 내버려둘 일은 아니라고 생각합니다. 두 분의 처지를 생각하면 우리가 어떻게든 손을 쓰고 싶지만, 유감스럽게도 우리는 이방인입니다. 산갈의 사정에 너무 어둡지요. 아무리 생각해도 산갈 왕가 사람들에게 이 사실을 알리는 것 이외에는 음모를 피할 도리가 없습니다.

카리나 공주님하고는 마음이 어느 정도나 통하시는지요? 믿을 만한 사이인가요?"

사르나는 눈을 깜빡였다.

"언니는 머리가 좋은 사람이에요. 산갈 왕실 여자들의 지도자나 마찬가지지요. 정에 흔들리는 사람은 아니지만 이 이야기는 믿어줄 거라고 생각합니다."

챠그무는 사르나의 눈동자를 응시했다.

"카리나 공주님과 이야기하시겠습니까?"

그러려면 은밀히 도망쳐서 카르산과 둘이서 살아가는 길은 버려야 한다. 모두가 믿어주면 좋겠지만, 만약 믿어주지 않으면 타르산은 처형당할 수밖에 없다. 이미 마음을 정한 사르나였지만 한순간 주저하지 않을 수 없었다. 그때 타르산이 커다란 손을 누나의 어깨에 얹었다.

"누님, 나는 목숨이 아까워서 나라를 위태롭게 만드는 겁쟁이가 아니야."

사르나는 동생을 올려다봤다. 그리고 챠그무를 돌아보며 고개를 끄덕였다.

"언니를 만나고 싶습니다. 한시라도 빨리."

"여기에서 사람의 눈에 띄지 않고 카리나 공주님 처소로 갈 수 있는 길이 있습니까?"

사르나의 얼굴이 살짝 흐려졌다.

"중정까지는. 하지만 거기서부터는⋯."

챠그무는 슈가를 올려다봤다.

"사정이 이렇구나, 슈가."

슈가가 쓴웃음을 지었다.

"그렇군요. 여기로 카리나 공주님을 초대하는 수밖에 없겠습니다."

챠그무의 얼굴에 안심하는 표정이 떠올랐다. 반대에 부딪힐지도 모른다고 예상하고 있었던 것이다. 하지만 챠그무는 곧바로 표정을 가다듬었다.

"할 일이 한 가지 더 있다."

"예. 카리나 공주님과 이야기해보고 상황이 좀 더 구체적으로 드러나면, 우리 나라로 사자를 보내 경계하라고 알려야겠지요."

오늘 베풀어준 호의에 답례하고 싶다고 챠그무 황태자가 초대하는 말을 전해 들었을 때 이미, 카리나는 그곳에서 누가 기다리고 있을지 짐작했다.

하지만 챠그무 황태자의 방을 방문해 뭔가 음모가 진행되고 있는 것 같다는 이야기를 사르나한테서 들었을 때는, 아무리 카리나라 하더라도 놀라지 않을 수 없었다.

"주술이라고? 요고인이 타르산에게 주술을 걸었다는 거니?"

나지막이 묻는 카리나에게 슈가가 말했다.

"주술을 건 자가 요고인인지는 확실하지 않습니다. 그러나 주술이었다는 것만은 제가 보증합니다."

멍하니 슈가를 올려다보던 카리나의 눈이 이윽고 강렬히

빛났다.

카리나는 사르나에게로 시선을 돌렸다.

"너는 그 주술사를 끌어들인 자가 아돌이라는 거지?"

사르나는 긴장한 얼굴로, 그러나 눈을 피하지 않고 언니를 응시하며 고개를 끄덕였다. 카리나는 잠시 잠자코 있더니, 이윽고 눈을 깜빡였다.

"네 고발에는 아무런 증거도 없으니 단순한 추측에 불과하다. 하지만 그냥 지나치기에는 확실히 마음에 걸리는 사실들이 너무 많구나."

카리나는 살짝 고개를 저었다.

"내 남편은 치켜세우면 약해진다. 뭔가 살금살금 일을 꾸미고 있다고는 생각했지만…. 정말로 타르산에게 카르난 오라버니를 죽이게 하려 했다면 용서할 수 없지."

카리나는 속으로 중얼거렸다.

'어리석은 사람. 무엇을 약속받았는지 모르겠지만, 타르슈 제국의 앞잡이로 이용당하며 꾸는 꿈에 희망 따위 있을 리 없다는 사실을 왜 모르는 걸까?'

카리나는 결심한 듯이 머리를 흔들더니 사르나에게로 시선을 되돌렸다.

"네 추측이 맞다면 엄청난 일이다. 조심해서 나쁠 것 없지.

타르슈 제국으로서는 지금만큼 좋은 기회가 없으니까. 슈가 님이 말씀하시는 대로 그 주술사가 기괴한 주술로 이쪽을 볼 수 있다면, 왕가의 심장부를 단숨에 찌르려고 할 테고."

"제가 타르슈의 군주라면…."

하고 챠그무가 나지막이 말했다.

"이런 좋은 기회를 잡았다면 음모의 성과를 멍하니 기다리고 있지만은 않을 겁니다. 먼저 군을 움직여두겠지요. 뭔가 전갈을 보내온 섬은 없는지요?"

카리나의 눈이 반짝였다.

"역시 챠그무 전하시네요. 추측하신 대로 이미 타르슈 제국의 해군이 산갈 국경을 침범했습니다."

모두 숨을 삼키며 카리나에게로 눈을 모았다.

"뭐라고요? 누님…! 그런데 왜 이렇게 느긋한 겁니까?"

카리나는 동생을 흘끗 돌아보고는 챠그무에게로 시선을 되돌렸다.

"저희는 이미 전쟁 준비에 돌입했습니다. 상당히 구체적인 정보를 입수했기에, 준비를 마치는 대로 섬지기들을 섬으로 돌려보낼 작정이었습니다. 전진(戰陣)을 가다듬어야 하니까요.

하지만 섬지기 중에 적에게 영합하는 자들이 있다면 우선 그 자들부터 솎아내야겠지요. 몸 안의 적에게 몸을 물어뜯기지 않으려면."

카리나는 한숨을 내쉬었다.

"원래 사간 제도는 거리상, 타르슈 제국이 공격하려고 들면 산갈군이 대적하기 어려운 지역입니다. 물론 군선이 경계하고 있기는 합니다. 그래도 타르슈 제국이 공격해오면 채 사흘도 견디지 못할 겁니다."

챠그무는 놀라며 카리나를 봤다. 이렇게 아름다운 여인이 자국의 섬을 버리는 패라고 말하다니, 참으로 어울리지 않는다는 느낌이었다.

그 표정을 보고 있던 슈가가 챠그무보다 앞서 카리나에게 말했다.

"그렇군요. 그런 생각이시군요."

챠그무는 불만스러운 표정으로 슈가를 올려다봤다.

"사간 제도가 함락된다 해도 그 사이에 다른 섬들이 방어 태세를 철저히 갖추면 결국 타르슈 제국은 산갈 왕국을 무너뜨리지 못합니다. 아무리 거대한 제국이라도, 이 바다를 손바닥처럼 잘 아는 산갈 해군과 정면에서 부딪쳤다가는 큰 타격을 입을 수밖에 없으니까요. 게다가 남쪽 대륙의 여러 나라는 늘 서로 호시탐탐하는 사이니까, 타르슈 제국이 조금이라도 약해진 것 같으면 언제 달려들지 모르지요."

슈가는 단숨에 여기까지 말하고서 조용히 덧붙였다.

"결국 산갈 왕국이 강고했기에 최남단의 섬들도 지킬 수 있었던 것입니다. 건드려봤자 이득 될 게 없으니까요."

카리나가 그윽하게 미소 지었다.

"말씀하신 대로입니다."

슈가는 살짝 고개를 숙여 보였다.

타르산이 주저하면서 카리나에게 물었다.

"하지만 누님, 그렇다면 왜 섬지기가 타르슈 제국의 음모에 가담하는 걸까요? 그 이유를 나는 도저히 알 수가 없군요. 스스로 자기 목을 조르는 꼴 아닌가요?"

카리나는 나이가 많이 차이 나는 동생을 올려다보며 말했다.

"이제까지 기생하던 껍질을 버리고 더 큰 껍질 밑으로 들어가려고 하는 소라게를 생각해봐라.

타르슈 제국이 섬지기들에게 뭔가 달콤한 제안을 했겠지. 자신들의 피는 조금도 흘리지 않고 산갈을 손에 넣으려고 말이야. 산갈 왕국에 남아 있는 것보다 타르슈 제국의 지배를 받는 쪽이 유리하다고 생각할 만한 미끼를 던졌을 거다. 남쪽의 풍요로움은 누구나 알고 있으니까.

섬지기들을 포섭하면 정면에서 부딪히는 일을 피할 수 있지. 결국 타르슈 제국은 이웃 나라에게 약점을 보이지 않고도 산갈 왕국을 손에 넣을 수 있겠지."

카리나는 챠그무와 슈가에게로 시선을 되돌렸다.

"이런 일이 일어나지 않도록 가족이라는 관계로 마음을 붙잡아매는 것이 우리 산갈 왕가 여자들의 역할이었습니다만… 평화가 오래 이어지다 보니 조금 방심한 것 같습니다."

챠그무는 살며시 고개를 끄덕였지만 평소처럼 가벼운 어조로 대꾸할 수는 없었다. 영주들의 변심을 기생하던 껍질을 버리고 새로운 껍질 밑으로 들어가려는 소라게에 비유한 카리나의 말이 챠그무를 적잖이 놀라게 한 것이다. 산갈의 섬에 사는 백성들은 그런 식으로, 마치 옷을 갈아입듯이 나라를 바꿔도 아무렇지도 않은 걸까?

'그렇다면 산갈 왕국은 의외로 약할 수도 있겠구나.'

광대한 바다에 점점이 떠 있는 섬들. 결국 산갈 왕국은 이익이 되는 동안만 서로 손을 잡고 있을 뿐인 허술한 나라인지도 모른다.

아름다운 왕궁, 강한 유대관계로 묶여 있는 왕족들. 하지만 섬들이 잡은 손을 놔버리면 산갈 왕가는 순식간에 고립된다. 그런 왕가는 그저 풍요로운 일족일 뿐이다. 남쪽에 도사린 전란을 막아줄 든든한 방패라고 생각했던 산갈 왕국이 의외로 취약하다는 사실을 깨닫고 챠그무는 불안감을 느꼈다.

카리나의 가슴속에는 싸늘한 정적이 번지고 있었다. 그 잔잔한 바다와도 같은 마음으로, 카리나는 자신이 해야 할 일을 생각하고 있었다.

사르나의 말대로 섬지기가 요고인 주술사와 손잡고 무슨 일인가 꾸미고 있는지 어떤지는 아직 모른다. 그러나 정확하게 같은 시기에 타르산 사건이 일어났고 타르슈 제국 해군이 산갈 국경을 침범했다. 혹시라도 두 사건이 연결되어 있다면 큰일이다.

실제로 음모가 진행되고 있다고 해도 섬지기들이 완전히 마음을 굳혔는지는 아직 확실하지 않다. 섬지기들을 다시 우리 편으로 돌려놓아야 한다. 그러면 타르슈 제국은 산갈 왕국 전체와 싸워야 하는 상황이 된다. 그런 식의 전쟁은 타르슈 제국도 원하지 않을 것이다. 잘만 하면 아직 전쟁을 미리 방지할 방법도 틀림없이 있을 것이다.

섬지기들의 마음을 되돌리기 위해서는 타르슈 제국과 똑같은 수법을 쓸 필요가 있을 것이다. 달콤한 유혹으로 감싼 죽음의 칼날. 돌아오기를 거절하면 압도적인 군사력으로 짓밟으리라는 사실을, 번뜩이는 칼날을 그들이 느낄 수 있게 해야 한다. 그러나 동시에 한편으로, 선택은 어디까지나 너희들의 몫이라며 책임과 의무감을 부여해야 한다.

'우리는 타르슈 제국과는 반대의 순서로 설득해야 하지만.'

우선 섬지기들이 반역의 대죄를 범한 사실을 폭로해야 한다. 그런 다음 가차 없이 냉정하게 몰아침으로써 선택의 여지가 없다는 사실을 깨닫게 만들어야 한다. 사탕발림으로 달래는 것은 그다음 이야기다.

머리에 떠오르려는 남편의 모습을 조용히 가슴속에 가라앉히면서 카리나는 미소 지었다.

"전하, 이 왕국이 살아남는지 어떤지 우리의 역량을 지켜봐주시기 바랍니다."

그렇게 말한 다음 방 밖에 대기하고 있는 시녀에게 몇 가지 일을 지시하려고 카리나가 뒤돌아섰을 때, 타르산이 카리나를 불러 세웠다.

"누님."

카리나가 돌아보자 타르산은 똑바로 누나를 응시했다.

"내가 주술에 걸려서 그런 짓을 했다는 사실을 누님은 믿어주시는 거죠?"

카리나는 동생을 지그시 쳐다봤다.

"물론이지. 하지만 말이다, 타르산, 내가 믿느냐 안 믿느냐는 문제가 아니란다. 문제는 어떻게 해서 아바마마를 비롯한 다른 사람들에게 믿게 하느냐 하는 것이지."

타르산의 얼굴이 흐려졌다.

"그러면 나는 이대로… 누명을 뒤집어쓴 채로 있어야 하나요?"

"섬지기들의 죄를 밝혀서 우리 편으로 돌아오게 만든 다음, 아돌한테 주술사의 비밀을 털어놓게 하는 수밖에 없지. 마음을 바꾼 증거 가운데 하나로 말이다."

그렇게 말하고 카리나는 한숨 섞인 목소리로 말했다.

"에샤나를 동정한 네 마음은 알지만, 그런 약한 마음이 파고들 틈새를 만들어준 것이다. 그런 의미에서는 너에게도 죄는 있다."

그 말은 날카롭게 타르산의 가슴을 찔렀다.

챠그무는 문득 생각했다. 에샤나의 몸을 낭떠러지에서 떨어뜨리는 것을 막으려면 지금 여기서 카리나를 설득해야 한다.

"카리나 공주님, 그 에샤나 말입니다만."

슈가가 당황해서 챠그무를 쳐다봤지만 챠그무는 그 시선을 무시하고 말을 이었다.

"바다로 돌려보내기 전에 혼이 몸으로 돌아오면 죽이면 안 된다고 들었습니다."

카리나는 갑자기 무슨 말을 꺼내는 거냐는 표정을 지으며 살짝 미간을 찌푸렸다.

"그렇습니다."

"카리나 공주님, 이거야말로 믿기 힘든 말일 거라고 생각합니다만, 그 소녀의 혼은 여기까지 돌아와 있습니다."

챠그무는 곤혹스런 표정을 짓고 있는 카리나에게 그렇게 생각하는 근거를 이야기해주었다.

챠그무의 말이 끝나고도 한동안 아무도 입을 열지 않았다. 방금 전까지 해온 음모 이야기와는 달리 너무 기이한 이야기라서 실감하기까지에는 시간이 필요했던 것이다.

이윽고 카리나가 조용한 어조로 말했다.

"챠그무 황태자 전하, 저는 전하의 이야기를 믿습니다."

옆에서 숨을 죽이고 듣고 있던 타르산의 얼굴이 환하게 밝아졌지만, 카리나의 말은 거기서 끝나지 않았다.

"전하는 에샤나의 혼을 몸으로 돌려보낼 방법을 알고 계시나요?"

챠그무는 눈을 깜빡였다.

"아뇨, 확실한 방법은 모릅니다. 소녀의 몸을 빼앗은 주술사를 물리치면 틀림없이…."

"그 일을 전하나 슈가 님이 하실 수 있는지요? 틀림없이 돌려보낼 수 있는지요?"

챠그무는 슈가와 눈을 마주쳤다. 거짓말을 할 수는 없었다.

"해볼 수는 있습니다…. 그러나 틀림없이 돌려보낼 수 있다고는 말할 수 없습니다."

그렇게 말하고 나서 챠그무는 덧붙였다.

"그러니까 모레 밤의 의식을 어떻게 연기할 수는 없을까요? 우리가 노력해볼 시간을 주실 수 없을까요?"

카리나는 굳은 표정으로 챠그무의 눈을 쳐다봤다.

"죄송합니다, 전하. 설령 그 소녀의 혼이 돌아와 있다고 해도 몸으로 돌아와서 깨어나지 않으면 나유그루 라이타의 눈을 바다로 돌려보내는 의식은 그만둘 수 없습니다.

전례를 따라야 한다는 이유만은 아닙니다. 만약 그 무시무시한 주술사가 소녀의 몸을 빼앗아서 이용하고 있다면, 그 주술사를 쓰러뜨릴 수단이 없는 우리로서는 주술에서 벗어날 길이 딱 한 가지밖에 없기 때문이죠. 주술 도구를 해치우는 수밖에 없습니다."

가슴이 섬뜩해지며 문득 카리나의 눈에 아버지인 황제의 눈이 겹쳐 보였다. 고작 열한 살이었던 챠그무를, 자신의 아들을, 황제의 신성함이라는 환상을 지키기 위해서 암살하기로 결정했던 아버지의 그 냉담한 눈이 연상된 것이다.

폭발할 것 같은 분노를 필사적으로 억누르며, 챠그무는 분노를 감춘 눈빛으로 카리나를 응시했다.

"에샤나는 아직 어린 소녀입니다. 도구가 아니라 목숨을 가진 인간이지요."

카리나가 천천히 고개를 저었다. 그리고 단호하게 말했다.

"지금은 위험하기 짝이 없는 도구입니다. 전하, 용서해주세요."

우아하게 깊이 머리를 숙여 보이고 자리를 뜨려는 카리나에게 타르산이 또다시 말을 걸었다.

"누님, 기다려주세요."

타르산은 주먹을 꽉 쥐었다.

"내가 빈틈을 보였다는 누님의 말은 충분히 알겠어요. 하지만 나에게는 에샤나만이 아니라, 카르슈 섬의 녀석들은 물론이고 산갈의 섬에 사는 백성들 모두가 친척이지요. 진심으로 그렇게 생각해야만 사람들이 나를 믿어준다고 유난 숙부님이 종종 말씀하셨어요.

유난 숙부님이 살아 계셨다면 챠그무 전하와 똑같은 말씀을 하셨을 거예요. 나는 친척을 도구로 생각할 수는 없어요! 내 병사들은 모두 그 사실을 잘 알고 있지요. 우리에게는 야르타시 슈리로서의 깊은 유대감이 있어요."

카리나는 무슨 말을 하고 싶은 거냐고 묻는 눈빛으로 타르산을 바라봤다. 타르산은 흥분으로 얼굴을 빨갛게 물들이고서 굵은 목소리로 소리치듯이 말을 이었다.

"아돌이 반역을 도모하려면 반드시 휘하의 병사를 쓰겠지요? 녀석들은 내 바다의 형제, 야르타시 슈리지요. 나라면 녀석들을 설득할 수 있어요. 녀석들은 아돌 따위보다 나를 절대적으로 믿어줄 겁니다! 내가 설득할 기회를 주세요, 누님!"

카리나는 고개를 저으며 작게 한숨 쉬었다.

"타르산, 너는 참으로 어리구나."

카리나는 다시 한 번 챠그무와 슈가에게 인사하고서 방을 나가버렸다.

타르산은 몸을 떨며 누나가 나간 문을 노려보고 있더니, 이윽고 사르나를 돌아봤다.

"내가 어리다고?"

사르나가 나지막이 말했다.

"섬지기의 음모를 폭로하려면 먼저 음모를 실행시켜야만 하잖아?"

서서히 타르산의 눈에 이해한 빛이 떠올랐다. 그 빛은 곧바로 혐오의 감정으로 바뀌었다.

"누님은, 카리나 누님은 매형 아돌의 병사들을 죽게 놔둘 생각인 거야. 이대로 음모를 돕게 하고서 본보기로 처형할 작정인 거야!"

타르산과 챠그무의 눈이 마주쳤다. 타르산은 내뱉듯이 말했다.

"설령 나라를 구하기 위해서라 하더라도 병사들이 죽게 내버려두고 싶지 않다고 생각하는 내가 어린 거야?"

챠그무는 그 말에 대답할 수가 없어서, 그저 타르산을 바라보기만 했다.

챠그무가 아버지인 황제에게 쓴 편지를 전할 종자가 근위병 셋과 함께 고국으로 출발하기까지는 의외로 시간이 걸렸다. 사람들의 의심을 사지 않고 일행을 국외로 내보내기가 쉽지 않았기 때문이다. 카리나가 손을 써준 덕분으로 일행은 산갈의 하인으로 위장한 채 왕궁의 통용문으로 빠져나갔다.

뭔가 해야만 한다는 초조감에 마음이 부대꼈지만 지금은 더 이상 할 수 있는 일이 없다. 방에 남은 챠그무는 결국 잠자리에 들었다. 타르산과 사르나는 여분의 침구를 빌려서 조금 전에 옷방으로 돌아갔다.

조개등 하나를 켜놓았을 뿐 사위가 어슴푸레한 가운데 챠그무는 골똘하게 생각에 잠겨 있었다.

왕국을 지키기 위해서 사람을 도구로 볼 수 있는 카리나, 왕국을 위해서라도 병사들이 죽게 놔두고 싶지 않다고 말한 타르산, 그리고 에샤나라는 소녀에 대해.

산갈 왕국과 북쪽의 여러 나라가 위기에 직면해 있는 지금 어부의 어린 딸 따위는 모래알 정도의 의미밖에 없다. 위정 자라면 그렇게 생각해야 할 것이다.

　하지만 챠그무는 아무래도 그 소녀 생각을 떨쳐낼 수가 없었다. 그 소녀는 지금도 울고 있을까? 나유그의 투명한 물속에서 자신의 몸으로 돌아가고 싶다고 울고 있을까? 챠그무는 굳은 몸으로 어둠을 응시하고 있었다.

　'혼이 된다면 그 소녀를 구할 수 있을지도 몰라.'

　예전에 챠그무는 몸에서 빠져나간 혼으로 다른 세계를 날아다닌 적이 있다. 주술사 수습생 탄다의 도움을 받고서야 겨우 다른 세계에서 자신의 몸으로 돌아온 경험이 있는 것이다.

　탄다는 챠그무를 몸으로 돌려보내기 위해 매로 둔갑시켰다. 강한 날갯짓으로 똑바로 날아오를 수 있도록.

　그때 탄다가 했던 말이 귓전에 되살아났다.

　"네 모습을 바꾸는 이유는 네 혼의 힘을 최대한으로 끌어내기 위해서란다.

　혼에게 모습이란 그 성질을 나타내는 것이지. 사람 모습으로는 사람이 달리는 속도밖에 내지 못할 거야. 하지만 새가 되면 새와 똑같은 속도를 낼 수가 있지.

　날아가는 힘은 네가 살고자 하는 힘이다. 고통도 어둠도

뚫고 계속 날아라. 너에게는 그럴 만한 힘이 충분히 있다. 나도 바르사도 그걸 잘 안다."

챠그무는 눈을 꼭 감았다.

나유그에서 부르는 소리를 온몸으로 느끼며 그 소리에 응답하면 혼이 되어 몸에서 빠져나갈 수 있을지도 모른다. 혼이 되면 그 소녀의 몸을 빼앗은 사악한 자와 싸울 수 있을지도 모른다. 무시무시한 능력을 지닌 주술사라 해도, 혼으로 맞서 싸운다면 승패를 결정하는 관건은 아마도 의지력일 것이다.

'하지만….'

그 소녀를 위해서 목숨을 걸어도 되는 걸까?

무의미한 환상으로 백성에게 숭배받고 있다고는 해도, 자신이 황태자라는 사실은 변하지 않는다. 나라가 엄청난 위기에 직면하게 될지도 모르는 이때에 황태자인 자신이 죽기라도 한다면 백성에게는 가장 끔찍한 흉조가 된다.

황제는 아직 젊다. 챠그무가 죽어도 당장은 정사에 별 영향이 없을 것이다. 그러나 갓 태어난 제3황자가 분별력을 갖추는 연령이 되려면 앞으로도 십수 년의 세월이 필요하다.

그리고 무엇보다도, 고국 사람들의 생각은 도외시하고 자신의 마음에만 솔직한 쪽을 선택해도 괜찮은 것일까, 챠그무는 크나큰 심적 부담을 느꼈다.

머나먼 나유그….

감은 눈 속에 맑고 투명한 나유그의 산하가 펼쳐졌다. 생명이 그대로 존재하는 세계. 생명의 순환이 모든 것을 움직이는 광대한 세계. 예전의 자신과 마찬가지로, 그 에샤나라는 소녀도 나유그와 이쪽 세계 사그를 이을 존재로 선택된 것일까?

혹은 그저 아름다운 나유그 백성의 노랫소리에 끌렸을 뿐일까?

구름이 모이고 비가 내려 물이 순환할 수 있도록 돕는 '정령의 수호자'였던 자신이 지금 또다시 이렇게 나유그 가까이에 있는 것은 과연 우연일까?

모르겠다. 아무것도 알 수가 없었다.

별이 총총한 끝없이 아득한 하늘로 자그마한 손을 뻗어서 별을 만지려 드는 게 아닌가 싶은 기분이 들었다. 손가락 끝에는 응답하지 않는 머나먼 세계가 고요히 펼쳐져 있을 따름이다.

웅장한 무언가를 챠그무는 감지했다. 흔히들 운명이라고 말하는 것과 비슷하지만, 운명과는 조금 다른 무엇이었다.

나유그와 사그는 서로 접촉하며 순환하고 있다. 그 장대한 순환이 빚어낸 자그마한 매듭으로서 자신이나 에샤나라는 소녀가 있는 게 아닐까 싶은 생각이 들었다.

하지만 예전에 챠그무가 그랬듯이, 인간 세상은 그런 장대한 순환을 느끼려 하지 않는다. 아무 상관 없다는 듯이 사람을 움직이고 삼켜버린다. 음모를 꾸미고 전쟁을 일으킨다. 보잘것없는 사람의 목숨 따위 내버려도 어쩔 수 없다고 생각하게 만든다.

'사람은 왜 이런 식으로밖에 못 사는 걸까?'

챠그무는 울고 있는 소녀 생각을 마음에서 떨쳐내지 못한 채로, 구원을 요청하는 그 목소리에 응답하지도 못한 채로 긴 밤을 보냈다.

2
공격과 방어

신분 높은 남자들이 술과 요리를 즐기려고 찾는 가게가 왕궁에서 조금 떨어진 곳에 자리 잡고 있다. 평소에는 저녁에나 문을 여는 가게가 오늘은 점심 직후부터 문을 열고 안쪽 방을 정돈하느라 분주했다. 섬지기들이 회합을 갖겠다고 요청했기 때문이다.

섬지기들 얼굴에는 긴장한 기색이 역력했다. 오늘 아침, 왕이 섬지기 휘하의 병사들을 먼저 각 섬으로 돌려보내 방어 태세를 갖추라는 명령을 내렸다. 그 때문에 모두가 급히 모인 것이다.

평소 같으면 남편과 함께 오는 아내가 누군가는 있다. 그런데 오늘따라 왕가의 여자들이 모두 꽃의 정자에 모였다.

섬지기들에게는 밀담을 나눌 뜻밖의 좋은 기회였다.

신선한 생선 토막을 앗카루라는 과일로 무친 요리나 섬에서는 구하기 힘든 쇠고기구이 등이 탁자에 즐비했지만 남자들은 거의 손을 대지 않았다. 아직 해가 중천에 떠 있는데도 술잔만 기울일 따름이었다.

"왕가에서 우리를 의심하는 건지도 모르겠군. 우리와 휘하 병력을 떼어놓다니."

"아니, 너무 넘겨짚는 것도 위험해. 지금 상황에서는 당연히 섬의 방어력을 강화하려 할 테니까."

잠자코 섬지기들이 나누는 대화를 듣고 있던 아돌이 조용히 잔을 내려놨다.

"지금 중요한 것은 왕가의 의중이 아니라 그대들의 의중이다."

불에서 내린 냄비 속의 거품처럼 섬지기들의 술렁임이 가라앉았다. 그 자리에 팽팽한 공기가 들어찼다. 모인 사람 가운데는 타르슈 제국과 손을 잡는 데 적극적인 자도, 어느 쪽으로 붙는 게 유리할지 관망하며 망설이고 있는 자도 있다. 실제로 행동을 개시하기 전까지는 다른 사람의 의중을 살피겠다는 게 모두의 심산이었다. 막판에 배신당하지 않으려면 신중해야 한다.

"이제 와서 망설이는 일은 없을 것이다."

눈가가 새빨개진 남자가 말했다. 산갈령에서 가장 많은 군도를 거느리고 있는 라스 섬의 섬지기였다.

"이것은 말하자면 일종의 조류다. 산갈 왕가는 소용돌이 밑으로 사라질 때가 왔다. 어느 조류를 탈 것인지 잘못 선택했다가는 우리도 바닷속으로 빠지고 만다."

신음하는 듯한 목소리가 남자들의 입에서 새어나왔다. 망설이는 마음이 없지는 않다. 그렇다 해도 이미 여기까지 왔으니 어쩔 도리가 없다.

섬지기 중에는 아내와의 유대감이 깊은 사람도 있었다. 하지만 아내가 자신보다도 왕가를 우선시한다는 점이 항상 마음에 거슬렸다. 왕가와 혈연 관계를 맺고 있다는 사실도 빛좋은 개살구에 불과하다. 예를 들어 섬지기의 아들들에게는 왕가의 피가 흐르지만 왕위계승권은 없다. 역사가 짧은 왕국인 데다 이제까지는 왕에게 자식이 많았기 때문인지도 모른다. 그래도 근본적으로는 역시, 섬지기를 권력에서 배제하고자 하는 경계심이 자리 잡고 있음이 분명하다.

아돌은 나지막이 말했다.

"우리는 타르슈의 밀사에게 감시당하고 있다. 타르산이 처형되었으면 즉각 왕과 카르난 왕자를 죽여 충성심을 보여줄 수 있었겠지. 그런데 타르산이 도망쳐버렸다. 그렇다고 타르산이 잡혀와 처형되기까지 마냥 기다리고 있을 수만도 없지 않은가? 이제 어떻게 하겠느냐?"

남자들이 잠자코 서로 눈치만 보는 가운데, 이윽고 라스 섬의 섬지기가 탁자에 술잔을 탁 내려놓았다. 그리고 묵직한 공기를 걷어버리듯이 단호한 어조로 말했다.

"도망쳤다고 해도 타르산 왕자가 대죄인임에는 변함이 없다. 그는 죽은 거나 마찬가지다. 우리의 예리한 아내들이 눈치 채기 전에 당장 일을 추진해야 할 것이다."

샨 섬의 섬지기도 고개를 끄덕였다.

"그렇다. 무엇보다도 근위병들에게 둘러싸인 왕과 카르난 왕자를 죽일 방법을 생각해내야 한다. 일을 벌인 후의 절차는 정해져 있으니까."

카르난 왕자가 중상을 입고 누워 있는 지금, 왕의 경호 또한 평소보다 훨씬 삼엄했다. 왕궁에서 왕을 노리기는 너무나도 어려웠다. 게다가 왕과 카르난 왕자를 어떤 순서로 죽일지도 생각해야 한다. 어느 한쪽의 죽음이 다른 한쪽의 경비 강화를 불러오면 곤란하다. 남은 쪽을 마저 죽이지 못하면 아무 소용 없는 일이 되고 만다.

남자들은 입을 굳게 다문 채 앉아 있었다. 아돌이 모두를 둘러보면서 입을 열었다.

"내가 생각해둔 게 있다. 알고 싶으냐? 아니면 누군가 좋은 생각이 있느냐?"

남자들은 씁쓸한 표정으로 아돌을 쳐다봤다. 아돌은 빙긋이 웃었다.

"내가 생각한 계획이 성공하면, 그에 합당한 경의를 표하도록 해라."

라스 섬의 섬지기가 콧방귀를 뀌었다.

"경의라고? 어떻게 말인가?"

아돌은 라스 섬의 섬지기를 노려봤다.

"섬지기의 대장 지위를 나에게 준다고 약속해라. 타르슈와의 제1교섭권을 내가 갖겠다."

남자들은 술렁였다. 그 술렁임을 억누르듯이 아돌이 말했다.

"국왕 암살 기도는 매우 위험한 일이다. 나는 그 위험을 무릅쓰겠다는 것이다. 용감하게 선두에 나서는 자에게 경의를 표하는 것은 당연한 일일 텐데."

남자들이 잠시 서로 얼굴을 보더니, 이윽고 라스 섬의 섬지기가 말했다.

"알았다. 네 계획이라는 것을 들어보고 결정하지. 실행할 만한 계획이라면, 그리고 성공하기까지 하면 너에게 경의를 표하겠다."

"문서로 약속해주기 바란다. 배반하지 않겠다는 증표도 필요하니까. 전원이 피로 손도장을 찍는 거다."

그렇게 말하자마자 아돌은 탁자에 종이를 펼쳤다. 맹세의 문구를 미리 적어놓은 종이였다. 남자들은 아돌이 앞서서 많은 일을 생각했다는 사실만은 인정하지 않을 수 없었다. 라스 섬 섬지기의 표정도 진지해졌다.

"그렇군. 준비가 철저하군. 계획도 이 정도로 훌륭하면 좋겠지만."

아돌은 빈정거리는 말을 무시하고 탁자 위로 몸을 쑥 내밀었다. 그러고는 유혹하듯이 목소리를 낮췄다.

"카르난 왕자와 왕을 동시에 해치운다. 카르난 왕자에 대해서는 이미 손을 쓰고 있다. 치유를 기원하는 자들을 이용할 생각이다. 이 계획은 나중에 자세히 이야기하겠다.

문제는 왕인데… 왕의 경호가 소홀해지는 순간이 딱 한 번 있다. 나유그루 라이타의 눈을 돌려보내는 의식 때다. 신성한 의식이니 만큼, 곶의 끝에 있는 식장으로 들어갈 수 있는 사람은 나유그루 라이타의 눈과 사제 네 명, 그리고 왕뿐이다."

"과연 생각대로 될까? 식장 바깥쪽에 병사를 넉넉하게 배치할 텐데. 그 병사들을 무력하게 만들 만한 병력이 지금 우리에게는 없다. 왕가도 그런 음모를 간파하고 우리와 병사들을 떼어놓았을 게다."

아돌은 빙긋이 웃었다.

"우리가 부릴 수 있는 병사들이 있다. 알고 있을 거다. 오늘 아침 타르산 왕자의 위병 전원의 소속이 바뀐 것을."

섬지기들의 얼굴에, 아, 하는 표정이 떠올랐다.

"그렇다. 알다시피 하급 위병으로 강등해서 임시로 카리나 공주 휘하로 편입시켰지. 내일 밤 의식의 경호가 강등된 그들의 첫 임무라고 한다. 나는 그들을 이용하려고 한다. 그들은 대부분 우리 카르슈 섬 출신이다. 기질도 잘 알고 있다. 그들은 타르산 왕자에게 푹 빠져 있고, 이번 강등으로 불만이 쌓여 있다."

"그렇군. 타르산 왕자에 대한 충성심과 왕가에 대한 불만을 부추겨서 왕에게 반역하도록 만들겠다는 거로구나?"

아돌은 고개를 끄덕이며, 위병들을 부추기기 위해서 어떤 이야기를 꾸며낼 생각인지를 상세히 말했다. 이야기를 다 듣고 난 후에도 섬지기들의 얼굴은 전혀 밝아지지 않았다.

"타르산 왕자는 우리 수중에 없다. 거짓말이 탄로 난 후에는 병사들을 어떻게 진정시킬 생각이냐?"

"왕과 카르난 왕자만 무사히 없애면 나머지는 어떻게든 될 것이다. 우리는 북쪽의 어느 왕국보다도 강대한 타르슈 제국

의 후원을 받게 된다. 지금보다 훨씬 막강한 권력이 생길 거
라는 사실을 잊지 말아야 한다. 장군들도 우리에게 복종하게
될 텐데 하물며 하급 병사 따위야. 지금은 암살에 성공하는
일에만 집중해야 한다."

아돌은 자신감에 찬 미소를 지으며 일동을 둘러봤다.

🐚⚔🐚

섬지기들이 밀담을 나누고 있을 무렵, 스리나는 고기잡이
를 마치고 모래사장으로 돌아왔다.

도골과 약속한 대로 정보를 전했지만 곧바로 가족들을 만
날 방법은 없다. 뿐만 아니라 언제 다시 만날 수 있을지도 전
혀 알 수가 없다. 그렇게 생각하자 울고 싶어졌다.

하지만 여하튼 살아가야만 한다. 스리나는 집배에서 생활
하면서 새벽에 배를 타고 나가 잔고기를 잡아서 라코라 아저
씨에게 넘겨주었고, 그 대신에 라코라 아저씨네와 함께 식사
했다. 외롭기 짝이 없는 스리나의 심정을 헤아린 라코라 아
저씨와 아주머니는 스리나에게, 술안주 만드는 일을 돕거나
하면서 가게에서 함께 지내자고 권했다.

밝은 바다를 보면서, 스리나는 내일 밤에 바다로 떨어질
에샤나의 운명을 생각하고 있었다.

'뭔가 원하는 것이 있느냐고 물었을 때 에샤나 얘기를 했

으면 좋았을걸.'

스리나는 아름다운 카리나 공주의 모습을 떠올리면서 한
숨을 쉬었다. 지금 와서 그런 말을 꺼내기는 두려웠다. 그 공
주는 아름답지만, 버릇없이 다가갔다가는 손이 베일 것 같은
느낌이었다. 왕족이라고 해도 타르산하고는 무척 달랐다. 그
연회실에 있던 사람들 모두가 스리나 따위는 감히 말도 걸
수 없을 것 같은 분위기를 풍겼다.

'나는 왜 이렇게 굼뜰까? 이렇게 했으면 좋았을걸 하는 생
각을 늘 뒤늦게야 한단 말이야.'

떼어내도 떼어내도 달라붙어서 떨어지지 않는 실밥처럼,
뭘 하고 있어도 어린 에샤나의 모습이 스리나의 뇌리에서 떠
나지 않았다.

라코라의 가게에서 챠아무라는 술안주를 만드는 동안에
도 스리나는 계속 에샤나를 생각하고 있었다. 깨끗이 손질한
잔고기의 신선한 살과 내장을 식칼로 두드리고 나서 얼얼할
정도로 매운 향료에 담그면 챠아무가 된다.

스리나는 물고기 배를 가르던 손을 멈추고서 라코라를 올
려다봤다.

"아저씨, 가령 있잖아요, 마지막 순간에 에샤나의 혼이 돌
아오면 어떻게 될까요?"

"뭐라고?"

옆에서 갓 만든 챠아무를 집어서 맛보던 라코라가 얼굴을 찌푸렸다. 어린 소녀가 소리치면서 곳에서 떨어지는 광경이 떠올라 섬뜩한 기분이 든 것이다.

"섬뜩한 말일랑 그만둬라. 그런 잔혹한 일이 일어나지 않도록 기도하자."

"하지만 호스로 곳은 그렇게 높지 않아요. 떨어진 후에 살아남은 소녀는 없을까요?"

"애야, 넌 모르는구나. 내가 들은 이야기로는 무거운 돌을 동여맨다더구나. 게다가 밤바다다. 낮에 바다에 떨어지는 것이 아니란다. 캄캄한 바닷속에서는 아무것도 안 보이니까 우선 살아남을 수가 없지. 그만두자. 생각만 해도 기분이 이상해지는구나."

'너무하네. 돌을 매달다니…'

스리나는 부르르 떨었다. 안아주며 데리고 놀던 그 귀여운 에샤나에게 돌을 매달아 캄캄한 바다로 떨어뜨리다니….

왕궁의 중정에서 마주쳤을 때 매달리는 듯 호소하던 그 목소리를 떠올린 순간, 가슴이 뾰족한 뭔가에 찔린 것처럼 아팠다. 구하고 싶다. 하지만 캄캄한 바다로 떨어져버리면, 라코라의 말대로 구하려 해도 찾아낼 도리가 없다. 자포자기하는 심정으로 어두운 바다를 떠올렸을 때였다.

'아.'

스리나의 머리에 한 가지 생각이 번뜩였다.

날이 밝았다. 오늘 밤 나유그루 라이타의 눈의 혼을 돌려보내는 의식을 거행할 예정이다.

아침 식사를 마친 챠그무가 일단 객실로 돌아왔더니 카리나가 보낸 아름다운 꽃바구니가 기다리고 있었다. 간밤에 환대해주어 감사하다는 인사와 함께. 사르나가 얼른 바구니에서 꽃을 뽑아 들었다.

"전언이 들어 있을 거예요."

사르나가 말한 대로, 바구니 바닥에는 기름종이로 감싼 편지가 들어 있었다.

"자, 읽어주시지요."

챠그무의 독촉에 따라 사르나는 편지를 펼쳤다.

"챠그무 황태자 전하, 우리 왕가에 도움을 주신 점 진심으로 감사드립니다."

카리나의 편지는 무척 간결했다. 오늘 밤 섬지기들이 마각을 드러내게 만들 계획이다, 왕의 근위병과 카리나의 병사가 있으니 왕은 보호할 수 있다, 문제는 왕궁에 남은 카르난 왕자의 목숨이다, 섬지기들이 어느 병사에게 손길을 뻗쳤을지 알 수 없기 때문이다, 신요고 황국 병사들을 보내 카르난 왕자의 경호를 도와줄 수 없겠느냐, 하는 내용이었다.

"만약 승낙해주신다면 왕을 비롯해 산갈 왕가 모두의 연명으로 맹세하겠습니다. 앞으로 100년 동안 산갈 왕국이 신요고 황국을 침공하는 일은 절대로 없을 것이며, 신요고 황국이 외적의 침공을 받을 경우에는 반드시 원군을 보내겠습니다. 그리고 신요고 황국에 중요하다고 생각되는 정보를 얻었을 때는 신속히 전해드릴 것입니다."

챠그무는 고개를 들어 슈가를 봤다.

"카리나 공주님다운 조건이군요."

"그럼 찬성이냐?"

슈가는 눈을 가늘게 뜨고서 생각하고 있었다.

"문제는 병사의 숫자입니다. 사실 매우 걱정스러운 일이 한 가지 있습니다. 카리나 공주님의 계획이 혹시라도 실패할 경우 벌어질 수 있는…. 섬지기들 힘이 어느 정도냐에 따라 달라지겠지만요. 지금 이 왕궁에는 산갈 왕국과 우호 관계를 맺고 있는 여러 나라의 왕족이 모여 있습니다. 어느 분이든 만약 살해되면, 그 나라가 흔들릴 정도로 중요한 분들이지요."

"앗."

챠그무는 눈을 크게 떴다.

"그렇구나. 만약 타르슈 제국이 단숨에 북으로 진격할 생각이라면, 북쪽의 여러 나라에 타격을 줄 최고의 기회겠구나!"

"결국 섬지기들의 힘이 상황을 좌우할 것입니다. 산갈 왕가를 쓰러뜨리는 정도가 고작이라면 그럴 엄두까지는 도저히 낼 수 없겠지요. 그러나 만약의 일로 생각해둘 필요는 있습니다."

슈가는 카르난 왕자 경호를 도우려고 병력을 나눈 상태에서 공격당할 가능성을 염려하는 것이다.

"섬지기들이 거기까지 할 수 있을 것 같지는 않습니다만…."

사르나는 입을 열어 말하려다가 그만두었다. 왕가를 위해서 챠그무 황태자가 병사를 움직여주기를 바랐지만, 경솔하게 말하지 않는 것이 좋겠다고 생각했기 때문이다.

미간을 잔뜩 찌푸린 채로 고개를 숙이고 잠시 생각에 잠겨 있던 챠그무는 이윽고 얼굴을 번쩍 들며 말했다.

"아군을 늘리자."

"아군을요? 전하, 그것은…."

챠그무의 눈에 생기가 넘쳤다.

"그래. 이번 일은 어쩌면 좋은 기회일지도 모른다. 이웃 나라들끼리 관계가 더욱 돈독해질 수 있는.

사노랄 황국이나 로르가 왕국 같은 먼 나라들은 제외하고, 북쪽으로 이웃한 칸발 왕국, 서쪽으로 이웃한 로타 왕국의 왕들하고는 은밀히 손을 잡는 것이다. 그 나라들의 처지도 우리와 별로 다르지 않으니까. 산갈 왕국이 타르슈 제국 손아귀로 들어가면 로타 왕국이 우리 나라보다 먼저 침공당할지도 모른다. 칸발 왕국은 머니까 한동안은 침공당하지 않겠지만, 산갈, 로타, 그리고 우리 신요고 황국이 함락되면 결국은 그들도 살아남지 못한다."

슈가는 가슴에 뜨거운 열기가 퍼져가는 것을 느꼈다.

"조금 생각할 시간을 주십시오, 전하. 그들과 어떻게 교섭할지, 방도를 찾아보겠습니다."

챠그무는 빙긋이 웃으며 고개를 끄덕였다. 갈피를 못 잡고 음울하기만 하던 기분이 긴장감을 내포한 흥분으로 변해갔다. 라챠론(모의전투)의 판을 바라보고 있다가 문득 좋은 수가 떠올랐을 때와 같은 느낌이었다.

칸발 왕이나 로타 왕과 접촉하기 전에 먼저 카리나와 상의해야 했다. 좀처럼 기회를 포착하지 못하고 있던 챠그무는 점심 식사 자리에서 마침내 카리나와 이야기를 나눌 수 있었다.

카리나는 다른 사람들의 눈을 의식해서 활짝 미소 지으면서 챠그무의 이야기를 듣고 있었지만 그 눈동자에는 웃음의 기미라고는 전혀 찾아볼 수 없는 강철 같은 딱딱한 빛이 떠올라 있었다.

누군가가 곤경에 처했을 때 내미는 온정의 손길조차도 국가 간의 일이 되면 냉정하게 따져보지 않을 수 없다. 산갈 왕가는 이제까지 대등한 관계를 맺고 있던 신요고 황국, 로타 왕국, 칸발 왕국에 크나큰 빚을 지려는 참이다. 하지만 산갈의 상황은 지금 절박하다. 카리나는 과실주를 챠그무의 잔에 따르면서 고개를 끄덕였다.

"알겠습니다. 어젯밤에 아바마마께서는 이 건에 관한 모든 것을 저에게 일임하셨습니다. 제 판단으로 협조를 부탁드리지요. 저희 쪽에서도 협조를 구하는 문서를 써서 챠그무 황태자 전하께 건네드릴 터이니 잘 부탁드리겠습니다."

그러고는 건너편에 앉아 있는 칸발 왕을 흘끗 보더니, 곧바로 챠그무에게로 시선을 되돌렸다.

"로타 왕은 머리가 좋은 분입니다. 틀림없이 상황을 신속히 파악해, 자신에게 이득이 된다고 판단하면 도와주실 겁니다. 하지만 전하, 칸발 왕은 어려울지도 모릅니다."

챠그무는 눈썹을 살짝 추켜올렸다. 카리나는 미소 지었다.

"용맹하기로 소문난 칸발의 '왕의 창'들이 손을 빌려준다면 그보다 더 마음 든든한 일이 없겠지만, 신요고 황국과 로타 왕국만이라도 도와주시면 그것만으로도 충분히 다행한 일입니다. 교섭이 성공하면 꽃바구니에 대한 답례라는 형태로 저에게 알려주시겠습니까?"

챠그무는 잔을 비우고는 고개를 끄덕였다.

"알겠습니다."

카리나의 눈동자에 강렬한 빛이 떠올랐다.

"저녁 식사 후에 나유그루 라이타의 눈의 '혼 돌려보내기' 의식을 거행합니다. 의식은 이 왕궁이 있는 곳의 서쪽에 붙어 있는 호스로 곳에서 거행할 예정입니다.

이 의식은 산갈의 비밀 의식이므로 내빈 여러분은 이쪽에 남아 계셔야 합니다.

호스로 곳까지는 위병들이 선도하지만 식장에 들어갈 수 있는 사람은 왕가 사람들과 네 명의 사제, 그 시종들, 그리고 섬지기들뿐입니다."

챠그무의 눈에서 납득한 빛을 확인하고, 카리나는 살짝 고개를 끄덕였다.

"내빈 여러분께는 특별한 연회석을 마련할 생각입니다. 산갈에는 춤과 노래가 병을 낫게 한다는 말이 있습니다. 그런 믿음을 빙자해서 가무를 즐기는 연회를 열어, 카르난 왕자의 병상을 그곳으로 옮기겠습니다. 그러는 편이 지키기도 편할 테니까요."

"움직여도 괜찮은 건가요?"

"출혈은 멈췄고 의식도 또렷하니까요. 지금 상황을 상의했더니 오라버니도 제 계획에 찬성했습니다. 우리는 전원 식장으로 가버리지만, 오라버니가 전부 납득했으니까 괜찮을 겁니다."

카리나는 우아한 동작으로 잔을 비웠다.

"오늘 밤은 바람이 거센 밤이 될 것 같습니다."

⁂

저녁 식사 후에 카르난 왕자의 상처를 치료하기 위해 가무연을 개최할 거라는 전갈을 들었을 때, 아돌은 저도 모르게 아름다운 아내의 표정을 살피지 않을 수 없었다. 아돌로서는 가장 바라던 연회였지만, 일이 너무 순조롭게 진행되니 도리어 불안해졌기 때문이다.

"처남을 옮겨도 괜찮겠어? 병실에서 가무연을 여는 편이 낫지 않을까?"

카리나는 단호하게 고개를 저었다.

"내일 각국 왕들이 귀국하기 전에 카르난 오라버니가 무사하다는 사실을 과시하고 싶은 거야. 의술가들은 괜찮다고 했어."

산갈 전통에 따르면 치유의 가무는 환자의 회복을 신에게 기원하는 신성한 연회다. 이 연회 때는 주최하는 측도 초대받은 측도 무기를 몸에 지녀서는 안 된다. 따라서 연회장에 들어가기 전에 무기를 소지하지 않았다고 보여주어야 마땅하다. 나라의 수장을 호위하는 위병들조차도 예외는 아니다.

물론 연회실 밖에는 카르난 왕자의 신변을 지키기 위해 위병들이 대기하고 있겠지만, 아돌이 준비한 자객이라면 위병들의 허를 찌를 터였다.

'순풍이 부는구나.'

아돌은 흥분을 얼굴에 드러내지 않으려고 애썼다.

﹖﹖﹖

챠그무는 우선 로타 왕에게 알현을 요청했다. 귀국 전에 인사차 찾아뵙고 싶다는 명목이었다. 마흔다섯 살, 남자로서 한창 나이인 로타 왕은 아들의 이야기를 듣는 듯한 온화한 표정으로 챠그무의 이야기에 귀를 기울였다. 마음의 움직임이 겉으로 드러나지 않는다는 점에서는, 로타 왕의 미소 띤 얼굴은 아버지인 황제의 수면과도 같은 무표정과 좋은 적수였다.

로타 왕은 카리나가 보낸 문서를 훑어보더니 중신들에게 돌려서 의견을 들은 뒤, 산갈과 신요고 편에 서겠다고 매우 신속하게 결정했다. 이 왕이 어느 정도 가신들의 마음을 파악하고 있는지 확연하게 알 수 있었다.

칸발인처럼 체격이 매우 다부진 로타 왕 요사무는 로타어 특유의 억양이 들어간 요고어로 말했다.

"북쪽은 이제까지 조용했습니다. 자그마한 우리 나라는 이웃 나라들과 너무 가깝지도 너무 멀지도 않은, 적절한 관계를 유지해왔지요. 하지만 언제까지고 그런 관계로만 지낼 수도 없는 일입니다.

로타도 신요고도 그리 큰 나라는 아닙니다. 파도가 몰려올 때는 손을 맞잡고 이겨내도록 합시다."

챠그무는 감사하는 마음으로 로타 왕에게 깊이 절하고 방에서 나왔다.

칸발 왕이 머무는 별관은 북쪽에 있었다. 바람이 잘 통해 시원한 이 관사는 북쪽 나라 주민인 칸발인들이 지내기에는 아마도 가장 쾌적한 건물일 것이다. 산갈 왕가의 배려였다.

한낮의 햇빛에 부드럽게 그림자를 드리운 회랑을 걸으면서 챠그무는 조금씩 긴장감이 더해가는 것을 느꼈다.

'칸발 왕은 어떤 인물일까?'

문이 열리자 넓은 방의 중앙에 앉아 있던 칸발 왕 라달이 일어섰다. 금고리를 낀 단창을 왼손에 쥐고 좌우에 늘어서 있는 늠름한 네 무인 때문에 왕의 나약함이 더욱 돋보였다.

왕의 이마는 땀에 젖어 있었다. 모직 옷을 걸치고 있었다. 칸발에서는 여름용 옷이겠지만 여기서는 너무나도 더워 보였다. 이마로 내려온 가느다란 갈색 머리카락을 쓸어 올리며 왕은 챠그무에게 자리를 권했다.

챠그무는 로타 왕에게 했던 이야기를 다시 꺼내놓았다. 챠그무의 말이 이어지는 동안 칸발 왕은 미간에 주름을 모으고 긴장하기 시작했다. 카리나가 보낸 문서를 보여줘도 칸발 왕은 계속 망설이는 표정이었다. 그러더니 '왕의 창'들에게 문서를 돌리고는 물었다.

"너희들은 어떻게 생각하느냐?"

왕의 질문에 가장 나이가 많아 보이는 왕의 창이 굵은 목소리로 대답했다.

"폐하의 판단을 우선 듣고 싶사옵니다."

왕은 미간에 주름을 더욱 깊이 새겼다. 끊임없이 눈을 깜빡이더니, 이윽고 챠그무를 보며 말했다.

"챠그무 황태자 전하, 말씀하시는 뜻은 잘 알겠습니다. 그러나 우리 나라는 산갈에서 무척 멉니다. 설령 타르슈 제국이 공격해온다 해도 높은 산맥이 우리 나라의 방패가 될 겁니다. 게다가…."

비웃는 듯한 씁쓸한 미소가 왕의 입술에 떠올랐다.

"우리 나라는 가난합니다. 산갈처럼 풍요로운 나라라면 피를 흘리더라도 정복하려고 하겠지만, 피를 흘리면서까지 우리 칸발을 탐낼 나라가 있을까요?"

"칸발 왕국은 '청광석' 루이샤가 나는 나라 아닙니까?"

챠그무의 말에 칸발 왕은 멈칫했다. 루이샤란 푸른빛을 띤 신비한 돌로, 칸발에서만 나는 무척 비싼 보석이다.

"그것은… 루이샤는 다른 보석과는 다릅니다. 사람이 캐낼 수 있는 광석이 아니니까요."

왕은 당황하며 설명하려 했으나 적당한 표현을 찾지 못하고 결국 입을 다물어버렸다. 루이샤와 관련된 비밀 의식에 대해 말하는 것은 금기였기 때문이다.

침묵하고 있는 왕에게 챠그무는 말했다.

"타르슈 제국은 그 사실을 모릅니다. 칸발 왕국은 매력 있는 나라라고 생각하지요."

그 순간 왕의 얼굴에 완고한 표정이 떠올랐다.

"그렇다면 더더욱 전하의 제안에 응할 수 없습니다. 카르난 왕자를 지키기 위해 병사를 내준 틈을 타서 나를 노리기라도 하면, 그 결과 내가 살해당하기라도 하면 그거야말로 돌이킬 수 없는 일이 되니까요."

왕의 창들이 힐끔 서로 눈길을 주고받는 모습이 챠그무의 눈에 들어왔다. 벌레라도 씹은 듯한 표정이었다. 뭔가 하고 싶은 말이 있는 것 같았지만 결국 끼어들지는 않았다. 왕이 어떻게 결정하는지 지켜보려는 모양이었다.

챠그무는 방어적 태도를 고집하는 왕에게 진심을 담아서 말했다.

"나이 어린 제가 이런 말씀을 올리는 실례를 용서해주시기 바랍니다. 다른 나라가 도움을 청할 때 손을 내밀지 않아 고립되는 것은 나라를 지키는 상책이 못 된다고 생각합니다. 산갈, 신요고, 로타가 칸발을 향해 손을 내밀고 있습니다. 이 손을 잡아주실 수 없을까요?"

순간 칸발 왕의 흰 뺨이 시뻘겋게 달아올랐다.

"실례의 말이지만, 그대는 아직 황태자일 것입니다. 나라의 수장처럼 말해도 되는 것인지요? 그대가 하는 말에 어느 정도의 힘이 있는가요? 그대가 우리 칸발 왕국과 신요고 황국과의 우호를 약속하더라도, 가령 아버님이신 황제께서 그 약속을 파기하겠다고 결정할 경우 황제의 결정을 뒤집을 힘이 그대에게 있을까요?"

피가 거꾸로 솟는 기분이었다. '이 바보 같은 자식!'이라고 말해줄 수 있다면 속이 시원할 텐데. 하지만 챠그무는 숨을 멈추고 필사적으로 분노를 억눌렀다.

"라달 폐하. 말씀하시는 대로 지금의 저는 황태자입니다. 그러나 언젠가는 황제가 될 몸이요. 지금의 제가 손잡을 가치가 없다고 생각하신다면, 이렇게 생각해보실 수는 없을까요? 칸발 왕국과 신요고 황국이 미래를 위해서 서로 손잡는 거라고."

칸발 왕은 입을 꽉 다물고 잠자코 있었다. 결국 그 입에서 나온 말은 한 마디였다.

"생각할 시간을 주시오."

그럴 시간이 없다는 챠그무의 말에도 칸발 왕은 대답하지 않았다.

챠그무는 화가 난 채 별채로 돌아왔다. 슈가와 사르나, 타르산에게 왕들을 만난 결과를 이야기하고 있던 중에 시종이 문을 두드렸다. 손님이 찾아왔다는 것이다.

타르산과 사르나가 옷방으로 몸을 숨기는 순간 문이 열렸다.

의외의 인물이었다. 조금 전에 칸발 왕 뒤에 서 있던 왕의 창 중 한 명이 활기찬 걸음으로 뚜벅뚜벅 방 안으로 걸어들어왔다. 키가 훌쩍하게 큰 그 청년이 챠그무에게 인사했다.

"저는 카무 무사라고 합니다. 무사 씨족 씨족장의 아들로, 왕의 창이기도 합니다. 칸발 왕의 말씀을 챠그무 황태자 전하께 전해드리러 왔습니다."

힘찬 목소리였다.

"전하께서 조금 전 제안하신 말씀을 왕께서 받아들이셨습니다. 부탁하신 대로 신요고 황국, 로타 왕국과 손을 잡고, 칸발도 산갈 왕가를 돕겠다고 말씀하셨습니다."

챠그무는 놀라며 그 젊은 무인을 응시했다.

"그건 고마운 일입니다. 그런데 왜 마음을 바꾸셨는지요?"

카무의 얼굴에 희미한 미소가 떠올랐다.

"마음을 바꾸신 것이 아니라 깊이 생각한 끝에 결정하신 겁니다. 저희 왕은 즉흥적으로 판단하는 분이 아니시기에."

카무는 얼굴에서 웃음기를 지우고 말을 이었다.

"칸발 병사들의 지휘는 제가 맡습니다. 왕의 창 본래의 소임은 국왕을 지키는 일이니 만큼 다른 사람 호위를 맡는 일은 지금껏 없었습니다. 하지만 칸발 왕께서 특별히 지시해주셨으니 이번만은 예외가 되겠습니다. 앞으로 필요한 사항은 저에게 지시해주시기 바랍니다."

그야말로 칸발의 무인다운 솔직한 어조였다.

"고맙습니다. 왕의 창의 명성은 우리 나라에까지도 자자하지요. 더 이상 든든한 지원군은 없습니다. 부디 폐하께 감사하다는 말씀을 전해주시기 바랍니다."

카무는 고개 숙여 절하고는 자리를 떴다.

카무가 방에서 나가는 소리를 들었는지 타르산과 사르나가 돌아왔다.

"이것으로 만반의 준비를 갖췄네요."

사르나가 나지막이 말하자 챠그무도 고개를 끄덕였다.

"계획대로 되면 좋겠군요. 얼마 남지 않았네요. 저는 조금 일찍 준비해서 나가려고 합니다. 이 방 주변에는 아무도 남기지 않을 테니까 목욕이라도 하며 쉬고 계시기 바랍니다."

사르나가 지친 얼굴에 미소를 지어 보였다. 챠그무는 어젯밤에도 사르나와 타르산이 목욕할 수 있도록 신경 써주었다. 이 황태자는 어떻게 이토록 세심한 부분까지 살필 수 있는 걸까? 그 점이 사르나에게는 참으로 신기했다.

"고맙습니다. 목욕을 하고 몸치장을 할 수 있다는 것은 참으로 고마운 일입니다. 오늘 밤에는 무슨 일이 있어도 정갈하게 꾸미고 싶었거든요."

타르산은 그 대화도 귀에 들어오지 않는 듯한 표정으로 한낮의 햇빛이 춤추는 창가를 응시하고 있었다.

3
노래와 춤의 연회

바다를 붉게 물들이며 커다란 석양이 가라앉아간다.

각자의 생각을 숨긴 채, 사람들은 석양빛 속에서 연회석을 향해 발길을 재촉하고 있었다.

저녁 식사 후에 내빈을 위한 송별 연회가 개최될 예정이다. 종자 네 명이 카르난 왕자가 누워 있는 침대를 연회실로 들고 들어오자 사람들이 술렁였다. 카르난 왕자의 얼굴에는 핏기가 전혀 없었다. 그러나 왕자의 의식은 또렷해, 위로의 말을 건네는 손님들에게 살짝 오른손을 들어 응답하기도 했다.

연회실의 흰 벽에 석양빛이 금빛 문양을 물들였다. 장식용 창문에 새겨진 덩굴꽃문양의 그림자였다. 저녁에 피는 하노랄의 달콤한 꽃향기가 연회실에 감돌았다.

카리나는 유사시에 쉽게 카르난 왕자를 방어할 수 있도록 이미 조치해두었다. 신요고 황국, 로타 왕국, 그리고 칸발 왕국의 내빈이 자연스럽게 카르난 왕자를 둘러싸고 앉도록 자리를 배치한 것이다. 벽을 등진 자리라 뒤에서 공격당할 가능성도 없었다.

또 한 가지 카리나가 은밀히 준비해둔 것이 있었다. 그러나 챠그무는 그 준비가 쓸모없는 일로 그치기를 빌었다. 사람이 피 흘리는 모습은 보고 싶지 않았다.

연회석에는 나유그루 라이타의 눈도 앉아 있었다. 마지막으로 융숭하게 대접한다는 의미였다. 줄곧 곁에서 시중들어 왔던 시녀가 소녀의 턱을 살짝 들어 입을 벌리고는 과즙 등을 조금씩 흘려 넣어주곤 했다. 기이한 광경이었다. 그렇게 해서 음식을 조금이라도 섭취하기는 하는 모양이었지만, 확실히 에샤나의 몸은 처음 봤을 때에 비해 야위어서 눈에 띄게 작아져 있었다.

저 안에 음흉한 의도를 품은 주술사가 있다.

그렇게 생각하자 찬물을 뒤집어쓴 것처럼 소름이 끼쳤다. 챠그무는 자신의 생각을 간파당하지 않도록, 나유그루 라이타의 눈을 가능하면 보지 않으려고 노력했다.

해가 저물어 창밖이 어둑어둑해지기 시작했다. 샤그라무

소리가 울려 퍼지고, 드러낸 맨살에 선명한 색깔로 문양을 그려넣은 가객과 무용수들이 등장했다. 연회의 분위기는 점점 무르익어갔다.

미소 짓고 박수 치고 잔을 손에 들면서도, 챠그무는 침울해지는 마음을 주체하지 못하고 있었다.

방어태세는 단단히 갖췄다. 손쓸 수 있는 일은 모두 조치해뒀다. 그래도 구할 수 없는 목숨이 하나 있었다.

"슈가."

챠그무는 조용히 속삭였다.

"그대는 천도와 주술을 배웠는데…."

슈가는 갑자기 무슨 말을 꺼내는 거냐는 눈빛으로 챠그무를 돌아봤다.

"인간 세상과 나유그가 접촉하는 신비로움을 직접 느낀 적이 있느냐?"

슈가가 눈을 깜빡였다,

"예. 마치 해류가 서로 만나듯이 몇 가지 다른 세계가 접촉했다가는 떨어지는 그런 신비로움을 느끼면, 하늘로 높이 날아올라서 한없이 작은 자신을 내려다보는 듯한 기분이 들곤했습니다. 그런 때는 정사나 출세를 위한 줄다리기 따위로 고민하고 있는 자신이 어리석게 여겨지지요."

쓴웃음을 지으며 슈가는 챠그무에게 말했다.

"하지만 대개는 그런 생각을 할 여유도 없습니다. 제가 살고 있는 장소는 이런 다툼이나 싸움으로 가득 찬 인간 세상이니까요. 만약 제가 성도사에 이르는 길을 걷지 않고 평범한 성독박사로 남았다면 하늘만 바라보며 세월을 보낼 수도 있었겠지만."

챠그무는 슈가의 말을 들으면서 멍하니 창 쪽을 바라보고 있었다.

"왜 이런 이야기를…?"

챠그무는 시선을 슈가에게로 되돌렸다.

"사람이란 묘한 생물이라는 생각을 했다. 자신을 키워준 세계가 어떻게 이루어져 있는지에 전혀 무관심하지. 오로지 머리에 있는 것은 이런…."

챠그무는 눈으로 연회실의 사람들을 가리켰다.

"사람과 사람의 관계나, 나라와 나라 사이의 줄다리기지. 자기 나라만으로도 풍요롭게 살 수 있는데도 다른 나라에까지 손을 뻗치려는 놈들도 있지. 그리고 그런 놈들일수록 인간 세상에 지대한 영향을 미치게 마련이고."

결연한 빛이 챠그무의 눈동자에 서렸다.

"예전에 나는 우리를 키워주는 이 세계에 비를 부드럽게 뿌려주는 정령의 알을 품었다. 그러나 그런 역할을 맡은 나를 아바마마도 성도사도 그저 죽이려고만 했다. 그들에게는 인간 세상밖에 보이지 않았기 때문이지. 다른 세계의 정령이 우리에게 어떤 의미를 갖는지 그들은 전혀 헤아리려고 하지 않았다. 내 목숨조차도 헤아려주지 않았지."

챠그무는 슈가를 응시했다.

"그대는 나에게 나라를 위해서 살라고 말한다. 그것이 무엇보다 중요한 일이라고. 나도 그렇게 해야 한다는 것을 안다. 하지만 슈가, 정말로 그것만으로 충분한 걸까?"

슈가는 챠그무의 눈길에 압도당하는 심정으로, 아무 대답도 못 하고 있었다.

"그때 나는 고작 열한 살짜리 어린애였다. 그대로 살해당했다면 지금 나는 여기에 없겠지.

나라를 지키기 위해서도 아니고 돈을 위해서도 아니라, 나라는 단 하나의 자그마한 목숨을 지키기 위해 자신의 목숨을 버리면서까지 애써준 사람이 없었다면, 나는 지금 이렇게 앉아 있지 못할 것이다."

"전하…."

슈가가 무슨 말인가를 하려는 순간 높은 종소리가 울려 퍼졌다. 종루에서 울려오는 소리였다. 달이 떠올랐음을 알리는 종소리가 데에엥 데에엥 하고 긴 여운을 남기며 밤하늘에 파문을 일으켰다.

시끌벅적한 가무 소리가 갑자기 멎고 정적이 연회실을 뒤덮었다. 산갈 왕이 배를 흔들며 일어서서 울림이 좋은 목소리로 말했다.

"달이 떴습니다. 나유그루 라이타의 눈이여, 당신을 고향으로 돌려보낼 때가 왔습니다.

여러분, 연회도 한창 무르익었습니다만, 왕가에 관련된 자들은 이제부터 호스로 곳으로 나유그루 라이타의 눈을 모시고 가야 합니다. 여러분은 부디 이대로 노래와 춤을 즐겨주시기 바랍니다."

시녀의 부축을 받으며 나유그루 라이타의 눈이 일어섰다. 왕가 사람들과 섬지기들이 자그마한 소녀를 둘러싸고서 연회실에서 나갔다.

잠시 후에 창밖에서 기묘한 소리가 들려왔다. 길게 여운을 남기는 새소리와도 같은 소리가 높고 낮게 울렸다가는 사라지고 울렸다가는 사라졌다.

손님들의 얼굴에 떠오른 의아한 빛을 보고 산갈 왕국의 대신 중 하나가 입을 열었다.

"저것은 '우는 노래'입니다. 나유그루 라이타의 눈이 우리

나라를 떠나서 돌아가는 것을 슬퍼하는 노래지요."

손님 하나가 호기심을 억누르지 못하고 일어서자 다른 사람들도 따라서 서쪽의 커다란 창으로 다가갔다. 철저하게 카르난 왕자를 지키라고 병사들에게 작은 소리로 지시하고 나서 챠그무도 창으로 다가갔다. 바닷물 냄새가 살짝 밴 축축한 밤공기가 얼굴을 스쳤다.

어두운 중정에 드문드문 빛이 보였다. 왕궁의 문으로 통하는 길을 사람들이 일렬로 걸어가고 있었다. 선두에 선 사람 손에 등불이 들려 있었다. 확 타올랐다가 연기를 끌며 꺼지고, 또다시 확 타올랐다가 연기를 끌며 꺼져가는 묘한 불빛이 사람들과 함께 앞으로 나아갔다.

"저것은 '참억새불'입니다."

조금 전의 대신이 낮은 목소리로 말했다.

"타올랐다가는 꺼지고 타올랐다가는 꺼지는 불꽃은 생명의 덧없음을 의미하지요. 여기서부터 호스로 곳에 이를 때까지 천 개의 참억새를 태웁니다."

손님들은 왠지 모르게 침울한 기분으로 그 덧없는 불빛을 응시하고 있었다.

"호스로 곳이라는 곳은 먼가요?"

챠그무가 물었다.

"호스로 곳과 이 왕궁이 자리 잡고 있는 곳의 지반은 이어져 있습니다. 걸어서 가면 10로그(약 20분) 정도 걸리지요."

행렬이 건물 뒤로 들어가 보이지 않게 되자 손님들은 자기 자리로 돌아갔다.

챠그무도 자리로 돌아왔지만, 참억새불의 덧없는 불빛이 눈 속에 각인된 채 좀처럼 사라지지 않았다. 그 행렬은 어두운 곳을 향해서 갈 것이다. 행렬의 선두에서 그 참억새불이 타올랐다가는 꺼지고 타올랐다가는 꺼져갈 것이다. 챠그무는 슬픔을 가슴에 품은 채 기도하듯이 눈을 감았다.

눈물이 나올 것 같아, 챠그무는 당황하며 오른손을 눈에 갖다 댔다. 그 순간 바스락거리는 소리가 났다. 소맷자락에 뭔가가 끼여 있었다. 작게 접은 종이였다. 산갈 문자가 빼곡히 적혀 있었다. 남의 눈에 띄지 않게 무릎에 종이를 올려놓고서 훑어본 챠그무는 고동이 빨라지는 것을 느꼈다.

'타르산, 대체 무슨 짓을…!'

타르산이 챠그무에게 쓴 쪽지였다. 옷방에 숨어 있을 때 써서 챠그무의 옷소매 속에 넣었을 게다. 아마도 어젯밤에. 사르나가 목욕하러 가서 혼자가 되었을 때.

챠그무 황태자 전하. 전하께서 목숨을 구해주셨는데도 이런 배은망덕한 짓을 하는 저를 용서해주시기 바랍니다. 저는 병사들이 죽는 것을 그냥 지켜볼 수는 없습니다. 그들은 저를 바다 사나이로 키워준, 저의 야르타시 슈리입니다. 목숨을 서로 내맡긴 채 함께 배를 타고 나간 적이 없는 아돌이나 카리나 누님은 모르는 유대감이 저희에게는 있습니다.

그들 하나하나의 얼굴을 생각하면, 비록 왕가에 대한 음모를 밝혀내기 위해서라 하더라도 그냥 죽게 놔둘 수는 없습니다. 제 숙부 유난 장군은 예전에 저에게 말했습니다.

'왕은 병사 뒤에서 보호받아 마땅하지만, 장군은 선두에 서서 병사를 이끌어야 한다. 스스로 목숨을 걸 수 없는 일에 병사의 목숨을 걸게 해서는 안 된다. 병사보다 먼저 죽을 각오를 보여줄 때 비로소 병사들은 따라오는 것이다.'

지금 병사들의 목숨이 위태로운데 제가 전하의 등 뒤에 숨어 있을 수는 없습니다. 용서해주시기 바랍니다. 그리고 부디 사르나 누님을 잘 부탁드리겠습니다.

챠그무는 슈가에게 쪽지를 보여주었다. 글을 읽은 슈가의 눈에 씁쓸한 빛이 떠올랐다.

"말릴 시간이 있을 것 같으냐?"

챠그무가 속삭이자 슈가는 살짝 고개를 저었다.

"무리입니다. 우리는 여기를 떠날 수 없습니다. 절대 눈에 띄게 움직여서는 안 됩니다"

타르산의 심정은 충분히 이해할 만하다. 하지만 너무나도 어리석은 결정에 챠그무는 화가 났다. 이렇게 하면 자신의 마음은 편할 것이다. 하지만 그 때문에 위험에 처하게 될 사람이 많다는 사실을 왜 모르는 걸까!

사르나에 대한 배려고 뭐고 전부 무시한 타르산을 용서할 수가 없었다.

챠그무는 사르나를 생각하며 화를 냈지만, 사실 사르나는 타르산의 탈출을 알고 있었다. 알면서 말리지 않은 것이다.

타르산이 왕궁을 탈출해서 병사들을 구하러 갈 결심을 굳힌 것을 알았을 때, 사르나 역시 마음에 떠오른 계획을 실행에 옮기기로 결심했다.

비록 오늘 밤 계획이 카리나 공주의 생각대로 진행된다 해도, 이대로라면 타르산과 사르나에게는 미래가 없다. 하지만 사르나의 계획이 멋지게 성공하면 두 사람은 자유의 몸이 될 수 있을지도 모른다. 사르나는 동생에게 걸기로 했다.

타르산에게 계획을 귀띔하자, 타르산은 눈을 반짝이며 반드시 성공시키겠노라고 맹세했다.

동생을 보내고 나서 사르나는 석양빛이 들이치는 작은 방의 바닥에 무릎 꿇고서 간절히 기도했다. '바다의 어머니여, 조각배가 거친 파도 속을 빠져나가듯이 우리가 재앙의 틈새를 무사히 빠져나갈 수 있도록 도와주소서' 하고.

─◈─

왕 일행이 식장을 향해 떠나고 상당한 시간이 지났을 무렵, 연회실은 이어지는 가무로 흥이 올라 있었다.

그때까지 춤을 추던 무리가 사라지더니 대신에 새로운 무용수들이 등장했다. 몸이 채찍처럼 유연해서, 뛰어올라서 공중에서 회전해 바닥에 착지하는가 하면 또다시 공중으로 뛰어올랐다. 연회실의 구석에서 중앙으로 열다섯 명의 남자들이 공중제비를 반복하면서 모였다가 엇갈리며 흩어졌다. 그 주위를 열다섯 명의 아름다운 여자들이 역시 반복해 공중제비를 넘으면서 둘러쌌다. 서른 명이나 되는 무용수들이 연회실 전체를 종횡무진 오가며 춤추는 광경은 압권이었다.

무용수들은 손목과 발목에 반짝반짝 빛나는 방울을 달고 있어, 날아오를 때마다 듣기 좋은 방울소리가 연회실로 퍼졌다. 가객들이 그 방울소리에 정확히 맞춰서 아름다운 목소리로 노래하기 시작했다. 너무나도 멋진 그 광경에 손님들은 힘찬 박수를 보냈다.

손님들이 나유그루 라이타의 눈을 둘러싼 슬픈 행렬을 잊어갈 무렵, 가무의 화려한 소리를 가르며 또다시 높은 종소리가 들려왔다. 나유그루 라이타의 눈이 호스로 곳에 도착해 의식이 시작되었음을 알리는 종소리였다.

　카르난 왕자에게 가장 가까운 자리를 배정받은 칸발 왕국의 왕의 창 카무 무사는 그때 어렴풋한 위화감을 느꼈다. 단련된 무인의 감각이었다.

　지친 모습을 보이는 일 없이 잇달아 날아오르는 무용수들의 동작에 자그마한 흐트러짐이 생긴 것이다.

　탕, 탕, 탕, 하고 이쪽을 향해 공중제비를 돌며 다가오는 남자의 손을 본 순간, 카무는 반쯤 일어서서 카르난 왕자의 침대 밑으로 손을 뻗었다.

　번쩍이는 물체가 무용수의 손을 떠나 카르난 왕자의 몸을 향해 일직선으로 날아왔다.

　카무는 침대 밑에서 단창을 꺼내자마자 재빨리 휘둘렀다.

　창, 하고 높은 소리가 나며 뭔가가 튀어 올라 천장에 부딪혔다가 떨어졌다.

　동시에 무용수 서른 명 모두가, 남녀를 막론하고 일제히 허리띠 장식에 숨기고 있던 단검을 쑥 뽑아 들더니 손목을 뒤집으며 카르난 왕자를 향해 던졌다.

"자객이다!"

단창을 거머쥔 채 소리치는 카무의 목소리가 울려 퍼질 새도 없이 로타, 신요고, 칸발의 무인들이 융단 밑에 숨겨둔 방패를 꺼내 들고 무기를 쥐고는 카르난 왕자와 각자의 주군들 주위에 견고하게 방어벽을 펼쳤다. 그래도 동작이 늦었던 로타의 무인 두 명이 목과 가슴에 단검을 맞아 절명했고, 신요고의 근위병 하나가 옆구리에 부상을 입고 쓰러졌다.

쿵 하고 커다란 소리를 내며 문이 열리더니 카리나 직속의 병사들이 뛰어 들어왔다. 병사들은 아연실색해 있는 산갈 대신들과 내빈들 앞에 검의 장벽을 세운 채 버티고 섬으로써, 섬지기의 지시를 받은 자객들의 퇴로를 차단했다.

순식간에 일어난 일이었다. 정신을 차리고 보니, 무용수들은 연회실 중앙에 우두커니 서 있었다.

정적이 되돌아온 연회실 안에서 카르난 왕자가 반쯤 몸을 일으키더니 의외로 또렷한 목소리로 말했다.

"이제 끝났다. 무기를 버려라."

하지만 자객들의 표정에는 궁지에 몰렸을 때의 광기가 서려 있었다. 왕족을 노렸다가 실패하면 죽음이 기다릴 뿐이다.

귀를 막고 싶어질 정도로 절망적인 고함소리가 들리는가 싶더니, 자객들이 예비용 단검을 가슴장식에서 뽑아 들고는 출구를 막고 있는 위병들에게 미친 듯이 덤벼들었다.

비명소리, 검이 서로 부딪쳐 흩어지는 불꽃, 그리고 피비린내가 연회실에 가득 찼다.

몇 명이 포위를 뚫고 도주했지만, 대부분의 자객은 칼에 찔려 목숨을 잃었다. 방어하는 쪽도 피해가 없지는 않았다. 칼에 찔려 절명한 사람과 중상에 신음하는 산갈 병사가 연회실 문 옆에 무참히 쓰러져 있었다.

챠그무는 멍하니 그 광경을 바라보았다. 실제로 일어난 상황이라고는 도저히 믿을 수가 없었다. 너무나도 허무하고 무참한 죽음. 이름도 모르는 남자들, 여자들의 몸이 물건처럼 바닥에 흩어져 있었다. 엄청나게 흘러내린 피와 흩어진 내장에서 풍기는 냄새에 구역질이 났다.

이건 뭘까…, 챠그무는 생각했다. 계획을 세울 때는 이런 광경은 머리에 떠오르지 않았다. 검을 융단 밑에 숨기고, 병사를 배치하고. 그때 챠그무의 머릿속에서 병사는 정확히 배치할 필요가 있는 장기판의 말에 지나지 않았다.

숨을 헐떡이며 신음하던 병사의 눈이 몽롱해져가는 것을 챠그무는 떨면서 지켜보았다. 지금 그는 무엇을 보고 있는 걸까? 꺼져가는 생명을 느끼면서 무슨 생각을 하고 있는 걸까?

부상 입은 병사를 치료하는 슈가의 목소리를 비롯한 모든 소리가 묘하게 멀리서 들렸다. 세계가 멀어져가는 듯한 감각 속에서 챠그무는, 종루에서 계속 울려오는 종소리를 어렴풋이 의식하고 있었다. 저 종소리가 멎으면 에샤나는 바다로 떨어지게 된다.

식장에서도 여기와 똑같은 비극이 벌어지고 있을까?

'이제 지긋지긋하다.'

문득 이명이 들릴 정도의 분노와 슬픔이 가슴에 북받쳐 올라왔다.

그 순간 챠그무는 미간에 날카로운 통증을 느꼈다.

4
낭떠러지

달이 괴괴히 바다를 비춰 곶을 이루는 울퉁불퉁한 바위의 윤곽이 희미하게 드러났다. '혼 돌려보내기' 의식을 치르러 떠난 행렬은 곶 끝부분에 도착하자 바위 사이에 마련된 제단에 커다란 화톳불을 붙였다. 타오르는 화톳불 두 점을 멀리 왕궁의 종루에서 확인한 종치기가 종을 치기 시작했다.

제단 양옆으로 사제가 두 명씩 서서, 낮은 소리로 바다의 어머니에게 기도를 드리기 시작했다. 그 뒤에 사제의 시종의 시중을 받는 나유그루 라이타의 눈과 산갈 왕이 있었고, 몇 발짝 사이를 두고 섬지기들이 일렬횡대로 늘어서 있었다. 왕가의 여자들은 식장 밖에서 기도를 드리고 있었다.

왕의 근위병과, 카리나 공주 휘하의 위병으로 소속이 변경

된 타르산의 병사들이 식장을 빙 둘러싸는 형태로 원형의 진을 짜고 있었다. 울퉁불퉁한 바위투성이의 어둠 속에서 병사들은 꼼짝 않고 서서 식장을 응시했다.

제단 중앙에는 단상이 마련되어 있었다.

사제의 시종들이 나유그루 라이타의 눈의 자그마한 손을 양쪽에서 잡고 살며시 단상 위로 데려가더니 안아 올려서 그 위에 세웠다.

단상 위에 선 소녀의 머리카락이 바닷바람에 휘날렸다.

시종들은 소녀의 연약한 몸통에 굵은 밧줄을 돌려서 묶었다. 밧줄 끝에는 돌덩이가 매달려 있었다. 밧줄을 돌릴 때마다 소녀의 자그마한 몸이 흔들리는 모습이 가여웠다.

'아직인가?'

소녀를 지켜보면서 카리나는 다가오는 결정적인 순간을 놓치지 않으려고 몹시 긴장하고 있었다.

미리 섬지기들한테서 병력을 빼앗은 것도 타르산의 위병들을 강등해 배치를 변경한 것도, 사실은 카리나가 파놓은 함정이었다. 그렇게 하면 병력이 필요한 섬지기들이 왕의 처사에 불만을 품은 타르산의 병사들을 자신들의 음모에 끌어들일 거라고 예측한 것이다. 물론 아돌을 비롯한 섬지기들은 그 사실을 꿈에도 알아채지 못했다.

카리나는 이 기회에 타르산의 위병들도 처분해버릴 생각이었다. 수가 많지는 않지만 타르산에게 절대적인 충성을 맹세한 이 병사들을 왕국군 내부에 남겨두기는 위험하다. 그렇다고 명분 없이 처형할 수도 없는 일이다. 여기서 음모에 가담한다면, 타르산의 병사들을 처치할 훌륭한 구실이 생기는 것이다.

타르산 같은 호쾌한 남자에게 빠져 충성을 맹세하는, 해적 시절부터 전해온 '바다의 형제' 야르타시 슈리의 전통을 산갈 왕국은 한시라도 빨리 버려야 한다고 카리나는 생각하고 있었다.

개인에게 충성을 맹세하는 병사는 필요 없다. 오로지 왕국에 충성을 맹세하는 병사만이 필요할 뿐이다.

'반역해라, 병사들이여.'

병사들의 움직임이 곧바로 처형 허가가 된다. 양옆에 배치된 왕의 근위병들은 타르산의 위병들이 섬기기 명령에 따라 움직이는 순간 바로 찔러 죽이라는 명령을 받은 상태였다.

타르산의 위병들도 근위병을 죽이라는 명령을 받았을지도 모르지만 숫자상으로는 근위병 쪽이 우세했다.

모든 사람이 제각기 다른 생각을 품은 채로, 하나의 목소리가 울리는 순간을 기다리고 있었다.

시종이 밧줄을 다 묶고 물러나자 왕이 앞으로 나왔다. 소녀 앞에 선 왕이 막 송별사를 시작하려는 참이었다.

"공격!"

아돌이 높은 소리로 외쳤다. 섬지기들이 일제히 품에 숨기고 있던 단검을 빼냈다. 왕을 향해서 덤벼들면서 섬지기들은 타르산의 위병들에게 명령했다.

"근위병을 제압하라!"

왕이 벌떡 일어서더니 품에서 단검을 꺼내 들고는 덤벼드는 섬지기를 상대로 방어 자세를 취했다. 카리나는 긴장한 채 왕의 근위병들이 응전하기를 기다렸다.

두 무리의 병사가 각기 행동을 시작하려는 순간이었다. 그 순간, 뜻하지 않은 커다란 음성이 어둠을 뚫고 울려 퍼졌다.

"다르가나!"

그리고 거의 동시에 섬지기의 선두에 서서 왕에게 덤벼들던 아돌이 보기 좋게 나가 떨어지며 땅바닥으로 내동댕이쳐졌다.

땅바닥에 쓰러진 후에도 아돌은 영문을 알 수 없었다. 눈가에서 번쩍이는 뭔가를 봤다고 생각한 순간, 오른쪽 어깨에 곤봉으로 맞은 것 같은 충격을 느끼고 쓰러진 것이다.

움직이려고 해도 땅바닥에 딱 달라붙은 것처럼 움직일 수가 없었다.

다른 섬지기들은 아연실색해 움직임을 멈춘 채, 오른쪽 어깨에 작살을 관통당해 땅바닥에 쓰러진 아돌을 응시하고 있었다.

아돌에게 작살을 던진 사람의 커다란 형체가 한 발짝 앞으로 걸어나왔다. 화톳불 빛에 드러난 얼굴을 확인하고는, 식장에 있는 모든 사람은 너무나도 뜻밖이어서 숨을 멈췄다.

"아프냐, 아돌? 나는 두 번 다시 너를 매형이라고는 부르지 않겠다. 피를 나눈 형님이 맛본 고통을 너도 겪어봐라."

신음하고 있는 아돌을 내려다보며 차가운 목소리로 말하고 나서 타르산은 카리나를 응시했다.

그러고는 그 자리에 있는 모든 사람들에게 들리도록 큰 소리로 누나에게 말하기 시작했다.

"누님, 멋지게 성공했군요. 음모를 단번에 폭로할 기회를 잡기 위해 저에게 작살로 카르난 형님을 다치게 만들라던 누님의 계획, 이 정도로 멋지게 성공할 줄은 몰랐습니다. 처음에 들었을 때는 오히려 무모하다고 생각했지요."

'앗.'

카리나는 아무 말도 못 하고 동생을 쳐다보기만 했다.

참으로 교묘한 말이다. 사르나의 계책이겠지. 이 자리에서 이렇게 말하게 함으로써 한순간에 타르산과 자신을 무죄로 만들어버린 사르나의 교묘한 수완에 카리나는 전율할 정도의 충격을 느꼈다.

"내 병사들이여! 나의 야르타시 슈리들이여! 너희들까지 속인 것을 용서해주기 바란다! 하지만 이것으로 누가 왕국의 적인지 확실해졌다.

내 명령을 즉각 따라준 너희들의 충성에 나는 진심으로 감사한다!"

타르산의 힘찬 목소리가 식장에 널리 울려 퍼지자 병사들은 일제히 함성을 질렀다. 곳을 흔드는 함성소리를 들으면서 타르산은 지그시 카리나를 응시하고 있었다.

뜻밖의 전개에 왕은 당황했지만, 상황을 재빨리 파악하더니 순식간에 동요에서 헤어났다.

왕은 단검을 거두고서 기침을 하더니, 위엄 있는 목소리로 타르산에게 말했다.

"훌륭했다, 타르산. 역시 내 아들이로구나.

아돌, 그리고 섬지기들이여. 이런 위급한 때에 왕가를 배반한 죄는…."

왕의 말은 더 이상 이어지지 못했다.

"움직이지 마라, 산갈 왕. 조금이라도 움직여봐라, 그때가 네 목숨이 끊어지는 순간이다."

연약한 여자아이의 목소리가 어둠 속에서 들렸다. 목소리
는 여자아이였지만 남자 어른이 말하고 있음을 분명히 내비
치는 말투였다. 그 기묘한 부조화에 모두가 얼어붙은 것처럼
움직임을 멈췄다.

나유그루 라이타의 눈이 왕의 목에 번쩍이는 물체를 들이
댄 채 단상 위에 서 있었다. 눈에 감아두었던 가리개는 어느
틈엔가 풀리고, 그 귀여운 얼굴에는 일그러진 어른의 미소가
떠올라 있었다.

"물고기 라쥬르의 독을 듬뿍 바른 침이 지금 네 목 앞에 곧
추서 있다. 이 독이 얼마나 무시무시한지는 산갈인이라면 잘
알고 있겠지?"

밤의 어둠을 건너서 오는 목소리를 듣고, 카리나를 비롯한
모두가 부르르 몸을 떨었다.

형세는 순식간에 역전되었다. 아무도 꼼짝하지 못했다. 믿
을 수 없는 심정으로 나유그루 라이타의 눈만 쳐다보고 있을
뿐이었다.

에샤나는 어두운 허공에 조용히 떠서 식장을 내려다보고
있었다. 그저 보고만 있을 수밖에 없었다. 사람의 몸에 작살

이 관통하는 무시무시한 광경도, 자신의 몸에서 나오는 무시무시한 말도…. 도대체 무슨 일이 일어나고 있는 건지 전혀 이해할 수 없었지만, 자신의 몸을 빼앗은 저 기분 나쁜 자가 사람을 죽이려고 한다는 사실만은 알 수 있었다.

무서웠다. 어떻게 할 수도 없는 채 무서워서 에샤나는 울음을 터뜨렸다.

'엄마, 살려줘…!'

에샤나는 울면서 힘껏 외쳤다.

'엄마!'

혼이 떨릴 정도로 힘껏 외쳤다. 몇 번이고 몇 번이고.

그 외침소리에 남빛 물이 떨리더니 파문이 퍼져나갔다. 에샤나의 혼의 비명은 허공을 가로질러, 들을 수 있는 귀를 가진 사람에게로 건너갔다.

미간에서 콧속으로 날카로운 통증이 흘렀다고 느낀 순간, 나유그의 물 냄새에 압도당하며 귓속으로는 누군가의 비명이 울렸다. 챠그무는 가슴을 누르면서 바닥에 무릎을 꿇었다.

"전하?"

슈가가 당황하며 챠그무의 몸을 부축했지만 챠그무는 그 사실조차 알아차리지 못했다.

피비린내와 고통을 호소하는 신음소리에 겹쳐 에샤나의 비명이 가슴속에 울려 퍼졌다.

'이제 지긋지긋하다.'

챠그무는 이를 악물었다.

'사람이 죽는 것은 이제 지긋지긋하다.'

허공에 덩그마니 떠오른 자그마한 빛이 보였다. 참억새불처럼 덧없이 타다가 꺼지는 빛.

문득 격렬한 분노가 가슴에 솟구쳤다.

어린 소녀의 몸을 도구로 사용하는 주술사, 왕가를 지키기 위해 소녀를 죽이기를 주저하지 않는 카리나, 그리고 소녀가 죽는 것을 지켜보고만 있는 자신.

챠그무는 순간 눈을 들어 슈가를 보며 속삭였다.

"용서해라, 슈가."

슈가는 눈을 크게 떴다.

"전하?"

눈을 감은 챠그무의 이마에서 빛이 나타났다. 그 빛이 꼬리를 끌며 순식간에 날아올라 창밖으로 사라져버렸다.

슈가는 숨을 쉴 수 없을 정도의 충격을 느끼며 그 모습을 지켜봤다.

혼이 빠진 챠그무의 몸은 순식간에 무거워지며 축 늘어져,

슈가는 당황해서 온몸에 힘을 주어 부축했다.

'뒤를 쫓아야 해. 한시라도 빨리!'

빨리 쫓아가지 않으면 챠그무의 혼이 저 주술사와 만나고 만다. 저 주술사에게 챠그무는 적수가 안 되는데….

하지만 초조할 뿐이지 슈가는 꼼짝할 수가 없었다. 몸이 자기 것이 아닌 양 마비되며 뱃속 깊숙한 곳에서부터 떨려 오기 시작했다. 몸에서 혼이 이탈하는 일을 슈가는 아직까지 한 번도 경험한 적이 없었던 것이다.

마른 침을 삼키면서 슈가는 갈라진 목소리로 병사들에게 말했다.

"화, 황태자 전하께서는 부정을 피하기 위해 '혼 칩거'에 들어가셨다! 나는 전하의 혼을 지켜드려야만 한다. 내가 혼을 담아 기도에 전념하는 동안 그대들은 철저하게 우리 몸을 지켜라!"

슈가는 챠그무의 몸을 끌어안은 채로 벽 앞에 앉아 등을 기댔다.

그러고서 주술사 토로가이에게 배운 주문을 필사적으로 입안에서 외우기 시작했다.

하지만 아무 일도 일어나지 않았다. 사람들의 고함소리와 술렁이는 소리가 들려 아무래도 집중할 수가 없었던 것이다.

주문에만 집중해라, 주문에만 집중해라.

눈을 감은 채 자신이 중얼거리는 주문이 입에서 귀로 반복해서 전해지는 것을 듣는 사이에, 이윽고 신기한 순간이 찾아왔다. 몸이 뜨겁다. 타는 듯이 뜨겁다. 점점 작아져간다. 점점 작아져 뜨거운 구슬이 되어간다….

이상한 형체가 어렴풋이 보였다. 그것이 위에서 비스듬히 내려다보이는 자신의 코라는 사실을 알아차렸을 때, 뭔가를 스르륵 통과한 느낌이 들며 몸이 바람처럼 가벼워졌다.

실 끊어진 꼭두각시 인형처럼 슈가의 머리가 축 처지는 모습이 근위병들의 눈에 들어왔다.

종은 아직도 계속 울리고 있었다. 밤하늘을 뒤흔들며 되풀이 되풀이해서.

❧❀❧

멀리 절벽 정상의 식장에서 불어오는 바람이 술렁임을 전해왔다.

호스로 곶 아래 파도가 밀어닥치는 바위 뒤에 숨어 있는 스리나로서는 위의 식장에서 무슨 일이 일어나고 있는지 전혀 알 길이 없었다. 그저 밤공기가 전하는 불안한 울림에 귀를 기울일 따름이었다.

바다에서 갑자기 얼어버릴 정도로 차가운 해류를 만났을

때와 비슷한 느낌이었다. 자신이 모르는 곳에서 무슨 일인가 일어나고 있다. 뭔가 무시무시한 일이.

종이 울리기 시작했을 때, 스리나는 야광 지렁이가 들어 있는 항아리를 끌어안고서 미끄러지지 않도록 천천히 바위를 내려갔다. 그리고 바람의 방향을 읽으며 야광 지렁이를 해면에 잘 퍼지도록 뿌렸다. 바람에 흩어지며 어둡고 드넓은 바다로 사라져간 야광 지렁이로 파도가 옅은 녹청색으로 반짝거리기 시작했다.

아까부터 계속 에샤나의 울음소리가 들려오고 있다. 엄마를 부르고 있다. 가슴을 쥐어뜯는 듯한 슬픈 울음소리였다.

'에샤나, 울지 마. 반드시 엄마한테 데려다줄 테니까.'

아름다운 빛으로 굽이치는 파도를 응시하면서 스리나는 마음속으로 중얼거렸다.

❧

에샤나의 몸을 차지해서 독침을 왕의 목에 들이댄 라스그는 승리의 쾌감에 취해 있었다.

"부인들 쪽이 아무래도 한 수 위였던 것 같군. 나는 아무래도 교섭 상대를 잘못 선택한 것 같구나."

라스그는 왕의 목에 독침을 들이댄 채로 위압적인 어조로 명령했다.

"타르산 왕자, 병사들, 무기를 버려라, 당장. 거부하면 왕의 목을 찌르겠다."

타르산은 이를 악물었지만 어쩔 도리가 없었다. 에샤나의 몸은 왕의 거대한 체구에 완전히 가려 있고, 그 뒤에는 낭떠러지밖에 없다. 타르산은 병사들에게 무기를 버리라고 말하고, 자신도 갖고 있던 예비용 작살을 땅바닥에 내던졌다.

"좋다. 그러면, 타르산 왕자, 카리나 공주, 이쪽으로 와라. 그렇지, 거기서 멈춰라. 이쪽으로 등을 돌리고 섬지기들 쪽을 향해 서라."

타르산과 카리나는 왕한테서 세 발짝쯤 떨어진 위치에 나란히 섰다.

"좋다. 자, 섬지기들이여, 명예를 회복할 때입니다. 당신들의 성의를 보여주시지요."

섬지기들은 창백한 얼굴로 라스그의 목소리가 나는 쪽을 쳐다봤다.

"왕과 그 일족을 당신들 손으로 처치하는 모습을 나에게 똑똑히 보여주시지요."

술렁임이 일었다.

"뭘 망설이고 있느냐! 그들을 죽이지 않으면 당신들이 처형될 텐데!"

날카로운 소녀의 목소리로 라스그가 소리칠 때였다.

눈 앞에서 뭔가가 번쩍였다. 너무 눈이 부셔, 라스그는 비틀거릴 뻔하다가 당황해서 자세를 바로잡았다. 누군가가 자신의 이마를 밀고 들어오는 기묘한 감각에 라스그는 신음했다. 그리고는 강력한 힘에 붙잡혀서 소녀의 몸에서 끌려 나갔다.

완전히 허공으로 끌려 나간 라스그의 눈앞에 격렬한 분노로 온몸을 불태우고 있는 소년이 서 있었다. 그 얼굴을 보고 라스그는 경악했다.

'넌….'

요고 황족의 혈통임이 확연하게 드러나 보이는 얼굴. 그러나 그 눈은 몽롱하고 흐릿한 황족의 눈빛과는 달리, 타오르는 불꽃처럼 격렬한 빛으로 번쩍이고 있었다.

처음의 놀라움이 가라앉자 라스그는 재빨리 정신을 수습했다.

'건방지게 혼을 날리는 방법을 아는 것 같은데, 그걸로 나하고 대적할 수 있을 거라고 생각했느냐?'

챠그무는 그저 오로지 타오르는 듯한 분노에 몸을 맡겼다. 혼의 힘은 마음의 힘이다. 주눅 들면 살해당한다.

냉소를 띤 주술사의 얼굴이 갑자기 부풀어 오르더니 순식간에 소나기구름처럼 하늘을 뒤덮었다.

그 얼굴이 쩍 갈라졌다. 거대한 입이 무시무시한 속도로 챠그무에게 다가왔다. 벌린 입 속으로 번뜩이는 끈적끈적한 엄니가 보였다. 오돌토돌한 표면을 침으로 적신 검붉은 혀가 시계를 뒤덮고 비린내가 온몸을 감쌌다.

잡아먹히겠다!

격렬한 공포가 관통하는 순간, 챠그무의 뇌리에 한 가지 기억이 떠올랐다. 혼의 힘을 최대한 강화하기 위한 둔갑 주술.

뜨뜻미지근한 입이 온몸을 뒤덮은 순간, 챠그무는 눈을 감고 매로 변신했다. 그리고 힘차게 날갯짓해서 날아올라, 날카로운 갈고리발톱으로 붉은 혀를 쥐어뜯고 단단한 부리로 혀를 갈기갈기 찢었다.

핏방울이 튀고 비명이 터져 나오더니 순식간에 얼굴이 작아졌다. 그리고는 분노로 일그러진 주술사의 얼굴로 돌아갔다.

'이…!'

라스그는 챠그무의 뜻밖의 반격에 주춤했다. 황태자일 텐데 이 소년은 분명히 주술을 알고 있다. 주술은 더러운 술수라고 외면해야 마땅할 요고의 황태자가 왜?

놀라면서도 라스그는 곧바로 반격에 나섰다. 양손을 불꽃으로 둔갑시키더니 타오르는 손으로 자그마한 매를 움켜쥐고는 꽉 눌러서 찌부러뜨렸다.

온몸이 타올랐다. 엄청난 통증에 챠그무는 절규했다.

그 순간, 온몸을 감싸고 타오르던 불꽃이 획 꺼지며 주위가 캄캄해졌다.

'전하.'

떨면서 눈을 뜨자, 슈가가 자신의 몸을 끌어안고 있었다.

'슈가!'

불꽃에 휩싸였던 기억은 아직 챠그무를 두려움에 떨게 했지만, 슈가를 본 순간 마음속에서부터 기력이 솟구쳤다. 두 사람은 서로를 붙잡고서 무시무시한 주술사를 응시했다.

세 사람의 혼이 사투를 벌이고 있다는 사실을 호스로 곶에서 있는 사람들은 전혀 모르고 있었다. 단지 산갈 왕은, 웬일인지 자신의 목에서 독침이 비껴나더니 기분 나쁜 나유그루 라이타의 눈이 손을 축 늘어뜨리는 것을 느끼고, 급히 소녀의 몸에서 떨어졌다. 소녀의 손에서 독침이 뚝 떨어져내리고, 소녀의 몸이 벗어던진 옷처럼 단상 위에 허물어졌다.

"죽여라."

왕은 헐떡이면서 병사들에게 명령했다.

"빨리 이 소녀의 몸을 바다로 떨어뜨려라!"

혼들끼리의 무시시무시한 싸움을 떨면서 지켜보던 에샤나는 왕의 목소리에 깜짝 놀라 아래를 내려다봤다. 자신의 몸을 마치 낡은 헝겊이라도 되는 것처럼 들어 올리는 병사들의 모습이 보였다.

'바다로 떨어진다!'

에샤나는 비명을 지르며 자신의 몸으로 뛰어들었다.

라스그는 에샤나가 자신의 몸으로 돌아간 사실을 알았다. 그리고 왕이 독침에서 벗어났다는 사실도. 오랜 시간을 들여서 계획해 마침내 잡아낸 기회가 자신의 손에서 빠져나가버렸다. 단 한 사람의 뜻밖의 훼방 때문이다.

신요고 황국의 황태자를 죽이면 큰 공로가 될 거라는 생각이 들었다. 그러나 아무리 미숙하다 해도 주술을 아는 사람 둘을 상대로 싸우는 일은 쉽지 않다.

적당히 물러나야 할 때였다. 실패하면 곧바로 손을 떼는 것이 철칙이다. 언제까지고 꾸물거리며 매달리면 자신까지 그 실패에 끌려가버린다.

라스그는 빙긋이 웃었다.

'황태자님, 잘 보시게나. 저기 어린 소녀가 죽겠구나.'

말을 마친 라스그는 자그마한 빛으로 변하더니 허공을 날아서 사라져버렸다.

챠그무는 깜짝 놀라서 에샤나를 내려다봤다. 힘없이 발버둥치는 에샤나의 몸을 병사들이 들어 올리고 있었다. 또 다른 병사 하나가 에샤나의 몸에 매단 돌을 들어 올렸다. 병사들의 기합소리가 울려 퍼지는 가운데 돌덩이를 든 병사는 더욱 높이 치켜들었다. 다음 순간 병사들은 에샤나를 바다로 내던졌다.

에샤나의 입에서 날카로운 비명이 터져 나오더니 꼬리를 끌며 어둠으로 흩어졌다.

챠그무는 공중을 나는 에샤나의 몸을 향해서 날았다. 그러나 혼의 손으로는 에샤나의 몸을 붙잡을 수 없었다. 그때였다. 자신의 손에 자그마한 손이 매달리는 것을 느꼈다. 허공을 떨어져내리는 두려움에 에샤나의 혼이 챠그무에게 매달린 것이다.

점점 바다가 가까워졌다. 에샤나의 손을 잡고 있었기에 챠그무는 수면에 부딪히는 충격을 에샤나와 똑같이 느꼈다.

커다란 판자에 내동댕이쳐진 것 같은 충격이 전신에 울리며 몸이 산산조각 나는 느낌이 들었다. 숨 막히는 고통이 엄습했다. 그리고는 돌에 끌려서 바다 밑으로 점점 가라앉아갔다.

밤바닷속에 어두컴컴한 세계가 펼쳐져 있다. 저세상이 가까이 다가오고 있다.

숨을 쉴 수 없는 고통이 이어졌다. 그 순간 누군가가 자신을 붙잡는 것을 챠그무는 어렴풋이 느꼈다.

'전하, 에샤나의 손을 놓으십시오!'

슈가의 목소리가 귓전에서 들렸다.

'전하까지 저세상으로 끌려가고 맙니다! 빨리 놔야 합니다!'

챠그무는 조용히 죽음을 향해 떨어져가는 자그마한 소녀의 하얀 얼굴을 지켜보면서 여전히 손을 놓지 않았다.

슈가 역시 챠그무를 안은 손을 풀지 않았다. 세 사람의 혼이 어둠을 향해 천천히 떨어져 내려갔다.

타르산은 낭떠러지 위에서 몸을 앞으로 내민 채 아래로 떨어지는 에샤나를 지켜보고 있었다. 에샤나의 몸이 바다로 빨려 들어간 순간, 검푸른 바다에서 녹청색 빛이 솟아올랐다.

'야광 지렁이…?'

호스로 곶 주변에 있을 리가 없는 그 신비로운 빛의 난무에 정신이 팔린 사이, 곧바로 낭떠러지 아래의 바위에서 또 하나의 자그마한 그림자가 멋진 포물선을 그리며 바다로 뛰어드는 것이 보였다.

그 움직임을 본 순간, 타르산의 몸에 전율이 흘렀다. 예전에 타르산이 진심으로 아름답다고 생각했던, 에샤나의 아버지 야타가 물속으로 뛰어들 때의 모습과 너무나도 흡사했기 때문이다.

타르산은 몸을 휙 돌리더니 땅바닥에 나뒹구는 작살을 주워 들었다.

병사들이 타르산의 의도를 알아채고는 말리려 들었다. 그러나 타르산은 그대로 곶의 끝까지 일직선으로 달려갔다. 그리고는 추를 매다는 대신 작살을 가슴에 안고 뛰어드는 산갈 어부의 자세로 멋진 포물선을 그리며 공중을 날아올랐다.

에샤나의 새된 비명이 머리 위에서 들려왔을 때, 스리나는 '이제 됐다, 에샤나의 혼이 몸으로 돌아왔구나' 하고 생각했다. 그리고 망설임 없이 바위를 걷어차고는 어두운 바다로 뛰어든 것이다.

하지만 예상했던 것보다 훨씬 거센 파도가 스리나의 몸을 자꾸만 바위 쪽으로 다시 밀어붙였다. 아무리 잠수하려 해도 좀처럼 앞으로 나아갈 수가 없었다. 자그마한 몸이 은은한 빛의 난무 속에서 가라앉는 모습을 응시하면서, 스리나는 필사적으로 물을 헤치고 나아가려 애썼다.

그때 요란한 물소리가 났다. 일직선으로 눈앞을 지나친 뭔가가 잠수해서는 파도를 헤치며 나아갔다.

　빛의 소용돌이가 춤추고 기포가 소용돌이쳤다. 힘찬 팔이 물을 가를 때마다 야광 지렁이의 빛이 바닷속에 띠를 만들어 냈다. 뱀처럼 꿈틀대며 번쩍이는 그 빛의 띠는 에샤나를 쫓아서 바다 아래로 내려갔다.

　초록빛을 휘감은 타르산은 에샤나의 몸을 한 팔로 안더니, 돌을 매단 밧줄을 작살의 날로 잘랐다. 돌덩이는 흰 거품을 남기며 바다 밑으로 가라앉았다. 타르산은 가벼워진 에샤나의 몸을 안고서 서둘러 바다 위로 올라갔다.

　수면에 얼굴을 내밀었을 때, 타르산은 힘차게 헤엄치며 다가온 누군가가 옆에서 에샤나를 부축하는 것을 느꼈다. 얼굴을 돌아볼 여유가 없었다. 두 사람은 에샤나의 얼굴이 수면 밖으로 나오도록 떠받치면서 바위를 향해서 계속 헤엄쳤다. 힘을 합해서 에샤나를 바위 위로 들어 올리고 나니 기침이 터져나왔다. 두 사람은 잠시 가쁜 숨을 골랐다.

　그리고는 서둘러 에샤나를 반듯이 눕히더니 꺼져가는 에샤나의 호흡을 되살리기 시작했다.

　에샤나는 문득 가슴에 숨결을 느꼈다. 그 순간, 혼을 뒤덮기 시작했던 저세상의 어둠이 갑자기 옅어지며 멀리 사라졌다.

에샤나의 혼과 뒤엉킨 채로 함께 어둠에 잠겨 있던 챠그무와 슈가 역시 에샤나의 몸으로 들어오는 강력한 숨결을 느꼈다. 한 번씩 숨결이 들어올 때마다 어둠이 멀어지며 힘이 되살아났다.

에샤나가 몸부림치며 물을 뱉어내 완전히 소생했을 때, 챠그무와 슈가의 혼 역시 차갑고 달콤한 밤바람을 느꼈다.

몸으로 이어진 생명의 실이 강력하게 고동치기 시작하며, 두 사람은 그 실에 끌리듯이 천공으로 날아올랐다.

5
위정자의 추악함

스리나는 바위 감옥의 벽에 등을 기대고 에샤나의 몸을 껴안은 채 긴 밤을 보냈다.

자그마한 불빛이 만들어낸 철창의 그림자가 축축한 흙바닥 위에 흔들렸다.

'타르산 왕자님이 말씀하신 대로 도망칠 걸 그랬나.'

에샤나를 바다에서 건져 올려서 소생시킨 후에 타르산 왕자는 굳은 표정으로 스리나를 응시하며 말했다.

"네가 왜 여기 있는지 지금은 물을 여유가 없구나. 당장 여기서 도망쳐라."

영문을 모르는 채 멍하니 있자 타르산이 목소리를 내리깔며 호통쳤다.

"도망치란 말이다! 병사들이 도착하면 너를 놓아줄 수 없게 된다!"

흠칫 놀라며 스리나는 몸을 움츠렸다.

"에샤나를 데리고 도망치라는 건가요?"

타르산은 고개를 저었다.

"이것이 에샤나인지 아닌지 나는 모른다. 구하지 말았어야 했는지도 모른다. 하지만 네가 뛰어드는 모습을 보는 순간, 나도 모르게 그만 몸이 움직이고 말았다. 그때 야타가 에샤나를 구하려고 하는 것 같아서…. 그럴 리는 없다는 것을 알고 있었는데도 정신을 차리고 보니…."

달빛에 희미하게 떠오른 타르산의 얼굴이 고통스러운 듯이 일그러졌다.

"구해버린 이상 재판장으로 데려가야만 한다. 그때까지는 아무에게도 주술을 걸지 못하도록 바위 감옥에 가둬두게 될 것이다. 너는 빨리 여기서 도망쳐라. 그리고 오늘 밤 일은 잊어라. 절대로 사람들에게 말해서는 안 된다."

무슨 말을 하고 있는 건지 도통 알 수가 없었지만, 스리나는 시키는 대로 일어섰다.

그때 에샤나가 고통스러운 듯이 기침을 하며 자그마한 몸을 웅크리고는 덜덜 떨기 시작하지만 않았다면 스리나는 시키는 대로 도망쳤을 것이다.

기침을 하던 에샤나가 눈을 뜨고서 끊임없이 눈을 깜빡였다. 그러다 스리나와 눈이 마주친 순간, 안심한 빛을 떠올리면서 울음을 터뜨린 것이다.

미아가 된 아이가 어머니와 만났을 때 참지 못하고 터뜨리는 울음과도 같았다.

고통스러운 것, 무서운 것을 간신히 참아오다가 마침내 살아난 순간이다. 팽팽하던 실이 툭 끊어지듯이 맥이 풀려버렸을 것이다.

도망칠 생각이 사라졌다. 틀림없이 후회할 것이다. 그렇게 생각하면서도 스리나는 에샤나를 꽉 껴안았다. 뼈와 가죽밖에 없는 것 같은, 놀라울 정도로 가벼운 몸이었다.

파도가 밀려오는 바위 위로 울려 퍼지는 병사들의 발소리를 들으면서도, 스리나는 그대로 움직이지 못하고 타르산을 올려다보기만 했다.

바위 감옥으로 옮겨지는 동안에도 감옥에 갇힌 후에도 에샤나는 입을 열지 않았다. 겁에 질린 강아지처럼 심하게 떨면서 스리나에게 매달리기만 했다. 열이 나는 것 같았다. 젖어서 차갑던 몸이 지금은 무척 뜨거웠다. 숨소리가 빠르고 힘겹게 들려왔다. 반쯤 감긴 눈을 보니 의식도 맑지 못한 모양이었다.

타르산 왕자는 마른 수건과 담요를 두 사람에게 주라고 위병들에게 지시했다. 위병들이 담요를 건네주는 동안에도 타르산 왕자는 에샤나와 스리나를 지그시 바라보고 있었다. 무서울 정도로 긴장한 얼굴이었다. 마치 얼굴 피부를 뭔가로 팽팽하게 당겨놓은 듯이 보였다.

"아침이 되면 데리러 오겠다. 가능한 한 너를 변호해줄 테니까 걱정 마라."

그렇게 말하고 나서 타르산은 스리나의 가슴에 안겨 눈을 꼭 감은 채 떨고 있는 에샤나를 내려다봤다. 무슨 말을 하려다가 그만두고는 타르산 왕자는 홱 등을 돌려서 빠른 걸음으로 나가버렸다.

타르산 왕자는 진심으로 에샤나를 두려워하는 것 같았지만 스리나는 에샤나가 무섭지 않았다. 몇 번이나 기이한 체험을 하며 에샤나의 혼과 접촉한 스리나는 가슴에 안고 있는 뜨겁고 자그마한 몸에 에샤나의 혼이 깃들어 있음을 알 수 있었기 때문이다.

'나유그루 라이타가 이 아이의 혼을 유혹해냈다가 돌려보내줬잖아. 난 잘못한 것이 없어.'

그 점을 성심성의껏 설명하면 틀림없이 이해해줄 것이다.

밤은 천천히 흘러갔다. 얼마나 지났을까? 발소리가 들려서 스리나는 번쩍 눈을 떴다. 모르는 사이에 잠들었던 모양이다.

"스리나."

말을 걸어오는 사람을 보고서 스리나는 깜짝 놀랐다.

"사… 사르나 공주님."

섬에서 몇 번인가 멀리서 본 적 있는 공주님이 안심한 표정으로 눈앞에 서 있었다.

"다행이다, 무사해서. 먹을 거나 마실 거를 갖고 온 사람이 아직 아무도 없었지?"

스리나는 눈을 깜빡였다.

"예, 그럴 거예요. 죄송해요, 잠이 들어서 오신 줄 몰랐어요."

사르나는 항아리 하나와 종이에 싼 것을 철창 사이로 밀어 넣었다. 꽤나 묵직하고 차가운 항아리에는 물방울이 잔뜩 묻어 있었다. 차가운 과즙과 기력을 돋울 음식을 받아들고 스리나는 감격했다.

"감사합니다."

사르나 공주는 고개를 끄덕이더니 스리나에게 뭐라고 속삭였다. 공주가 왜 그런 말을 하는지 스리나는 이해할 수 없었지만, 사르나 공주의 진지한 표정에 주눅 들어 고개를 끄덕이기만 했다.

끈적끈적하고 검붉은 것이 몸에 묻어 있었다. 그 끔찍한 냄새에 챠그무는 가위눌려 있었다. 더러운 것이 온몸에 스며들어 몸에서 오물 냄새가 풀풀 풍겼다.

난도질당한 몸, 튀어나온 내장, 경련하면서 꺼져가는 생명을 지켜보는 눈, 끈적끈적하고도 검붉은 혀가 몸을 핥는다….

신음하면서 손을 들어 올리려고 했지만, 오물이 아교처럼 몸에 달라붙은 채 굳어버려 꼼짝도 할 수가 없었다. 손과 발이 손가락 끝과 발가락 끝에서부터 서서히 썩어 오물로 변해 간다….

그때 슈가의 목소리가 들렸다.

'바다를 생각하세요, 전하.'

검붉은 안개를 뚫고서 챠그무의 이마에 차가운 물방울이 뚝 떨어졌다.

'자, 해수면이 가까워옵니다!'

챠그무는 점점 가까워지는 해수면을 지켜봤다. 그리고 다음 순간 온몸을 나무판으로 얻어맞은 것 같은 엄청난 충격을 느꼈다.

차가운 물이 얼굴을 때려 콧속이 아파왔다. 온몸이 단단한 바닷물에 휩쓸려 빨려 들어가, 깊숙이 깊숙이 가라앉는다. 몸에 들러붙은 오물이 씻겨내려 살갖이 매끄러워졌다. 상쾌했다. 저 멀리 투명한 어둠을 향해 내려간다.

고요했다. 아무것도 보이지 않는다. 아무것도 없다. 바다 냄새만이 온몸에 퍼지며 몸을 기분 좋게 흔들어주었다.

차가운 손이 이마에 부드럽게 닿았다.

'챠그무 전하.'

챠그무는 단숨에 해수면으로 떠오르듯이 깨어났다.

잠시 자신이 어디에 있는지 알 수 없었다. 어슴푸레한 천장에 은모래처럼 별이 흩어져 있었다. 야광조개가 박힌 세공품을 알아보는 순간, 챠그무는 자신이 산갈 왕궁의 침실에 누워 있음을 깨달았다.

침대 옆에 슈가가 다소곳이 서 있었다.

"아아, 슈가…, 무시무시한 꿈을 꿨다."

슈가가 고개를 끄덕였다. 긴장한 표정인 슈가의 뺨에 눈물 자국이 남아 있었다. 챠그무의 눈이 휘둥그레졌다.

"슈가… 그대, 울고 있었느냐?"

슈가의 창백한 뺨에 희미하게 미소가 떠올랐다. 그리고 중얼거리듯이 말했다.

"돌아오셔서 다행입니다."

갑자기 가슴에 뜨거운 것이 퍼지며 목구멍이 불룩해졌다. 챠그무는 이를 악물고 고개를 숙였다.

이제는 익숙해진 해명이 멀리서 들렸다.

"전하, 사르나 공주님이 방 밖에 계십니다."

슈가는 조용한 어조로 사르나한테 들은 이야기를 챠그무에게 전했다. 어떻게 해서 타르산과 사르나가 자유의 몸이 되었는지.

그리고 에샤나라는 어린 소녀가 지금 바위 감옥에 있다는 사실도.

챠그무는 가만히 이야기를 듣고 있더니, 이윽고 불쑥 물었다.

"왜 알려준 것이냐? 알려주면 내가 뭘 원할지를 잘 알 텐데."

슈가가 눈썹을 추켜올리며 쓴웃음을 지었다.

"저는 전하께 맹세했으니까요. 절대로 음모를 알면서 누군가를 죽게 내버려두시게 하지는 않겠다고."

그렇게 말하고서 슈가는 챠그무를 응시했다.

"맑고 빛나는 혼을 몸에 간직한 채로 나라를 다스릴 수 있는 분도 계신다고 저는 믿습니다."

악몽 속에서 슈가의 목소리가 차가운 물방울처럼 울려 검붉은 안개를 갈라주었듯이, 지금 또다시 슈가의 말이 청량한 바람이 되어 몸속으로 불어왔다. 등을 곧게 펴는 챠그무의 얼굴에 금세 환한 미소가 떠올랐다.

그 미소를 본 순간 슈가의 가슴에도 따뜻한 기쁨이 퍼졌다.

"전하, 에샤나를 구하기 위한 교섭을 저에게 맡겨주시지 않겠습니까?"

챠그무는 염려스러운 듯이 슈가를 쳐다봤다.

"그래도 상관없지만… 잠을 못 자지 않았느냐? 산갈 왕과 카리나 공주를 상대로 교섭하려면 무척 힘들 것이다. 조금 쉬고 나서 시작하는 편이 좋지 않을까?"

슈가는 바싹 마른 입술에 미소를 지었다.

"고맙습니다. 그러나 서두르는 편이 좋을 겁니다.

괜찮습니다, 전하. 저는 자지 않고 별을 보는 데 익숙하니까요."

대기실에서 기다리고 있던 사르나는 슈가의 모습을 보더니 벌떡 일어섰다. 사르나도 한숨도 못 잤을 것이다. 슈가와 마찬가지로 창백하고 지친 얼굴을 하고 있었다.

"전하는 어떠신지요?"

"걱정을 끼쳐드렸습니다만 이제 괜찮습니다. 사르나 공주님, 에샤나에 대해 전해주신 말씀 진심으로 감사드립니다."

사르나는 고개를 저었다.

"천만에요. 감사할 사람은 저입니다. 전하께서 저희를 위해 해주신 일에 저도 타르산도 말로는 도저히 표현할 수 없을 정도로 감사하고 있습니다. 그래서 어떻게 하실 건가요?"

"제가 가겠습니다. 전하께서 저에게 일임하셨거든요. 그러나."

슈가가 목소리를 낮췄다.

"저를 데리고 가면 공주님의 입장이 난처해지지 않을까요?"

사르나는 작게 소리를 내어 웃었다.

"어젯밤까지의 일을 생각하면 아무것도 무섭지 않아요."

사르나의 지친 얼굴에서 오로지 눈만 생기 있게 빛났다.

"이 나라의 중대사에 어민의 딸 따위는 문제 되지 않는다, 심의를 통해 공정하게 처리했음을 과시한 후에 암살해버려라, 그것이야말로 화근을 남기지 않고 끝내는 가장 좋은 방법이다, 저는 위정자로서 그렇게 배워왔습니다."

사르나는 빙긋이 미소 지으며 슈가를 올려다봤다.

"하지만 다르게 생각하는 위정자도 있더군요. 전하의 생각이 어떤 결과를 낳는지 이 눈으로 지켜보고 싶습니다."

가까스로 암살 기도를 막고 살아남아 지금은 또다시 병실에서 쉬고 있는 카르난을 들여다본 다음, 왕실 사람들과 중신들과 장군들은 밤새 회의를 계속했다. 주된 의제는 물론 타르슈 제국에 대한 향후 대책과 음모에 가담한 섬지기들의 처분이었다. 에샤나 일은 날이 밝아도 의제에 오르지 않았다.

중요한 의제를 거의 처리했을 때, 사르나는 양해를 구하고 도중에 방에서 나갔다.

꽤나 오랫동안 자리를 비웠다가 돌아오더니, 사르나는 신요고 황국 황태자의 상담역이 긴히 할 이야기가 있다고 해서 이쪽으로 모시고 왔다고 전했다.

산갈 왕국을 구하기 위해 적극 협력해준 황태자의 상담역을 무시할 수는 없어서 왕은 알현을 허락했다. 카리나와 타르산과 사르나만 남으라고 명령하고 다른 사람들은 내보내고 나서, 왕은 슈가를 들여보내라고 시종에게 일렀다.

슈가가 회의실에 들어서자 산갈 왕은 미소 지으며 큰 소리로 말을 걸었다.

"자, 자, 들어오시지요! 슈가 님!"

슈가는 깊숙이 절한 후에 고개를 들었다.

"갑작스런 부탁을 들어주신 점 진심으로 감사드립니다."

"무슨 말씀을! 그런 딱딱한 말씀은 이 산갈과는 어울리지 않습니다. 편하게 하시지요. 챠그무 황태자 전하는 좀 어떠신가요?"

"예. 사실은 그 일로 산갈 국왕 폐하께 상의드리러 온 것이옵니다."

왕의 눈에 탐색하는 듯한 빛이 떠올랐다. 슈가는 차분한 어조로 말하기 시작했다.

"아시다시피 신요고 황국의 황제에게는 신성한 신의 피가 흐릅니다. 챠그무 황태자 전하도 물론 깨끗한 신의 피가 흐르는 분이지요. 본래는 피나 죽음과는 멀리 떨어져 계시도록 하는 것이 저희 신하된 자들의 임무입니다.

그러나 이번에는 제 힘이 부족해 전하께서 피나 죽음 같은 부정한 것을 가까이서 접하시고 말았습니다. 그것도 전하와 무관한 죽음이 아니라 전하께서 내리신 명령 때문에 벌어진 살육으로, 전하께서는 그로 인해 부정을 타고 말았습니다. 지금 전하께서는 몸속 깊숙이 혼을 가라앉히고, 아직도 혼 속에 칩거하고 계시는 상태입니다. 이대로는 목숨마저 위태로울 수도 있습니다."

왕은 살짝 미간을 찌푸렸다. 신성한 혼이라든가 하는 말을 미심쩍게 여기는 기질이 고개를 든 것이다.

'신성한 황태자를 부정 타게 했다고 산갈을 비난할 생각인가?'

"아니, 그건… 신요고 황국의 신성한 황태자께 그런 험한 일을 겪게 해서 죄송하게 생각하오. 챠그무 전하께서 스스로를 위험에 빠뜨리면서까지 우리를 도우려고 해주신 점에 대해서는 진심으로 감사하고 있습니다."

도와준 것은 어디까지나 챠그무 황태자 스스로의 결정임을 은연중에 내비치며 산갈 왕은 젊은 성독박사를 응시했다.

"우리 의술로 구할 수 있다면 어떤 고가의 약이라도 드리겠습니다만."

슈가가 살짝 고개를 숙였다.

"대단히 고맙습니다. 그것을 부탁드리기 위해서 찾아뵌 것이옵니다."

왕의 미간에 또렷이 주름이 졌다. 슈가의 의도를 도무지 파악할 수가 없었기 때문이다.

"음, 목숨을 구해주신 은혜에는 목숨을 구하는 것으로 갚는 것이 당연하지요. 도대체 어떤 약이 필요한 건지요?"

슈가는 눈을 들어 산갈 왕의 눈을 응시했다.

"챠그무 황태자 전하의 목숨을 구하기 위해서는 전하의 혼을 정화해야만 합니다. 살인과 죽음으로 더럽혀진 혼을 정화하는 데 가장 효과가 있는 처방은 자신이 누군가의 목숨을 구했다는 실감입니다. 삶의 빛으로 죽음의 부정함을 씻어내는 것이지요. 부디 그럴 기회를 주시기 바랍니다."

산갈 왕가 사람들은, 카리나조차도, 이 젊은 성독박사가 뭘 바라는지 알 수 없어서 묵묵히 다음 말을 기다렸다.

슈가는 미소 지었다.

"전하는 무척 다정하신 분입니다. 죄도 없는 어린 소녀가 죽는 것을 가엾게 여기셔서 줄곧 고민하고 계셨습니다. 그 소녀라면 전하의 혼을 정화시키기에 가장 좋은 약이 될 겁니다."

산갈 왕과 카리나는 비로소 슈가가 뭘 요구하는지 이해한 표정을 지었다.

"나유그루 라이타의 눈 말인가요?"

왕이 나지막이 말하자 슈가는 고개를 끄덕였다.

"예. 이쪽 나라에서는 그 소녀를 그렇게 불렀지요. 그 소녀에게 들어 있었던 것은 나유그루 라이타가 아니라 주술사였습니다만."

왕은 목덜미에 소름이 돋는 것을 느꼈다. 독침이 닿았던 부분이 따끔거리는 기분이었다. 왕은 헛기침을 내뱉었다.

"하지만 그 소녀는 지금도 녀석의 지배를 받고 있을지도 모릅니다. 그런 자를 챠그무 황태자 전하 곁으로 보내는 것은 너무 위험하다고 생각하는데요."

"그건 염려하지 않으셔도 됩니다. 주술사가 그 소녀의 몸에서 도망친 것을 느꼈으니까요."

슈가가 얼른 말했다.

"그날 밤 저는 몸과 혼 전부를 바쳐 기도하고 있었습니다. 천도를 따르는 성독박사로서 열심히 기도해, 사악한 주술사로부터 폐하의 목숨을 지켜드리라고 황태자 전하께서 명령하셨기 때문입니다.

제 힘은 미약하지만, 신이 사악한 것을 용서할 리가 없지요. 저는 그때 느꼈습니다. 주술사가 결국 물러나고 폐하께서 목숨을 부지하신 것을. 그것은 저에게도 혼이 떨릴 정도의 성스러운 체험이었습니다."

뭐라고 대답해야 좋을지 몰라 왕을 비롯한 모두가 잠자코 있었다. 침묵을 깬 사람은 왕이 아니라 카리나였다.

"실례를 무릅쓰고 말씀드립니다. 하지만 요고인이 아닌 우리는 천도를 모르니까 그 말씀이 사실인지를 판단할 도리가 없습니다."

슈가가 신에게 기도했기 때문에 주술사가 물러났다는 이야기는 믿기 어려웠다. 단순한 허세일 거라고 카리나는 생각했다. 챠그무 황태자도 타르산이나 사르나도 에샤나라는 소녀를 구하고 싶어 했다. 지금 슈가가 하는 말은 그 소녀의 목숨을 구하기 위해 꾸며낸 이야기임에 틀림없다.

그렇다고 해도 마음에 걸리는 일이 있었다. 압도적으로 우

위에 서 있던 주술사가 왜 그때 아버지의 목에서 독침을 떼며 쓰러진 것일까? 그 이유를 알 수가 없었다. 주술을 간파했던 것을 보면, 의외로 이 젊은 성독박사에게 그만한 능력이 있는지도 모른다.

하지만 여기서 왕의 목숨을 구한 것을 인정해버리면 신요고 황국에 빚이 너무 커진다. 카리나가 말을 이으려는 순간 슈가가 먼저 입을 열었다.

"물론입니다. 다만 저는 주술사가 물러갔음을 확신하기 때문에, 소녀를 전하 곁으로 데려가도 아무런 위험이 없다고 말씀드리고자 했던 것뿐입니다."

슈가의 눈을 보고서, 카리나는 그가 왕의 목숨을 구했다는 공덕까지는 원하지 않는다는 사실을 깨달았다. 슈가는 그저 황태자를 위해서 그 소녀를 구하려고 할 따름이다.

원하는 것을 줘버리자고 카리나는 생각했다. 어차피 손해 볼 것은 없다. 이미 처리는 끝났으니까.

"아바마마, 우리가 챠그무 황태자 전하와 슈가 님을 진심으로 믿고 있음을 증명할 기회인 듯합니다. 두 분 다 현명한 분입니다. 이 판단을 내리는 데 우리에게 얼마나 큰 용기가 필요한지 충분히 헤아릴 겁니다."

왕은 장녀를 지그시 응시하더니, 이윽고 고개를 끄덕여 일임하겠다는 의사를 밝혔다. 카리나는 진지한 시선으로 슈가를 쳐다봤다.

"슈가 님, 알아주시겠지요? 저희처럼 주술에 문외한인 자들에게는 그 주술사가 얼마나 무서운 존재인지를. 하지만 슈가 님이 확신을 갖고 보증하신다는 그 말씀을 믿기로 하지요."

카리나는 방울을 흔들어 시종을 불렀다.

"바위 감옥에 있는 소녀를 여기로 데려와라."

시종이 돌아오기를 기다리는 동안 카리나는 어떻게 챠그무 황태자를 위로하면 좋을지 생각하고 있었다. 챠그무 황태자가 이렇게 슈가를 사자로 보내면서까지 구하려고 하는 소녀는 이미 죽었기 때문이다.

나유그루 라이타의 눈이 랏샤로 소녀에게 안겨 바위 감옥에 갇힌 후에, 카리나는 곧바로 신뢰할 만한 시종을 불러 지시했다. 새벽까지 기다렸다가 배 고프고 목 마를 즈음에 맞춰서 약이 든 물과 음식을 주라고.

그 약을 마시면 혼수상태에 빠져 잠든 채로 죽게 된다. 고통 없이 죽음을 부르는 약으로, 왕가 사람이 자해할 때 옛날부터 사용해온 방법이다.

곶에서 바다로 떨어진 소녀는 고열에 시달리고 있다고 하고, 랏샤로 소녀도 탈진한 것을 많은 사람이 봤다. 둘이 함께 고열로 죽은 것처럼 꾸미면 별 문제가 안 될 거라고 카리나는 생각했다. 불쌍하지만 어쩔 수 없는 일이었다.

챠그무 황태자는 꽤나 영리한 것 같으면서도 아직 미숙한 면이 있다고 생각하며 카리나는 내심 한숨을 쉬었다. 사르나 같은 자들에게는 그 점이 매력적이겠지만.

그때 문을 두드리는 소리와 함께 들어가도 될지 묻는 시종의 목소리가 들려왔다. 문을 열고 들어서는 사람들을 본 순간 카리나는 바짝 긴장했다.

시종을 따라서 쭈뼛거리며 들어온 랏샤로 소녀는 가슴에 자그마한 소녀를 꽉 껴안고 있었다. 랏샤로 소녀는 사르나가 살짝 고개를 끄덕이는 모습을 보고서 자신들을 지그시 응시하고 있는 사람들 쪽으로 다가갔다.

몸이 흔들려 깨어났는지, 열로 얼굴이 벌겋게 달아오른 에샤나가 살며시 눈을 떴다.

그리고 갓난아이로 돌아가기라도 한 것처럼 엄지손가락을 빨면서, 열에 들뜬 눈으로 멍하니 사람들의 얼굴을 보고 있었다.

허공을 나는 매

산갈 왕국은 결국 섬지기들을 사흘의 법에 부치지 않았다. 판결을 유보한 채 섬지기들을 투옥하고, 그 아들이나 형제 중에서 새로운 섬지기를 선발했다.

왕은 새 섬지기들에게 '왕국에 대한 그대들의 충성과 전쟁에서 보여주는 활약에 따라, 반역을 도모해 감옥에 갇힌 자들에게도 온정을 베풀 가능성이 있다'고 고했다. 새 섬지기들은 두 번 다시 타르슈 편으로 돌아서지 않도록 아버지나 형을 인질로 잡힌 셈이었다.

내빈들, 카르난 왕자 암살 계획을 모르는 채 연회에서 참극을 겪은 여러 나라의 왕들은 산갈 왕을 거세게 비난했다. 신요고인들과 칸발인, 로타인들에게만 사정을 알리고 연회실에 무기를 갖고 들어가도록 허용한 일도 그들의 노여움을 샀다.

그러나 산갈 왕은 만만치 않은 사람이었다. 신요고, 칸발, 로타는 어둠 속에서 진행되던 타르슈 제국의 음모를 밝히기 위해 스스로를 위험에 빠뜨리면서까지 도와준 거라고 왕은 다른 여러 나라의 내빈을 설득했다. 실제로 사상자는 산갈의 병사를 제외하면 모두 로타와 신요고의 병사 중에서 나왔다, 그걸 보고도 믿지 못하겠냐는 말을 덧붙이며.

산갈 왕국은 북쪽 여러 나라의 방패가 될 수밖에 없는 위치에 있기 때문에 가장 먼저 음모의 대상이 된 희생자다, 타르슈 제국이 북으로 침공하기 시작한 지금, 산갈을 비난하기에 앞서 북쪽 여러 나라가 손잡고 산갈 왕국을 지원해야 한다고 왕은 역설했다.

군선이 항구에 집결해 물자를 운송하기 시작했다. 남쪽 나라의 하늘은 여전히 한가하고 푸르렀지만, 대기에 가득 찬 사람들의 흥분과 긴장감에서 대국의 위협이 다가오고 있음을 알 수 있었다.

타르산은 챠그무를 배웅하기는커녕 오히려 챠그무에게 배웅을 받게 되었다. 첫 출진이 황급히 정해져 챠그무가 귀국하기 전날 군선을 타고 출항하게 되었기 때문이다.

첫 출진 날 아침, 챠그무는 타르산 왕자를 위한 '출정 의식'
에 참가했다.

타르산은 얼마 전에 아버지한테 재판받은 그 광장에서, 바
로 그 아버지한테서 몸을 바쳐 음모를 폭로한 용기를 칭찬받
았다.

정식 군장을 갖춘 타르산은 평소보다 훨씬 늠름해 보였다.
성대한 샤그라무 연주 속에서 타르산은 손님들 한 명 한 명
에게 인사하며 다녔다.

마침내 챠그무 자리 앞에 오자 타르산은 만감이 교차하는
눈길로 챠그무를 응시하며 깊숙이 고개를 숙였다.

"챠그무 황태자 전하, 전하께서 저희에게 해주신 일을 평
생 잊지 않겠습니다."

챠그무는 얇은 천 너머로 타르산의 반짝이는 눈동자를 응
시하며 답례했다.

타르산의 잘 손질된 갑옷에 반사되는 햇빛을 보며, 챠그무
는 타르산이 이제부터 전쟁터로 간다는 사실을 실감했다. 두
번 다시 못 만날지도 모른다. 이것이 처음으로 생긴 이 동년
배 친구와의 이승에서의 이별일지도 모른다.

타르산은 무섭지 않은 걸까? 무기를 들고서 사람들과 싸
우고 서로 죽이러 가는 일에 대해 어떻게 생각하는 걸까?

그러나 얼굴을 들었을 때 타르산의 눈은 자랑스러운 듯이 밝게 빛나고만 있었다.

"행운을 빌겠습니다, 타르산 왕자 전하. 당신을 절대로 잊지 않겠습니다."

타르산의 뺨에 미소가 떠올랐다. 그리고 얼굴을 조금 가까이 갖다 대더니 작은 소리로 속삭였다.

"전하, 결례를 용서해주시기 바랍니다. 처음에 뵈었을 때, 저는 그 얇은 천에 화가 났었습니다. 사람을 천 너머로 본다는 사실이 마땅치 않았던 것입니다.

솔직히 말하면, 지금도 그런 천은 좋아하지 않습니다. 그 속에 있는 전하의 진정한 얼굴, 강하고 정직한 눈이 가려져 버리니까요."

빙긋이 웃으며 타르산은 덧붙였다.

"이 싸움에서 반드시 승리해 언젠가 다시 전하의 맨얼굴을 뵙겠습니다."

절도 있게 인사하고 상기된 얼굴로 사라져가는 타르산을 배웅하면서, 챠그무는 자신과 타르산 사이에 넘기 힘든 마음의 거리가 있음을 느꼈다.

'나도 이 천을 증오해. 줄곧 증오해왔단 말이야.

하지만 타르산, 너는 자신도 '왕자'라고 하는, 눈에 보이지

않는 얇은 천을 뒤집어쓰고 있다는 사실을 알고 있느냐?'

자랑스러운 듯이 병사들을 거느리고 출발하는 타르산의 뒷모습을 지켜보면서, 챠그무는 자신이 병사들을 이끌 때는 아마도 자랑스러움보다는 아픔을 느낄 거라고 생각했다.

❧⭑❧

새벽부터 내리기 시작한 가랑비가 지붕을 두드리는 소리가 끊임없이 울렸다.

스리나는 라코라의 가게에서 잔고기를 손질하면서 빗소리를 듣고 있었다. 에샤나는 아직 안쪽에 있는 방에서 자고 있다. 몸이 약해진 것이리라. 열이 좀처럼 내리지 않는다. 회복하면 곧바로 카르슈 섬으로 데리고 돌아가려고 스리나는 생각하고 있었다.

일단 카르슈 섬으로 돌아가 거기서 그다음 일을 생각하자. 빨리 가족들을 만나고 싶지만, 서둘러서 니케 섬으로 가다가 타르슈와 산갈의 싸움에 말려들었다가는 말짱 헛일이다.

'나는 약속을 지켰잖아. 도골도 틀림없이 약속을 지키고 있을 거야. 가족들은 반드시 건강하게 니케 섬에 있을 거야.'

스리나는 자신에게 타이르면서 능숙한 손놀림으로 물고기를 계속 손질했다.

빨리 카르슈 섬으로 돌아가고 싶다. 여하튼 조금이라도 빨리 왕궁에서 멀어지고 싶었다.

그날 새벽에 사르나 공주님이 귀띔해준 말의 의미를 깨달았을 때, 스리나는 부르르 떨었다. 왜 자신들이 독살당할 뻔했는지 지금도 이유조차 모른다. 섣불리 왕국 일에 개입했다가는 챠크(갯강구)처럼 무참한 죽음을 맞이할 뿐이라고들 하던데 그 말이 사실이었다. 이제 지긋지긋했다. 두 번 다시 왕궁과 관련된 일 따위에 엮이고 싶지 않다.

바다에 부는 바람과 끝없이 펼쳐지는 별이 총총한 하늘, 집배를 찰싹찰싹 때리는 파도소리가 그립다. 빨리 카르슈 섬으로 돌아가자. 에샤나를 데리고 가면 에샤나 어머니가 눈물을 흘리며 기뻐할 것이다. 엄청난 포상금도 받았으니 섬사람들 모두에게 줄, 도읍에서만 구할 수 있는 선물을 사서 돌아가자. 모두 무척 기뻐할 것이다. 그렇게 생각하니 조금 마음이 밝아졌다.

마찬가지로 비가 내리는 가운데, 왕궁에서는 챠그무 일행이 귀국길에 오르려 하고 있었다.

"이별을 아쉬워하는 비로군요⋯."

마지막까지 전송해준 사르나가 가마에 타는 챠그무에게 나지막이 말했다.

"반드시 다시 만납시다."

챠그무가 말하자, 사르나는 쓸쓸해 보이는 미소를 지으며 고개를 끄덕였다.

비로 부옇게 보이는 타국의 왕궁을 빠져나와 가도에 오른 소 수레 행렬이 천천히 전진하여, 올 때와 마찬가지로 빛을 바라보는 언덕에서 짧은 휴식을 취한 것은 이미 점심때를 한참 지났을 무렵이었다.

비는 어느 틈엔가 그쳐 있었다. 언덕에 서서 낮게 구름이 드리운 바다를 둘러보자니, 처음 여기에 선 날로부터 채 스무 날도 지나지 않았다는 사실을 믿기 어려웠다.

챠그무는 그때와 마찬가지로 등 뒤에 선 슈가의 기척을 느끼면서 하늘과 바다를 바라보고 있었다. 천천히 구름이 흘러간다. 하늘은 아직 어슴푸레했지만, 드넓은 바다 위로 저 멀리 굽이진 수평선 언저리에는 이미 노르스름한 밝은 빛이 비치고 있었다.

조용히 퍼지는 이 검푸르죽죽한 빛깔의 바다 저편에서 커다란 바람이 불어오려 한다. 남쪽 대륙은 더 이상 이야기 속의 머나먼 나라들이 아니었다.

이제부터 어떤 파도가 덮쳐올까? 자신은 그 파도에 어떻게 마주 서야 할까? 파도에 이리저리 밀리면서도 마음이 추

구하는 빛을 계속 쫓아갈 수 있을까…?

휘파람 같은 울음소리를 울리며 매 한 마리가 바다와 하늘 사이를 미끄러지듯이 날아갔다.

"슈가."

"예."

"나는 위태로운 황태자로구나."

슈가는 의미를 파악하려는 듯이 눈썹을 추켜올렸다.

"이따금 자신을 억누를 수가 없게 되는구나. 신성한 신요고의 황태자로서는 너무 위태로운 성격이다."

슈가의 얼굴에 쓴웃음이 떠올랐다.

"그렇군요."

챠그무는 돌아보지 않고 지그시 바다를 응시하고 있었다.

"그대는 죽음을 향해 낙하해가면서도 내 손을 놓지 않았다. 그것은 충성심 같은 것과는 다른 것이었다. 고맙구나."

슈가는 아무 말도 하지 않고 눈만 깜빡였다.

"용서해라, 슈가. 이 위태로움 때문에 나는 언젠가 그대마저 파멸로 이끌게 될지도 모르겠다. 그렇게 될 것 같다고 느끼면 언제든 손을 놔라. 나는 절대로 원망하지 않겠다. 그런 때가 오거든, 오히려 그대는 살아남아서 나하고는 다른 방법으로 좀 더 좋은 나라를 만들기 바란다."

"전하."

챠그무는 이제 점처럼 작아진 매를 여전히 눈으로 쫓으면서 말했다.

"나는 절대로 이 위태로움을 버리지 않을 생각이다. 하늘과 바다 사이에 펼쳐진 허공을 나는 매처럼, 하늘과 바다 모두와 관계 맺으면서도 그 어느 쪽으로도 끌려가지 않고 한결같은 마음으로 날고 싶구나.

그리고 언젠가는 신요고 황국을 병사가 장기판의 말처럼 죽지 않는 나라로, 내가 얇은 천 따위 뒤집어쓰지 않고도 백성과 마주할 수 있는 나라로 만들고 싶다. 유치한 꿈이라고 생각하느냐? 하지만 이 유치한 꿈을 나는 계속 가슴에 품고서 날고 싶다."

챠그무는 슈가를 돌아봤다.

"그대의 재능을 정사에만 사용하지 않도록 해라. 경탄하는 마음으로 다른 세계를 보는 시선을 절대로 잃지 않도록 해라."

슈가의 눈에 눈물이 고이더니 한 줄기가 뺨을 타고 흘러내렸다.

그때 두 사람의 얼굴로 구름을 뚫고 밝은 빛이 쏟아졌다.

남쪽 나라의 투명하고 강렬한 빛이었다.

옮긴이의 말

《수호자》 시리즈의 저자 우에하시 나호코는 오스트레일리아의 원주민 애보리진을 연구하고 대학에서 문화인류학을 가르치는 교수 겸 문학가다. 1996년에 자신의 전문 분야에 문학적 상상력을 접목시킨 작품 『정령의 수호자』를 발표하면서 일약 일본 판타지 문학을 대표하는 작가가 되었다. 『정령의 수호자』의 인기에 힘입어 3년 뒤인 1999년에 후속작 『어둠의 수호자』를 발표하고, 이어서 작품 8편과 단편집 2권을 더해 총 12권에 이르는 대작 《수호자》 시리즈를 무려 16년에 걸쳐 완성했다.

이 역작으로 우에하시 나호코는 수많은 문학상을 수상했다. 뿐만 아니라 해외 여러 나라에서 《수호자》 시리즈가 번역 출간되면서 국제적으로도 명성을 떨치게 되었다. 특히 2014년에는 아동문학계의 노벨상으로 불리는 국제 안데르

센 상 작가상을 수상함으로써 세계적으로 주목받는 작가로
우뚝 섰다.

일본에서 《수호자》 시리즈의 인기와 위상은 일본 국영방
송인 NHK에서 방송 90주년 기념작으로서 이 시리즈를 실
사 드라마로 제작하기로 결정한 것만으로도 충분히 짐작할
수가 있다. 2016년 3월에 〈정령의 수호자〉라는 제목으로 방
영을 시작하여 약 3년에 걸쳐서 방영할 예정이니, 일본 내에
서 《수호자》 시리즈를 둘러싼 열기는 한동안 식지 않을 것으
로 보인다. 이제까지 라디오 드라마나 애니메이션으로 제작
된 적은 있으나 생동감 넘치고 현실감 있는 묘사가 가능한
실사 드라마의 제작은 처음이다. 게다가 유명 연예인까지 등
장한 드라마이다 보니 지금 일본에서는 우에하시 나호코의
원작 소설이 다시금 주목받으며 많은 기대를 모으고 있다.

《수호자》 시리즈는 종종 '아시아의 『반지의 제왕』'으로 비유되곤 한다. 『반지의 제왕』이 그렇듯이 이 작품 역시 아동부터 성인까지 두루 즐길 수 있는, 독자층의 폭이 매우 넓은 대작이다. 그러나 철저하게 현실과 동떨어진 판타지 세계를 그린 『반지의 제왕』과 비교해서, 《수호자》 시리즈가 그리는 판타지 세계는 우리가 살아가는 이 세계와 매우 가까운 곳에 공존한다. 다른 세계를 인정하고 다른 생각을 받아들일 수 있는 열린 마음을 가진 이라면 언제든 그 세계를 볼 수 있으며 두 세계의 경계를 넘나들 수 있다는 점에서 커다란 차이점을 보이는 것이다.

《수호자》 시리즈는 30세인 주인공 바르사가 37세가 되기까지 7년 동안 경험하는 무용담이자 모험담이다. 또한 첫 번째 책인 『정령의 수호자』에서 바르사의 도움으로 목숨을 구

한 챠그무가 11세 어린아이에서 18세 성인으로 성장하는 과
정을 그린 성장 이야기이기도 하다. 본편 10권 가운데『정령
의 수호자』,『어둠의 수호자』,『꿈의 수호자』,『신의 수호자』
는 바르사가 주인공이며,『허공의 여행자』,『푸른 길의 여행
자』에서는 챠그무가 주축이 되어 이야기를 이끌어나간다.
그리고 이 두 줄기의 이야기는 세 편 연작인『하늘과 땅의
수호자』에서 하나로 합류하게 된다. 그 과정에서 다양한 민
족 문화에 대한 생생한 묘사, 여러 나라의 역사와 정치적 관계
에 대한 묘사가 세밀하게 곁들여지면서, 여느 판타지 소설과
차별화되는《수호자》시리즈만의 독특한 세계가 형성된다.

주인공 설정 역시 매우 독특하다. 판타지 소설에서 바르사
와 같이 서른 살 여성이 주인공으로 등장한다는 것은 이례적
인 일이다. 실제로『정령의 수호자』출간 당시에 일본 출판

사 측에서도 그 점에 대해 난색을 표했다고 한다. 하지만 우에하시 나호코는 무슨 일이 있어도 주인공은 어느 정도 나이가 들어 인생 경험이 풍부하며, 어린 생명을 푸근히 감싸 안을 수 있는 모성애를 지닌 여성이어야 한다는 생각을 떨칠 수가 없었다. 단창을 멘 삼십대 여성이 어린아이의 손을 잡고 도망치는 이미지가 불현듯 저자의 머릿속에 떠올랐고, 이것이 바로《수호자》시리즈를 저술하는 계기가 되었기 때문이다. 이렇게 해서 강인하면서도 심성 따뜻한 바르사, 약한 생명을 위험으로부터 구하는 역동적인 여성 무사 바르사가 탄생한 것이다.

바르사의 담대한 캐릭터와 굴곡진 삶 이외에, 황태자 챠그무의 성장 이야기 또한《수호자》시리즈에서 중요한 의미를 갖는다. 연약한 어린아이 챠그무가 어느덧 약한 자를 보호하고 생명을 지킬 줄 아는 강인한 어른이 되고, 나아가 주체적으로 이야기를 이끌어가는 중요 인물로 성장하는 과정을 지켜보는 것도 이 작품을 읽는 또 다른 재미다. 위험을 무릅쓰면서까지 자신을 구해준 바르사한테서 영향받아, 챠그무 역시 자신의 목숨이 위태로워지는 것도 개의치 않고 다른 생명을 구하기 위해 최선을 다하는 가슴 훈훈한 장면을 시리즈 곳곳에서 목격하게 된다.

이 작품을 번역하면서 자연과 생명에 대한 저자의 애정과 경의, 소외받는 이들과 약한 자들을 바라보는 따뜻한 시선에 깊이 감명받았다. 그리고 스스로 선택한 것이 아니더라도 어찌 되었든 자기가 태어난 세계에서 주어진 운명을 받아들이고 열심히 살아가는 사람들의 삶도 이 작품에서 만날 수 있었다. 또한 자칫하면 소홀히하기 쉬운 소중한 것을 지키기 위해 최선을 다하는 아름다운 모습도 곳곳에서 볼 수 있었다. 작품을 번역하며 이런 것들이 작품에 심오한 의미와 다양한 색채를 부여한다는 생각이 들었다.

  번역자로서《수호자》시리즈의 번역은 새로운 세계에 대
한 도전이었으며, 기나긴 호흡이 필요한 작업이었다. 많은
노력과 시간이 드는 힘든 작업이었지만, 매우 흥미롭고 가
치 있는 도전이었다는 생각이 든다. 우에하시 나호코의 가치
관과 세계관이 흠뻑 배어 있는《수호자》시리즈의 한국어 판
출간에 번역자로서 동참하게 된 것을 기쁘게 생각한다. 저자
가《수호자》시리즈를 통해 전 세계의 독자에게 보내고자 하
는 메시지가 한국의 독자들에게도 제대로 전달되기를 희망
한다.

                                                    김옥희